U0721889

耳朵温热——

孙新峰 著

四川文艺出版社

图书在版编目（CIP）数据

耳朵温热 / 孙新峰著. -- 成都：四川文艺出版社，
2025. 6. -- ISBN 978-7-5411-7237-3

Ⅰ.I267

中国国家版本馆CIP数据核字第2025FL3450号

ER DUO WEN RE

耳 朵 温 热

孙新峰 著

出 品 人　冯　静
责任编辑　葛雨馨
特约编辑　蒯　燕
装帧设计　悟阅文化
责任校对　叶竹君

出版发行　四川文艺出版社（成都市锦江区三色路238号）
网　　址　www.scwys.com
电　　话　028-86361802（发行部）　028-86361781（编辑部）

排　　版　四川悟阅文化传播有限公司
印　　刷　成都市兴雅致印务有限责任公司
成品尺寸　145mm×210mm　　　　开　本　32开
印　　张　9.25　　　　　　　　　字　数　230千
版　　次　2025年6月第一版　　　印　次　2025年6月第一次印刷
书　　号　ISBN 978-7-5411-7237-3
定　　价　55.00元

版权所有，侵权必究。如有印装质量问题，请与出版社联系调换。联系电话：028-86361796。

引领我走向文艺评论道路的恩师

与肖云儒先生合影

与李星先生合影

与畅广元先生合影

与费秉勋先生合影

与韩鲁华先生在一起

我的研究生导师李西建先生

校内部分恩师

文艺伦理学权威、恩师王磊教授

写作授业恩师、享受国务院政府特殊津贴专家李思民教授

和写作授业恩师、二级教授赵德利先生一起为写作苗子颁奖

恩师、二级教授、写作同事、作家红柯在课堂上

大学班主任、曾宪梓奖获得者、恩师党天正教授

和作家、评论家在一起

和著名作家贾平凹在一起

和陕西省文艺评论家协会主席
李震先生在一起

和鲁迅文学奖作家冷梦学姐在一起

和长江学者、师弟谷鹏飞在一起

与作家、艺术家在一起

和陕西省首届"百青"文艺评论家在一起

与全国青年文艺评论家在一起

与雷达先生等在《带灯》研讨会上

与陕西省"百名青年文学艺术家"在千阳采风

与陕西老艺术家在佛坪调研

与我的本科生学生、同学在一起

和我1997级学生，好友车俊鹏、马莉夫妇在一起

和我1998级学生、好友韩润社在一起

和我2003级学生、评论家席超在一起

和我2005级新闻专业学生在一起

和我2011级学生们在一起（从左往右陈娟、李婕、邓瑞霜、孙新峰）

中文系1994级本科班毕业20年返校同学合影

与我们的研究生在一起

与学术硕士的敦煌之行

与中国现当代文学硕士在贾平凹国际学术研讨会上

和部分研究生教育主管老师、研究生干部在一起

承办学校首届研究生学术论坛

承办中国西部高校中文学科研究生论坛

和我的研究生们

与研究生大弟子赵青（左）、弟子马宏艳（右）在一起

我的朝气蓬勃的研究生们

我的 2019 级现当代文学硕士研究生

和我的研究生在西北大学

与我的研究生在一起

和研究生在一起

从学校起步

永远的母校——陕西省洛南县中学

陕西省优秀毕业生

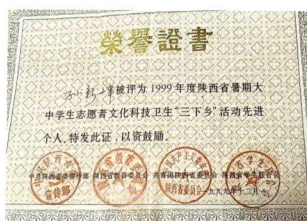

陕西省文化科技卫生"三下乡"先进个人

怀念新闻专业杰出校友樊婧

学校首届研究生教学成果奖

我的部分代表性论文

指导的研究生、本科生代表性论文

/ 追高逐远 /

获得陕西省人民政府教学成果集体二等奖

获得陕西省人民政府哲学社会科学优秀成果奖

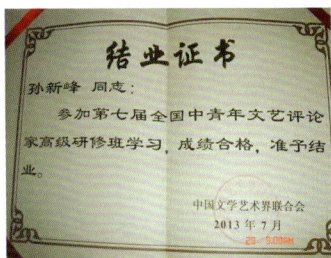

中国文联中青年文艺评论家高研班结业证

入选陕西省首批"百青"文艺家计划

中国文艺评论家协会成立大会邀请函

参评全国最美教师

获批国家级科研项目

陕西文学研究所所长助理们

所长助理熊玮（中）、徐慧婷（左）、栗庆珍（右）合影

所长助理陈娟（左）、研究所驻所作家张敏（右）与十三狼先生（中）合影

所长助理吴芳媛（后左）、纪爽（后中）、研究生赵青（后右）与贾浅浅老师（前左）合影

与所长助理李萌（左）、研究生雷妮妮（右）合影

陕西文学高层论坛

/ 走遍陕西 /

参加陕西省作协观影活动并现场点评

在太白县主持诗歌研讨会

陕西省评协在铜川的学术讲座

在西安对话"贾平凹大讲堂"

被陕西省文联派往延川县做文学培训

被陕西省文联派往志丹县分享写作体会

"百名艺术家走进眉县"活动

小老师的快乐

指导本科生席超在 CSSCI 核心
《当代文坛》发表论文

指导本科生邓瑞霜、张敏
发表的文章

陕西省
生态文学征
文颁奖会

陕西省第四届汉字规范书写大赛冠军

与三获陕西省"环保杯"
征文小说组一等奖的得意门生
李婕合影

《耳朵温热》自序

孙新峰

　　女儿曾就我们家中三口人的厨艺进行过排名——来自四川天生是美食家的妈妈，当然雄居冠军，而完全"半路出家""被迫营业"的我稳居千年老二——亚军，女儿自知"十指少沾阳春水"，便自觉地把自己排在最末。第一当然毫无争议，关于第二，我女儿是这样说的："爸爸虽然厨艺不佳，尤其仅停留在能把'生'做'熟'的层面，但能够做到经常做，坚持做，这一点很好，比冠军好，最起码生活态度端正。"此话可谓一箭穿心，一语中的。

　　一路写，一路爬坡上坎。从 1997 年 9 月在《陕西日报》"秦岭副刊"刊发散文，到各种随笔先后在《延河》杂志（原创版）、《中国教育报》、《文艺报》等上呈现；从第一篇试水学步的论文被家乡大学《商洛学院学报》（时为《商洛师范专科学报》）发表，到《名作欣赏》杂志（原创版）、《当代文坛》、《宁夏社会科学》、《学术探索》、《社会科学家》、《当代传播》、《兰州大学学报》、《文艺理论与批评》……这些全国大刊慷慨接纳并提供发表园地，乃至于迎来从事文艺评论工作的高光时刻——作为全国187 名正式代表之一，在北京，树起了"中国文艺评论家协会"的大旗！指导的学生文章也荣幸地被《光明日报》《当代文坛》等发表，学生接连斩获各种国家级、省级文学写作大奖，学校的写作教学再次享誉省内外。尤其是在大学摸索写作和教练写作近三十年了，才终于找到了自己的"娘家"——创意写作，才第一次在国家中文学科目录中找到了自己的位置。很高兴我从事的大学写作教学职业，和我现在无比钟爱的文学研究事业相一致。

近三十年来，坚持在纸上耕耘，公开发表散文、诗歌、小说、评论、新闻等大大小小各种文体、著述凡 300 余万字。如同厨师做菜，给读者奉献出的可能是尚值得一品的"正餐"，可能是仅供点缀消遣的"红酒""甜点""小吃"，更多的亦可能是难以下咽的"夹生饭"，其色香味、营养性有限，更别说文章的"钙"和"盐"了！真没有办法！一个人，一个年过半百的男人厨艺不佳还喜欢做饭，还特别热爱走进厨房！其实，与生活中的我从不走寻常路一样，许多饭菜都是想着做、摸索着做，有时着急了甚至也会乱做一气！我的写作亦是如此！东西写得多了，你才会发现和明了，写作本质上其实也就是"驭话术"。写作就是"有意味地说话"，说"有意味的话"。作家贾平凹在接受记者访谈时，有一句话让人印象深刻："不能写作还当什么作协主席？"于我而言，不能真心实意写几句话，好好地写几句人话，还当什么写作老师！我们都知"写者，泄也"，一个人心中有话要说，有心事需要倾诉，就要想方设法让它流淌出来，老窝憋在心里，会像牛黄、狗宝、麝香一样，在体内产生结石等各种负面沉积物，从而导致人会出现各种身心疾病，严重点儿甚或会导致精神分裂或是重度抑郁！

书名叫《耳朵温热》，分明就是写生命生活记忆，打捞过往情感和生命体验。人是情感动物。文章本是有情物，就是记录人的情感、生活的。喜欢桑梓商洛鲁奖作家陈仓先生的观点——

"文学是活出来的"，一个人活成什么样子，文章风格大致就是什么样子。感恩在成长历程中指导、激励、陪伴、温暖过我的所有师友们，包括我一级级可爱的研究生、本科生！感恩我所有的亲人们！你们是我奔跑的底气和永远的精神支撑！饭要一口一口认真吃，字要一个一个用心写。生命脆弱，人生无常，许多宝贵的人和事都如《广陵散》一样消弭了，但眼底的光、掌中的热、心上的爱还在。就这样好好活着，静静写着，一路走，一路捡，一路歌。

是为序。

目　录
CONTENTS

第一辑　吃在人间

第二辑　良师益友

第三辑　有泪划过

第八辑　雪泥鸿爪

第一辑　吃在人间

DI YI JI
CHI ZAI REN JIAN

我的陕西胃

来宝鸡之前，我的肚子一直是糊汤肚子。糊汤是老家商洛人的州饭。即使每天三顿糊汤也吃不厌烦。很怀念上高中的岁月，那时候吃饭已经不用老式的瓷碗了，而变成了洋瓷碗。筷子也变成了勺子。学校吃饭一般按两计，一洋瓷碗大约就是四两。说的是一洋瓷碗，其实只是多半碗。若要吃饱的话，至少得六两，也就是俗称的带个小拖挂——一碗半。

很感激我的高中生活，让我养成了吃饭快的习惯——不快没办法，慢了就吃不上第二小碗！我一直固执地认为，半饥半饱去学习，是没有学习效率的，更谈不上学习质量。

从糊汤肚变成面肚子，还是到宝鸡上大学以后。记得当时拒绝吃面，每天穿梭于校内外，寻喝糊汤。后来还是迫不得已，接受了面。想不到这面一吃，就吃了二十年。从1994年上大学算起，在宝鸡已经过了二十年。

开始吃面是为了在一个陌生的地方活下去，而现在吃面，越来越注重心情、味道和感觉了。记得刚留校住单身楼那几年，没有厨房，我们一帮单身汉就在楼道里做饭，每次朋友好奇地揭开我的锅盖，都会发出相同的感叹：又是土豆面！土豆面有那么好吃吗?!

我一直以为面里下土豆块是我的发明。众所周知，我们商洛人管土豆叫洋芋。洋芋糊汤是商洛人的最爱。在宝鸡，喝不上洋芋糊汤，我就在面条里下些土豆块。我这人比较粗糙，土豆不管大小，用刀一切两半就下进了锅。朋友看我每次吃土豆面，把自己噎得两眼翻白，都止不住地笑我！他们哪里知道，在我的老家商洛，新土豆刚下来，人们连切都不切，就下了糊汤锅，吃的时候，不管烫不烫，不管土豆大小，就往下咽，很多时候咽不下去，只能梗着脖子——商洛人称其为"鳖瞪眼"，"鳖瞪眼"就成为洋芋糊汤饭的代称。所以我在吃土豆面的时候，就有了吃鳖瞪眼的感觉。现在想起来，我岂止是吃土豆面，而是在眷恋着挥之不去的那份乡情！

喜欢吃羊肉泡馍大约是始于初中的时候吧！老家在农村，一年到头见不到肉味。只有在过年的时候，自家喂的猪长大宰了，或是从别人家买点儿肉吃。平时是连肉星子也看不到的。只有一个时候例外，那就是街镇逢集的日子，可以跟大人吃上羊肉泡馍。家乡人赶集只有两个地方，一个是翻越两座山走二十里山路去巡检镇；一个是翻越一座岭走四十里山路去石门镇。

那时我一直想不通走那么远的路吃一碗泡馍的意义，现在理解了。山里生活苦焦枯燥，走路去赶集，一可健身，二可会友，三可以物易物——然后再吃一碗羊肉泡馍，人生的意义全在里面了！

已经记不清跟父亲一块吃过多少顿羊肉泡馍了！只记得每次父亲都把自己碗里的肉一块块夹给我。小时候父亲带我上山去背柴，他一个人背两三个人的柴量，而我只是肩扛了很小的一捆，亦步亦趋地跟在父亲身后！可能在父亲心中，我背多少柴，背不背柴都无所谓，只要在他身后，屁颠屁颠地走着，恐怕就是幸福吧！去年我开车和父亲一起送我的两个小外甥回潼关，到潼关县城，我说："爸，吃点儿啥？羊肉泡馍？"父亲同意了。吃饭的时候，因为嫌味道不正宗，吃了两口我就放下了碗！父亲说："饭不能糟蹋，要遭天谴呢！"然后把我的剩饭全折到他碗里，认认真真地吃着。忽然，一个东西掉在了碗里，坐在父亲对面的我看得清清楚楚，是父亲的假牙！父亲一把从碗里把假牙捞出来，安好，只说了一句："老了，吃不动了。"不知怎么，我的眼泪流了下来，心好疼好疼！

喜欢上了吃羊肉泡馍。经常把请自己吃羊肉泡馍作为鼓励自己的手段。高兴的时候，请自己吃碗羊肉泡馍，让那独特的亲情滋味温暖自己；不开心的时候，请自己吃碗羊肉泡馍，让烦恼和不快随风而去。

现在，我已经养成了随遇而安的饮食习惯。回到商洛，我喝我的糊汤，在宝鸡，我吃我的面，而到了西安或外地，我寻吃羊肉泡馍。

我孩子她妈教育孩子，不能学不会生活的爸爸，像路遥一样，整晚不睡觉，而且娘俩还创造了一个接头暗号，妈妈问："人生最美的事？"女儿回："睡大觉。"而我和女儿又有一个版本，我问："人生最大的事？"女儿回："吃饱饭！"在我心中，一个人如果吃不动了，就完了！

我的大学写作老师一再提醒我，人不应去追求那些不属于自己的东西。每个人吃什么饭，是上天早都安排好的。常年研究陕西文学，我发现陕西的三个作家很有意思，路遥生就陕北胃，善于挑拣和过滤，"吃的是草，挤的是奶"，表现在作品中，爱、光明、希望、温暖，诗意浓郁——他把没营养甚或有害的东西都存在了自己体内，结果吃不成了，早逝了；陈忠实生就关中胃，兼收并蓄，吃啥补啥，表现在作品中，大象无形，看不清来路；贾平凹生就陕南商洛胃，到西安后基本不消化，吃啥拉啥，作品中原生态的甚至负面的东西相对多了点儿。

我也想过自己的吃的特点。由于在城里无根无底，我往往自己找食吃。我一般对吃的不挑，能吃一点是一点，能叼一口是一口。实在没吃的也能凑合。我饭量较大是身边人公认的，但永远吃不胖。我的身体好像只摄取有用的营养，没有用的直接处理掉了。就吃而言，我身上兼有路遥和贾平凹的特质——这么说似乎有点儿附庸风雅的意味！但我在干净率真的文风中一直努力寻求个性的"艺术滋味"。在我心中，人生在世，有一碗糊汤喝，有一碗面吃，偶尔还会有羊肉泡馍享用，足够了！

我是陕西人，为自己有一个还能吃遍三秦大地的陕西胃而欣喜！以前吃饭吧，是为了自己活下去，以后我还得努力地端好自己的饭碗，认真地吃饭，努力地回报——不仅回报单位，还要回报家人，回报宝鸡，当然，更要回报我心心念念的商洛故乡！还有，得用尽全部身心，回报我爱的和爱我的大陕西！

（本文刊发于《宝鸡日报》2015 年 5 月 23 日）

我是一个很好养活的人

在西安，有一次好朋友请我吃海鲜，点了许多海鲜，有大龙虾，有大闸蟹，还有海参汤等满满一桌的生猛东西，我刚一看到就皱起了眉。我好像天生就对海鲜过敏。你想呀，从小在偏远小村里长大，小鱼、小虾、小蟹，包括娃娃鱼等河鲜，我吃过不少，但是从未完整地吃过一只真正的海鲜……虽然我也经常给从小就喜欢吃海鲜的女儿做小龙虾、蒸螃蟹等，但我从来一口也不进嘴。不习惯、不喜欢吃海鲜好像是与生俱来的。

看着一桌子海鲜，好朋友犯了难。怎么办？我笑了，扭头叫来服务员："贵店有没有扯面，或者米饭？如有就给我上一大碗干拌扯面。没面的话，两碗米饭也行。"服务员傻眼了。海鲜店吃面？好像没有。厨师做起来也麻烦。米饭倒是有的。随后，在朋友的注视下，我快速地吃完了两大碗米饭，然后嘴一抹，走人。至于海鲜，全让好朋友带回了家。

仔细想来，这好像已不是第一次了。真不是拂朋友面子。我吃饭一直就很简单，不是面就是米饭，面食居多。没面的话，米饭也能凑合。在新校区上班，每天中午一碗面，若是天热，加一瓶果啤；若是天冷，就喝一碗面汤。其实我饭量挺大的。学校教工灶也有米饭和面，但好像总也吃不饱，经常不到时间就又饿了。我是一个喜欢安静的人。学校食堂人多嘈杂，很多时候一下班，我就往学校外面走，去附近吃面。一路经过风雅亭、凤鸣湖、樱花大道、四为园……沿途看看花花草草，换换脑子，吸吸负氧离子。从西门出学校，踱进常去的面馆，点餐后安静地等待。身边坐满了各色人等，诸如农民工兄弟，大中小学生，各类公职人员。听他们聊天，看他们猜拳，看厨师做菜，看人来人往。和他们在一起，你会感觉你就在社会中间，你并未与社会脱离。感觉你真的就在生活。和象牙塔里的感觉大不相同。吃完饭后并不着急回校，可以欣赏车流、人群、市声、街景；亦可走到渭河边上，看山城宝鸡之新变化，亦可发思古之幽情。

自 2004 年搬到学校新校区，已经将近二十年了。一不小心，学校周边高新一路的面馆几乎被我吃了个遍。谁家面做得良心地道，谁家糊弄骗钱全门儿清，也经常和同事共享吃面经验。当然，不能只吃面。为抵制美食疲劳，我们也开始拓展、研发，美食种类越来越丰富，美食范围也越来越远，"喜客"的家常菜，"小东北"的大馅饺子，高新二路的"张辉面"，高新三路"小羊倌"的羊肉泡馍，高新四路的羊肉夹饼，高新五路的罗老五泡馍，高新六路的罗八珍葫芦头……说到这里，突然有些沮丧。二十年了，我才从高新一路吃到高新六路，高新六路好像就是我生活的天花板和极限。我的生活好像与宝鸡发展同步，以高新零路为圆点，以高新六路为半径画了一个圈。而这一地段恰好也是宝鸡市高新区的繁华地段。很奇怪地，出了高新六路，好像就与繁华无缘了，连房子也不好卖了——发展二十年了，依然如此。但饭食种类再多，我主要还是喜欢吃面，吃面吃得身材走形、大腹便便，彻底没了美感。

喜欢吃面的习惯好像还是到宝鸡上大学后养成的。此前二十多年，我的胃一直是"商洛胃"，习惯了或稀或稠的商洛饭——洋芋糊汤饭！直到现在，还是会抓住机会，大快朵颐。记得一次在商南大酒店，也是朋友请吃饭，好酒好菜琳琅满目，而我一个人信步走出了酒店，去旁边小饭馆央求老板给我熬一份洋芋糊汤饭。整整装了两个大盆才二十二元，我一个人没动地方，就喝了满满一大盆，另外一盆端回酒店和朋友们分享……喏，就是前一段时间母校洛南县中学百年校庆，连续三天，我谢绝了所有的宴请，每顿都出外打野——找吃洋芋糊汤饭，经常吃着吃着就泪流满面。不用问这么些年在外打拼都经历了什么，背井离乡几十年，什么时候能忘掉生养自己的根？能忘掉自己心心念念的亲人、朋友？我是一个眼窝特浅、泪点极低的人，很多时候，听到一句家乡话，或见到一个家乡人，心里马上就会翻江倒海，不能自己！到宝鸡后，洋芋糊汤喝不上了，只好改吃面。吃了二十多年，也顽强地喜欢上了吃面，甚至到了"一天不吃面，好像没吃饭"的程度。同事聚餐到最后，根本不用问我，就会交代服务员："给这家伙来一碗臊子干拌，大碗！"每次去赴婚宴，潦潦草草吃过，穿过家旁边的市场，再坐下来认真地吃一小碗面，才感觉浑身舒坦！有一次我直接从婚宴上逃离，去常去的饭馆吃刀削面，却正好碰到我已经工作几年、正到处找饭的研究生，师徒俩相见喜上加喜，一人一大碗刀削面，一瓶果啤，竟然吃得王朝马汉、热火朝天！

我真是一个很好养活的人。母亲说，生我的时候没奶，就用土豆泥和羊炼乳喂我，没想到我竟然真的活了下来。除了饭量大点，我好像再没什么饮食缺点。一碗面，或两碗米饭，一瓶果啤，就是一顿饭，简约可口，足矣！偶尔换下口味，用羊肉泡馍、葫芦头等打打牙祭，也还不错！有会、有事的时候，去省内外开会、办事，尝尝外地的小吃；其余大多时间，就待在宝鸡小城，就安静地待在高新零到六路，平凡而简单，安静地吃着、活着，不也挺好！

还是好这一口糊汤

在县城盘桓了几天，寻吃了模糊面，也寻吃了土豆粉，寻吃了各种或干或稀的饭，把自己吃得打起了饱嗝，却还是觉得饥饿，感觉腹中空空……终于知道，生命中的很多东西无法被代替，譬如亲人；譬如根深蒂固的饮食记忆。于是，趁间隙走到西门口，去喝我心心念念的糊汤。

我是正宗的商洛人，洋芋糊汤饭是我们商洛（商州）公认的州饭、家乡饭，也是我的最爱。今生今世也只好这一口，只喜欢吃洋芋糊汤饭。在县城西门口，有一个很大的美食城，沿途各种好吃的，一概视而不见。我继续朝街里面走，朝远处民居的方向走。果然，不多时，就瞅到了"糊汤"摊位的招牌，不由得加快了脚步。

摊主是一对中年夫妻。糊汤摊就设在他家门口。摊位不大，却收拾得干净卫生。窝好的酸菜，还有摊好的煎饼，切好的葱花，一看就让人很有食欲。

我喊了一句："老板，有糊汤吗？"

男老板说："咱专门卖糊汤，咋能没有！"说着揭开锅盖，"你看，这不是糊汤，是啥？"

我俯下身子查看，正宗的红豆糊汤，满满的一大锅！

抬起头，正好和老板四目相对。

老板笑了："咦，咋又是你？"

我也笑了："对。是我！去年洛南县中学百年校庆，我在你这里吃过三天！"

老板说："对。全县城就我这一家卖糊汤的。老吃家都知道。来一碗？"

我摇摇头："不！来两碗！"

老板说："好。"

坐在木凳子上，我没挪地方，一口气呼噜吃了两碗热乎乎的糊汤。刚出锅，糊汤还是有点烫。我绕着碗内边边，从外向内旋着吃，不一会儿两碗都见了底。老板送的小菜太好了，一份酸菜，还有土豆片，十分可口。还想吃，胃里却实在塞不下了。

今天的糊汤里，老板照旧下了红小豆，所以是红糊汤。我小时候、初高中上学时大多喝的是黄糊汤，即玉米糁本色出演。只有在家里，时间从容的时候，母亲会给锅里面再下些大眼豆子或小豆，甚或新摘的豆角。大多时候应我的要求下土豆，因为父母都知道土豆是我的命。昨天和母亲聊天，母亲说前几天到街上买了一堆土豆，看起来又大又新鲜，却怎么也煮不烂、咬不下。我一边说"怎么会？不会买到假土豆了吧"，一边恍然大悟：父母年纪大了，已分别安上了假牙，再好的土豆也咬不动了——不由得心中一阵阵难过！

趁老板回家里取东西，我问老板娘："半夜就起来熬糊汤了？"

老板娘说："前半夜就开始准备了。费人得很。也挣不下钱，每年摊位费都一两万。想让我家那人外出弄其他营生，人家把这放不下嘛！"

老板从家里出来了，接过妻子的话茬："没办法，那么多人要吃呢！别看咱这摊子小，天南地北的人，都吃过尝过。还有在外地的商洛人，回来后都要吃。十几年了，就是赔钱，都要开下去……"

老板明显有些感伤。心直口快的他，当然不会理解什么叫浓得化不开的乡愁，也说不出什么叫情怀。但他一直在用自己的做人本色，让游子体会到什么叫人间温暖，什么叫宾至如归！说句实话，如果我是贾平凹先生，我一定会为老板题写一个大大的标语："天南地北商洛人，你妈喊你回家喝糊汤呢！"只可惜，我不是！

我岔开话题："咱这糊汤里为啥不下洋芋、红薯和豆角呢？就只下些豆子？"

老板笑了："要熬一晚上，洋芋、红薯、豆角能吃上？能吃成？再说了，糊汤里下洋芋是洛源、保安一带人的吃法，咱这一般不下。"

我沉默了下，没再说话，也没纠正老板的话。我家属于商洛市洛南北路，也经常吃洋芋糊汤、红薯糊汤、豆角糊汤。尤其是新鲜洋芋，一切两半，下到锅里，又甜又面，简直好吃极了！要不怎么会有"洋芋糊汤疙瘩火，除了神仙就是我"的口头禅流传？

唉！这辈子走得再远，好像也没办法改变固有的生命和生活记忆了！这辈子飞得再高，也挣脱不掉父母手中的那根细细的却坚韧无比的风筝线！一生就好这一口，香香甜甜、让我牵肠挂肚的洋芋糊汤饭。

一只烧鸡

还是在县城中学补习的时候吧，学校的饭经常千篇一律，而且少盐没辣子，肚子里没一点儿油水。我就渴望着能好好地打顿牙祭，慰劳慰劳自己寡淡的胃！于是，我就经常在县城街道闲转，转着转着，我眼睛直了。眼前一排铁架子串了一只又一只不知是鸡，还是鸭、鹅的东西（不是矫情，当时真分不清，在我心中，拔了毛的鸡鸭鹅都一样），黄亮亮，金灿灿，油汪汪的。我脚走不动了，一个劲地咽口水。而且口水还真不争气，连珠似的，砸在布板鞋鞋面上。

老板笑了，问："想吃吗？"

我点头如捣蒜："想。"

我又咽了口口水，问："这是啥？"

老板说："烧鸡！"

我问："好吃不？"

老板笑了，狡黠地反问："你说呢？"

我又问："多钱一个？"

老板说："六块！"

我愣住了。六块，不是个小数目。记得那时候，一张电影票才五角钱。我们同学，家境好的，一周家里给十元生活费，家境一般的，五元钱。更多的同学，两元钱就可撑持一星期——这烧鸡也太贵了！

在摊前徘徊了好久，我最后还是离开了！

三周过去了，我终于攒够了六块钱。在一个中午课间，我又一次站在了烧鸡摊前！这次，我说话声音也高了："老板，来一整只烧鸡！"

老板接过我手上的钱，一张一张对着太阳耀了耀，说："好！马上。"

我眼巴巴地看着老板从架子上摘下一只中等大小的烧鸡，用报纸包好，递给我。

我一把接过烧鸡，飞快地往回走。

回哪里去？我却犯难了。千万不能回宿舍，宿舍那么多如狼似虎的小伙伴会给我分吃得连鸡屁股也剩不下。上课在即，怎么办啊！实在没办法，我就把烧鸡带回教室，放进桌兜里。

那几节课老师讲的什么内容，已经完全不记得了。不光我没记忆，我估计许多同学也没记忆——坐在我座位周围的同学也一直在骚动。

小胖说："啥味？咋这怪的！"边说还边吸鼻子。

小文说："咋一股臭鸡蛋味！"

前面两排同学也转身往后边寻、往周围瞅。

我心如明镜，却也装模作样地说："就是呀！"

啥味咋这么重？熏死人了……

很庆幸同学们再没有深究。

好不容易挨到下课，我把烧鸡夹在腋下，一路小跑，就跑到了县城馒头山上。找一个僻静的地方，开始大吃特吃……

大家一定能想象到我大快朵颐，饿死鬼投胎的样子：如饿虎扑食，连撕带抓，手举两个鸡腿，左咬一口，右咬一口……都知道鸡骨头卡喉，而我，却连鸡骨头渣渣都嚼碎咽下去了。三下五除二，如同猪八戒吃人参果，不一会儿整只鸡就没了！烧鸡真好吃！我一边感叹，一边想：以后有钱了，我一定一天买一只烧鸡吃！

这以后我真的还吃了好几次烧鸡，开始还是一人吃独食，再后来，和舍友分享，再后来和同学一块带到山上吃，再一起喝两瓶当时售价才一元五角钱的普通太白酒，哈，感觉人生的滋味全在里面了……

前段时间，再读马平川兄《我的农民情结多么顽固》（载《散文月刊》，2010 年第 5 期），当看到平川兄言及他自己应邀去五星级酒店吃海鲜、吃西餐，他嫌程序麻烦，让女服务员拿来一个大盆盆，把那些装模作样的食物一下全装盆子里，然后躲在一边不管不顾，胡乱地吃，畅快地吃的情节时，我也忍俊不禁。和平川兄一样，不管在城里生活多少年，我们好像都未改变农民子弟的本色，也许在别人看来，我们都比较乡巴佬吧！

可能是过去烧鸡吃多了，现在每每到烧鸡店，我总是快步走过，甚至许多时候掩鼻疾走。不习惯那个味！禽流感肆虐的时候更夸张，宁愿绕道很远，也不愿看到、路过烧鸡店。我女儿和我一样贪吃，不过，她没有吃过一次烧鸡，却吃过许多次肯德基，还有馋嘴鸭。后来，因为妈妈经常说那些东西有激素，会影响发育，同时，"苏丹红""多脚鸡"事件的发生，以及老师们关于"禽流感"等疾病的洗脑式宣传——女儿也逐渐对鸡丧失了兴趣，甚至一度到了杯弓蛇影、谈鸡色变的程度。

今天去市里辅导班接孩子，因为时间还早，我就信步走进了"国外产品保税直销店"，在酒水区，我的眼睛又直了、亮了。我第一次看到了好多洋酒的名字，什么人头马，拉斐尔，威士忌，白兰地……不禁感慨万千！现在社会好了，你看人们足不出户，就能轻松享用到各种高端的东西。难怪奶奶去世前一再说："娃，现在社会好了，好吃的好喝的太多了。婆不想走，真正舍不得走！"

　　哦，怀念过去苦涩的日子，怀念那一只只香香的烧鸡！

　　　　　　　　　　（本文刊发于《西北信息报》2022 年 7 月 29 日）

五个"油轮"的爱

乡村里的爱情，学生时代的爱情，百分之八十都与吃相关。爱一个人，就是要想办法让她吃饱，吃好！

现在人们已经知道了，"嫁汉嫁汉，穿衣吃饭"，可是在我们那个年代，这个口头禅好像远未风行。许多事完全只凭意气和感觉。

还是在上高中时，我喜欢上了一个女同学。用"一日不见，如隔三秋"形容有点儿夸张，但每天见不到她至少如坐针毡、心慌意乱是一定的。我们那个时候，春天还不够温暖。喜欢一个人，不敢去表白，只能偷偷地放在心里。

青春期的爱情大约都是懵懂的。直到今天，我也不知道到底喜欢她什么：是一手硬朗俊美的书法，还是郁郁寡欢的气质，抑或是身上散发出的母性光辉？好像是，又好像都不是！

也许，青春期的爱就是爱，它不需要任何理由。喜欢就是爱，爱就是喜欢！

俗语说：爱都是排外的。因为喜欢（爱）她，就特别不喜欢她和别人走近；就是偶尔看到她和别人说话，也会莫名其妙地难过——这也许就是人们所谓的吃醋吧！因为喜欢她，就特别地关心她：每天是否吃饱？开心不开心？于是，就做了许多傻事：比如帮全班女生去打糊汤饭，其中她的饭总比别人的冒尖；比如抢着去打开水，只想为她省出学习的时间；比如假装偶遇，顺手递给她两个鸡蛋……

记忆中最深刻的还是有关"油轮"的故事。所谓的油轮，只不过是常见的油炸的圈状面食而已！在乡村中学，相对于一天三顿的玉米糊汤饭，油轮就是高档的调剂美食了！因为学校厨师一星期只炸一两回，而且学生又多，所以大家经常为抢油轮吃而恶语相向，甚至大打出手！男生尚且如此，女生吃不到油轮是很正常的事。有一次，我竟然一次抢到了五个。别人质疑，我只说给宿舍同学捎买。

其实真不是给同学捎，也不是一人独享，我自有用处。

我把五个油轮装在一个食品袋里，然后夹着一本书，信步向后山走去。

学校在山区，校门口是大马路，车水马龙。而后山有树，有草，有田地，还有零星的人家。后山空气新鲜，人烟稀少，是我们当时念书背书的理想乐园。沿着羊肠小道，我缓慢前行。走了一里多路，我驻足，在一棵大核桃树旁边坐下，翻书，等待！

等谁？当然是等我心爱的女孩。

我知道我这个女同学每天晚饭后，一定会来这附近背书，这个核桃树就是她必经的地方。

等啊等啊，终于等来了。一看到她熟悉的身影，就莫名心跳、激动。

她来了！她真来了！她什么也不知道，如往常一样边背书边向前走。眼看就要走过核桃树了。我一下子跳了出来：

"嗨！"

她先是吓了一跳，看清是我，笑了：

"来得早！"

我说："是呀！我吃饭快！"

她再次笑了，笑得还是那么好看。一边挪步一边说："那，背书吧！我走了！"

我一下子着急了："哎！别急！"

她很诧异："有事吗？"

我说："刚才吃饭，多买了几个油轮，你吃吧！"

她愣了下："我晚饭吃得可饱，不用了，你自己吃吧！"

我脸红了："哎呀，我刚吃过了。你吃一两个吧。权当'为民除害'吧！"

她依然婉拒了，态度很坚定。然后，不顾我热切的期盼，自顾自地沿着羊肠小道向里走，边走边背书……

我呆呆地站在原地，看着她一步一步走远。再回头看到那五个油轮，我不由恨死了自己：你看人家，长那么漂亮，读书勤奋，而你，纯粹就是一头猪，一头胸无大志只知道吃的猪！

想着想着，我不禁悲从中来，将五个油轮如飞碟一样，扔到空中。大家能想象到那个情景吧！五个油轮，像天女散花一样，争先恐后，飞出去了。然后，我拍拍屁股上的土，揉揉坐麻了的腿，再最后望了一眼那个熟悉的身影，然后，坚定地向教室走去……

我，我也要考大学了！

酸酸甜甜的野刺蕾

和女儿去餐馆吃饭，女儿照例点了自己喜欢喝的杏仁露，而我则点了一瓶果啤。服务员送上来饮品，"野刺梨果味饮料"——我锐叫了一声！吓了服务员一大跳。我手指着果啤，有点结巴地问："什么时候出产的？我怎么不知道。"服务员笑了："一直都有啊！"深情注视着这瓶果啤，我的思绪一下子回到了少年！回到了那苦涩、孤独的岁月！

我总是想起刺蕾，想起秦岭深山外婆家那一带酸酸甜甜的野刺蕾。

打有记忆开始，似乎我就没有在自己家里长大，满满的都是秦岭深山的生命和生活记忆。秦岭深山里有我亲亲的外婆，我的外公，有我的许多亲人。少年时期，我经常赶着外婆家的一群牛，一个人，在山里一待就是好多天。

外婆家住在秦岭深处的火龙关小队，远离人烟的地方，却又归于下面的水草坪村管辖。秦岭里的村民一般居住得都很分散，一家距离一家好几里路远是很平常的事。外婆家是真真正正的秦岭人家。整个火龙关只有七八家人，外婆家这块只有两家人。一家是外婆家，一家是对面的一家人，两家隔河相对而居。两家都养牛，邻居家养了十多头牛，还有几只羊，比外婆家养的多。

　　记得外婆家房前屋后都是各种我叫不全名字的粗粗壮壮的树，两个舅舅每天要上山砍树，卖给山外的人用，所得的钱贴补家用。外公和外婆每天要去放牛。一个人在家无聊，不好意思混吃混喝的我就自告奋勇去做看起来最简单的事——放牛！放牛的任务其实并不重，什么时候牛吃草吃饱肚子吃圆了，就可以往回赶了。每天如此，周而复始。

　　还记得外婆家的牛就那么六七头，而且牛大都很听话。放牛也不用太操心，只要把领头的老母牛看好，其他牛就跟着走了。只需要数好数别丢了牛，别跟对面邻居混了牛就行。我喜欢牛，外婆家的牛也很通人性，慢慢地牛接受了我，接受了我这个小主人。牛开始听我的话了。我不仅看牛，还骑牛。每天赶牛回圈的时候，我骑在领头的母牛身上，甩着自制的牛鞭子，后面跟着一群大大小小的牛，那模样还真像凯旋的将军！千万不要以为只有我一个人放牛，深山里野生动物多，山猪、豹子很常见。还有那张开半个翅膀如磨盘大、轻轻松松就叼起一只羊的老鹰，当然还有各种颜色不一的蟒蛇……所以大多时候我跟舅舅一起去放牛，偶尔才一个人"单飞"。当牛倌的日子刚开始比较新奇，慢慢地就感觉到枯燥了。我是一个好动的人，总是要找点儿事做，要不就闷死了。所以我经常在放牛的时候，或者去河里捉鱼，捉很有分量的大白条鱼，拿回去让外婆做来吃；或者跟着舅舅们去捉蛇、用土枪打鸟。核桃熟了，不管是谁家的，拿起石头就往树上砸，吃得满手乌黑；杏子熟了，就去摘杏——运气好的时候，满满的一面坡，都是金黄的熟透的杏；石枣子熟了，就去吃石枣子（我一度认为北方的石枣子应该就是野荔枝，除了味道不太一样，形状完全一样）。牛吃草的时间，也是我胡吃海吃的时间，我和牛儿们各自安顿。待到外婆喊吃饭，肚子早已经被各种各样的果物填饱了！

　　就是在这个时候，我认识了野刺蕾。外婆家经常下雨，一下雨河水就疯涨，很奇怪，洪水从秦岭深山下来的时候，还是白色，过了外婆家以后，就变成了浊黄色。我经常在上游白色的洪水里玩，不亦乐乎。瞥见河边一窝灌木丛上结了很多小果子，浑身长满了尖刺。我问和我一块放牛的小舅："这是什么？"小舅说："刺蕾！可以吃的。绿的是没有熟的，等到熟了，全部变黄或者变红，很好吃。"小舅一边说着，一边从灌木丛上摘下几颗刺蕾，塞进了嘴中……我大张着嘴巴，看着他将几个刺果子咽了下去。那分明是绿果子！按照舅舅的说法，果子还没有熟，更何况浑身还长满了尖刺！仔细打量，灌木比较低矮，果子却结得很多，伸手可及。学着小舅的样子，我也摘了几颗，尝试着咬咬，又酸又涩，还有刺扎嘴！看我不敢吃，小舅说："这刺不要紧，是茸刺，可以嚼碎咽下的。熟了刺就硬了，刺会伤胃，只能吃果肉了！"我拿起一个果子，只嚼了两下，就飞快地连刺带肉往下咽。果然，没事！哎呀，刺蕾真是太好吃了！尝到了甜头，我把周边的刺蕾树上的刺蕾全部摘了下来，用河边的大叶子裹着，带回了外婆家。一颗一颗慢慢地享用，连刺带肉都吃进了肚里，真是好不惬意！在缺吃少喝的岁月，一定意义上，刺蕾满足了我对山野美食的需求！

　　过了一段时间，有一天小舅说，咱今天把牛吆远一点儿，带我吃更好吃的刺蕾。记得那天我们一起把牛赶到了深山沟里。沟里一层一层的全部是荒地，也不知道已多久无人耕种了。舅舅说，这里的刺蕾很多，都熟透了，够我吃。放眼望去，一窝一窝的刺蕾树，上面结的全部是红的黄的果子。如同孙悟空进了蟠桃园，我兴奋雀跃，大吃特吃。熟透了的刺蕾非常好吃，只需要轻轻一咬，薄薄的皮里的汁液就自然流进了嘴里。真是要多甜有多甜！我一层坡地一层坡地地吃，吃了个肚儿滚圆。这以后我自己赶牛还去过沟里几次，直到所有的绿刺蕾全部成熟，将它们全部吃完才罢休！

不得不说我是一个很有小聪明且很懂得举一反三的人，这条沟里有刺蕾，旁边的沟里一定有；只要有一棵刺蕾树，就说明水土合适，这附近、这一带、这一片一定会有更多的刺蕾树。果然，我的判断都一一应验了！那些日子，我摘吃了不少刺蕾。出去放牛也越来越有兴味了。

自从发现了刺蕾，对其他的食物我完全没有了兴趣。刺蕾一度占据了我的少年时间。我喜欢吃绿刺蕾，眉头一皱，连刺带肉就咽了下去！我喜欢吃红黄色的刺蕾，甜甜的，间或有些酸，吃刺蕾的感觉如同咀嚼着生活，五味俱全。看到我贪吃刺蕾的样子，舅舅笑了。而我心里却有另一套逻辑：这些生长在山谷中的刺蕾树，应该感谢我。是我发现了它们。树结果子就是让人吃的。如果不是我，它们就终老山谷，果子也就白结了，一年一年，经秋至冬，果儿们会变成落果，化为春泥，又该多么寂寞！岂不是白白辜负了生命！当然，有刺蕾相伴的日子，也是我最快乐的日子。到处找吃着刺蕾，耳边是叮叮当当的牛铃声，漫长的几个小时一晃而过。孤独和寂寞一扫而光！

后来因为学业，不得已我离开了外婆家。离开了朝夕相处的牛群，也离开了我心心念念的刺蕾！这以后，为了考学我辗转各地，也很少再去外婆家。再后来，疼我的外公、外婆先后离我而去，小舅也远走山外。深山里只剩下大舅一人，照料着家里的牛儿。再后来，大舅也出外打工，外婆家的牛也先后卖完了。再也不用放牛了！当然，再也吃不到酸酸甜甜的野刺蕾了！

在城里生活，我也常常怀念我的刺蕾。很奇怪，每到瓜果成熟的季节，其他各种果物都能吃到，却就是见不到刺蕾。那么好吃的果子怎么会无人培育？上网一查，果然没让自己失望。原来官名不叫刺蕾，而叫刺梨。四川、贵州等南方许多地方都有培育，而且好像早就形成了产业！记得过去曾经喝过一种野刺梨的瓶装饮料，也曾经心旌摇荡过。而今天这瓶野刺梨果味啤酒，应该都是用野生刺蕾加工而成的吧！也一定经过了蜕刺、去皮、榨汁等工艺的处理吧。在城里，我也曾不止一次地吃到菠萝，还曾一度疑心菠萝就是长大后的刺梨呢！是不是到了热带，生存条件充足，刺梨舒张生长开了，刺也变异了，整个果实膨大变成了菠萝，难道是这样的么？这样看起来刺蕾好像一直未远离我，而是以另外一种形式持存着，并充实着我的味蕾记忆！

也许是小时候野刺梨吃多了，枝枝叶叶都浸入了我的骨骼血脉了吧，和野刺梨一样，很长一段时间，我将自己完全活成了刺猬的姿态，棱角峥嵘，浑身是刺，动辄拍案而起，彻头彻尾一个"愤青"。就连我老师也笑我纯粹一个"南山土匪""毛得很"。眼里揉不得沙子。动辄房响锅炸。没有办法，在外赤手空拳打天下各种艰难，人不得不把自己武装到牙齿，甚或戴上厚重的盔甲。可能只有在亲人面前，才会收拢爪牙，亮出自己的白肚皮。也许是早年吃野刺梨强壮了我的胃，强壮到可以嚼铜咽铁，什么样的明枪暗箭也打不倒我，任何事情一笑而过；吃野刺梨也让我明白了一个道理，人生都是先绿后红，先苦后甜，只需要辛苦地寻找、坚韧地等待。自从认识了野刺梨，其他果物一概放下了，对野刺梨的专一和钟情，也好像影响了我的学术思想，不能当文学的流寇，打一枪换一个地方，一定要有自己的文学根据地，比如在《当代文坛》杂志一发论文就是五篇，比如几十年咬住"贾平凹研究"课题不松手、不改初衷！

打开果啤瓶，倒上满满的一杯，一饮而尽！哦！酸酸甜甜的野刺梨！还有我那回不去的少年，以及跌宕起伏、如过山车一样的前半生！

想起了那一碗热气腾腾的豆腐汤烩馍

我是在离家 40 多里的镇上一个普通完全中学读高中的。时间已是 20 世纪 80 年代末 90 年代初,家中经济情况还不是很好。当时好像有一个怪现象,越是穷人家的孩子饭量越是大得可怕。我就是整天感到饥饿,好像肚子里有个掏食虫一样一直吃不饱。不止我一人感到饥饿,宿舍里经常丢失馒头、酸菜,老师就是知道,也不去查。白天还可以,每天两顿或者稀或者稠的糊汤可以果腹,晚上可真是难熬。我经常喜欢晚上读书,每次感到肚子饿时,常常是晚上 11 点左右了。想睡觉,想着睡了就不饿了,可是不行,辗转反侧怎么也睡不着。饥饿可以驱使人做出一些非凡举动。我就是。学校校门每晚 10 点半就关了,任你喊破喉咙也没人开的。不过这也难不倒我。我施展我从小练就的"凌波微步"和"飞檐走壁"功,三两下就翻过了高高的大铁门。当然有时候裤裆被割扯,腿被划伤是避免不了的。可在我心目中,只要能安安稳稳地吃饱睡好,什么代价都值得。

我经常狼狈地跑到街上,这时喧闹的街面早已经冷冷清清。我知道只有一家店不关门,那就是街上唯一的一家烩饼店,遗憾的是现在连店名也想不起了。老板见我,立马打招呼:

"来了?"

"哦。"

"今天这么晚？"

"是的。"

"还是'一拖一'？"

"对。"

几乎每次来都是这些对话，好像江湖黑话。老板说的一拖一，就是一大碗烩馍再加上一小碗烩馍。其实每次馍馍的数量不加，这一小碗不过是老板做烩馍时多加的一点儿汤。老板经常说，学生娃娃百分之百有胃病。多喝点儿豆腐汤对胃好。我知道，老板是故意这样说，他知道我饭量大，一大碗根本吃不饱，这样说是给我个面子。

我静静地坐下，缓缓地掰馍馍。这个店不大，却很温暖。奇怪的是，去过多少次，却从来未见过女主人。

老板从我手中接过掰好的馍馍，说稍等。然后就进里面忙活去了。他把火苗开得很大，炒勺也高高地举起，然后又快速地落下。不一会儿，一碗喷香的豆腐汤烩馍就端上了桌。当然还有一小碗"拖挂"。我把头埋在碗中，狼吞虎咽地吃着。不一会儿两只碗都见了底。

等我吃完，老板这才准备打烊了。我给老板说再见，不好意思，耽误时间了。老板笑笑，明晚还来呀！然后，木板店门在我的身后缓缓关上。

上高中那阵，吃过多少碗豆腐汤烩馍馍，已经记不清楚了，最难忘的还是老板那双温暖的眼睛。一碗泡馍，不光慰藉了我的饥肠，更是温暖了我在异乡求学的孤独的心灵！再后来，我不是一个人去吃了，经常带一帮子哥们，豪气地说："老板，来一大碗豆腐汤泡馍，再带一个拖挂。"每次老板都是笑笑，说，就来，稍等！

后来，有人向学校领导告状，那个黑脸的教导主任大为生气。他也真够黑的，让人在校门墙上安装了很多尖锐的小玻璃刺、蒺藜刺，还给上面抹了一层人粪。我和我的那帮吃货哥们完全不知情，晚上照样大大咧咧地翻墙，只听见一声声妈呀妈呀的叫喊声，一个个扑通扑通地掉下来，然后一道道手电强光柱死死地围住了我们……

学校为此专门召开批判大会，我和伙伴们被拉在台子上亮相，身上沾满了人粪，玻璃钻进肉里钻心地疼，台子上黑脸主任义愤填膺地讲："有些同学别出心裁（主任把'裁'误读成了'栽'）……"台下面的学生都笑了，我们没笑。

记得那天，天灰蒙蒙的，一片片乌云罩在头顶，一点儿也不移动。一如我年少时的心情。

后来，听说那家烩馍店生意不好，关门了。我和宿舍的同学都很伤感。再后来，我养成了每天只吃两顿饭的习惯，或者，每次吃饭我吃得可快，争取去舀第二碗（去晚了就没了，只能开水泡馍馍）；甚至有时候，一天不吃饭也不觉得饿。

再后来，因为高考失利，我转到了县重点中学。走的时候，我连高中毕业证也没有要。从此几乎再也没有回去过，包括那个让我永远无法释怀的母校！

想念那一碗香香的豆腐汤烩馍，想念那些年代给我温暖和希望的人们。

（本文刊发于《宝鸡文理学院报》2015 年 5 月 31 日）

"大厨小馆"倒闭了

和研究生去吃饭,忽然发现大厨小馆倒闭了!

宝鸡市高新一路的大厨小馆竟然倒闭了!

我们师生经常去的大厨小馆,学校许多师生都喜欢去消费的大厨小馆,坚持了十多年的平民饭店大厨小馆,一直颇有口碑、生意火爆的大厨小馆,莫名其妙,竟然倒闭了!

正值饭点,看着店门上的大铁锁和显眼的"本铺面整体出租"大字,我和学生面面相觑。耸了耸肩,我尴尬地说:"走吧!另换一家店!"

心头不由涌起一丝感伤!

开业以来,这个饭店的经理走马灯地换。服务员也由陌生到熟悉,熟悉到陌生,再到熟悉。因为和学校相邻,饭菜可口,分量充足,价格适中,环境亲民,大厨小馆一度成为我们新校区师生的第二食堂,如果还有第三食堂,那就是旺家厨房了!毕业生最后的晚餐,甚至许多谢师宴,朋友小聚,只要人数不是很多,大厨小馆都是首选!每到吃饭的时候,摩肩接踵,座无虚席。许多时候,来了朋友,还需要提前预订,否则仅有的三个包间也订不上,只好坐馆内的卡座了!

喜欢馆里的氛围!各色人等就座,三五成群,或一人独坐,可以吞云吐雾,可以海阔天空!服务员殷勤地穿梭。喜欢馆里免费的苞谷粥，喜欢像排球一样大小的白面馍馍，喜欢大多数人必点的大油卷，还有时不时推出的新菜品。经理换了几个，一开口一律就是："哥来了！先请坐，稍等！服务员马上来！"临走的时候："哥走好，欢迎下次再来！"真真正正的宾至如归！前台换了一茬又一茬，也都是颜值和情商俱佳的美女，永远的和颜悦色，永远的温婉可人！

以前开学术会议的时候，我和作家朋友、同事们多坐在大厨小馆的包间里。我们激扬文字，吟诗品酒，真是豪情快慰！每每都晚上 11 点多了，很晚了，还在店里聊天，经理从来不催，每次相聚到尽兴！后来我的研究生娃娃越来越多，我们也经常坐在包间里，谈谈学业，谈谈生活，谈谈工作，很是开心！馆里只有三个包间，却分别叫作 01 包间，02 包间，05 包间。01 包间和 02 包间紧挨着，中间用一道屏风隔开。02 包间紧邻厨房，相对来说，01 包间较好。环境最好的就是 05 包间了。单独设置，一般接待贵客！所以，每一次聚餐，我们都先问 05 包间，如果 05 包间被订出去了，就坐 01 包间。包间里都是圆桌。再后来，我们都喜欢上了最里面的卡间，卡间是长方桌，一边三个凳子，朋友对面而坐，说话、吃菜、敬酒就更方便了。这么些年，在大厨小馆，我接待过许多重要的客人，有全国著名作家，也有著名文艺评论家，当然更多的是我的学生。学校没有招收研究生前，我和我的本科生学生娃娃，经常在馆里相聚。在《光明日报》发文章的娃娃，获得省文学征文一等奖的娃娃，临时回校的校友，包括我的新闻专业的娃娃……我们都曾在这里吃过饭，都曾在这里温暖地相聚过。只要学生点菜，第一道必是土豆丝。因为学生娃娃都听我说过，我是土豆养大的。小时候妈妈生我后奶水不够，就用土豆泥喂我。长大后，因为商洛的州饭是洋芋（即土豆）糊汤，所以我与土豆结下了不解之缘；第二道菜才是各人喜欢吃的菜。研究生进校后，我们师生相聚的次数就更多了。大厨小馆成了我们经常去的地方。每次我请研究生吃饭，都要多点肉菜，学校食堂油水轻，多吃点肉有营养。每次学生娃娃都吃得很开心。所以我的一位研究生开玩笑说："跟着老师有肉吃！"这话听到我心里，感觉很心疼！如果不读研究生，这些女娃娃在家里都是宝贝，能缺肉吃吗！

过去和作家聚得多，谈诗论文离不开酒，我的几个研究生（包括研究所里的本科助理娃娃们）跟着我，也学会了喝酒。她们冰雪聪明，能文能武，成为我的得力助手，替我分担了许多许多！作家路子广，经常能弄到好酒，学生跟着作家、跟着我也喝了一些相对好的酒，因此，我的一个学生女娃娃说："跟着老师有酒喝！"每当听到这话，我马上批评。我说女生尽量不要喝酒。不喝酒就是保护自己！为此，我还当众把一位女娃娃说哭了！不过，后来，我给娃娃道了歉！我的学生也都是性情中人啊！她们喜欢文学研究，也喜欢和作家们交流，她们也有情有爱，有血有肉。她们需要心无旁骛地埋头学习，但她们有的时候，也需要合理地、有益地释放！不过，女生还是少喝酒为好！

终于，我的第一个男研究生弟子进校了！学生知情知意，更重要的是能陪我喝一点儿。可能酒天生就是属于男人的吧，只要相聚，只要身体许可，我和我的男研究生弟子总要抿几口。无论做学问还是做人，学生们越发像我了！和我的研究生一起，白的、啤的，包括果啤、饮料，江湖乱炖！有一段时间，我的男研究生娃娃羁留在外地，一回到宝鸡，我们师生坐在大厨小馆，端起白酒杯，庆祝劫后余生，那滋味，真是一个香！那个时候，学生不能随便进校，而我出入校门畅通无阻。每当学生来校找我，一个电话，聚在大厨小馆，几杯酒下肚，所有的郁闷和不快全部烟消云散！

在大厨小馆，很多时候，一个人喝过好多闷酒。人生苦旅，总是有那么多的烦恼和伤痛。静静地来到大厨小馆，找个角落坐下，叫上两个菜，一瓶白酒不一会儿就见了底。服务员永远是那么的善解人意。除了添续茶水，绝不来相扰。每当这个时候，一边听着馆里的轻音乐，一边想着自己的心事，自己慢慢调整……

可以说，大厨小馆，在我的心目中，在大家的心目中，不只是吃饭的地方，一定意义上，是一批人人生旅途的停靠点，甚至是精神的栖息地。然而，这样一个我们曾经大块吃肉，大碗喝酒的地方，这样一个曾经充满欢笑与泪水的地方，这样一个曾经写进无数文理人青春记忆的小馆，竟然，竟然毫无理由地、毫无征兆地倒闭了！

只希望这个充满人文情怀的小馆，搬到其他地方以后，生意能够继续红红火火！只希望那些曾在这个馆里待过，曾经给过无数人温暖的人们，那些永远满怀笑意的经理和服务员们，也能够被其他食客温柔以待！

怀念大厨小馆！

娃娃鱼

娃娃鱼，学名大鲵。国家二级保护动物。因其叫声酷似幼儿哭声，所以俗称娃娃鱼。

我不仅见过娃娃鱼，而且小时候经常吃。

真正知道吃娃娃鱼犯法，还是在我上高中以后。尽管初中在《中国地理》课上有所启蒙，但老实说，我从未真正动容过。因为小时候，家乡河里的娃娃鱼实在是太多了，我从未想过它会绝种……

还是在婚后吧，有一次我给小女儿夸下海口，回老家一定给她带两只小娃娃鱼鱼苗。结果，回家后，我找遍家乡的山山水水，沟沟洼洼，却连娃娃鱼的毛也没见着。才二十多年，我熟悉的家乡娃娃鱼已经真的没有了。想起来真是好伤感。

有娃娃鱼的日子，真让人怀念。

记得小时候，村子里是没有水井的。全村人吃水只有一个地方，后山里流出的一股清泉水，泉水汇集到村头，形成一个不大不小的水坑，人们都管它叫登曹（音）。每天家家都去登曹那儿挑水。我的父亲也是。可是很奇怪，有好几次父亲挑水回来的时候，桶里都有一条或两条娃娃鱼。

我问父亲："爸，从哪儿抓的？"

父亲说："还有哪儿！登曹里。用马勺捞上来的。"

我好奇心大起，我也要亲手抓条娃娃鱼。

那个时候，由于每天在家乡河里钓鱼，我的钓鱼技术远近闻名。每次只要我出去钓鱼，回来就是满满一洋瓷盆子，从不空落。我最得意的技术是用水草钓鱼，不用钓线。在水草上拴上鱼食，放进有鱼的地方，或者是大石头下，或者是岸边的鱼洞里，不一会儿就钓出特别大的母白板鱼。有时，我嫌钓鱼太慢太麻烦，就拿一个八磅重锤，沿河水一路砸上去，砸那些可能藏鱼的石头，不一会儿又是满满一盆鱼。

由于经常捉鱼，对娃娃鱼我也有所了解。娃娃鱼是两栖穴居动物，偶尔才出来活动。所以，当听到父亲说登曹里有娃娃鱼，我三步并作两步跑到登曹口，结果什么也看不见。登曹是用石板垒成的，我用手摸了摸，周边有很宽的缝隙。我心中有数了。娃娃鱼一定就藏在缝隙间。因为登曹不大，我就回家了。娃娃鱼已经被父亲捉走了，今天不可能再有。即便是有，只会是小娃娃鱼而已。要捉就捉大的。

第二天中午，我照例找了一根水草，只是这次水草上不再拴鱼食，而是拴上了我钓的白板鱼。刚将鱼放进石板缝隙，就有动静，然后我再等上几秒，等水草不动了，轻轻往上一提，哈，一条娃娃鱼果然被我钓出来了。贪吃的娃娃鱼把白板鱼咬得死死的，就这样做了我的俘虏。后来一称，七斤八两，算中等大。

这以后，捉娃娃鱼就成了我最喜欢玩的游戏。小小的登曹已经不能满足我啦，我把战场扩大到了家乡的整条小河。捉鱼的方法也多种多样，首先用白板鱼钓，钓不着就用铁条棍子捅，或者用铁杠子把整块石头掀起来翻捉。只要被我看到，没有能逃掉的。但是只有一次意外。有一次，我去捉娃娃鱼，在一个石垲底下，我看到了娃娃鱼暴露在外边的宽尾巴，凭经验我知道这条鱼不小，有十斤往上。那个石埝正好是后山的山泉水和家乡的河水交汇的地方，我再怎么用铁条捅也捅不出来，而且你越捅，它越往里面走。眼看已经天黑了。实在没辙啦，我就在它的尾巴附近挖了一个深坑，周边全部由大石块儿垒砌严实。按照我的想法，晚上娃娃鱼一定会出来活动。它只要出来，就逃不掉。真可谓瓮中捉鳖，十拿九稳。结果第二天一大早我去这个地方查看，差点气结。晚上突然涨大水了，我垒的石潭不见了。那条娃娃鱼早就顺水漂走啦！

娃娃鱼到我的手上，只有一个结果，那就是敬我的五脏庙。我会残忍地掐住娃娃鱼的脖子，按住它的头，用一颗钉子把它钉在河边杨树上。然后，用刀子从脖子上开个口，两手往下一抓扯，鱼皮就全部被撕下来了。去皮的娃娃鱼肉我会交给妈妈，让妈妈炒。有一次把妈妈吓着了。妈妈把鱼肉剁成块之后，鱼肉却在案板上跳舞。妈妈把刀一扔，直接吓跑了出去，从此再也不给我们做娃娃鱼肉了！

我会捉娃娃鱼的消息不胫而走。消息当然传到了我的班主任耳里。有一次，我逃学游泳被班主任抓到了。班主任给我两个选择：一个是让我一个下午给他捉五条娃娃鱼，医生说他的病只有吃娃娃鱼才能好；第二个选择是，直接把我交给父母，让父母收拾我。我想了想选择了第一个。那个下午，我走了十几里水路，捉了七条娃娃鱼。好像还挺顺利。结果回来的时候出了点儿意外，突然涨大水了，如果不是我小腿跑得快，我就喂娃娃鱼了！最恼火的是，洪水把桥冲断了。我逃到了南边，而家和学校都在北边。我整整绕了大半天才回到了家。回家后，我把七条娃娃鱼交给了老师。

我见过家乡最大的一条娃娃鱼有四十二斤。当时由两个小伙子抬着，据说是从红庙村的水电站里捉到的（很奇怪，当时很多大娃娃鱼基本都是在水电站附近抓到的）。当时娃娃鱼身体呈垂直状，头有篮球直径那么宽，身长一米五几。看得出来，这条鱼还活着，很欢实，且力气不小。稍一摆动，两小伙马上手忙脚乱，东趋西趄，大汗淋漓。记忆中那条鱼被全村人分吃了，什么味道已经想不起来了。印象中我们村民捉过最大的一条娃娃鱼据说有五十多斤重。当时我还在老家。好好的那天突然涨大水，从洪水上游游下来一条硕大的娃娃鱼。村民整整追了四五里，才用一个特大草笼捉住了它。一称，竟然有五十多斤。村民都认为是老鱼精，有不祥之兆。再说了鱼太大，肉也老了，不好吃。刚好有一个司机路过，只掏了50元钱，就买走了。当我听说后追过去的时候，那个司机已经开着车远走了。

粗粗算了一下，20岁以前，我吃过上百条娃娃鱼。那个时候真的什么都不懂。什么也都不知道。如果早知道娃娃鱼是国家保护动物，早知道它会濒临灭绝，打死我，我也不会吃它。

只好，下辈子让我托生成一条白板鱼吧！让娃娃鱼把我吃掉，毫不迟疑地吃掉……

女儿知道观音土

去饭馆吃饭，女儿看着一大桌子菜，却没有一点胃口。有一句话说得好，吃饭如同吃药。看着她皱着眉头，难以下咽的样子，我生气了：

"你就好好挑食吧！都瘦成相片和麻秆了，还整天挑三拣四挑肥拣瘦，总有一天会饿死！"

女儿斜着眼睛看着我，不说话。也不吃饭。

我开始唠叨起来。想当年我没东西可吃，我偷过别人家未成熟的苹果和杏，还吃过学校白墙上的土。

女儿抬起头："那叫观音土。我老师说过的。爸爸你土不土啊？你也说过好几次了，老爸你烦不烦啊?！"

我没有说话，思绪却不知不觉地沉入了过去。

正如张洁的《挖荠菜》所说，小时候从未离开我的感觉就是饥饿。因为饥饿，我会在洪水期，爬过只有一根长白杨树干做成的摇摇晃晃的简易木桥，钻到对岸别人的菜园子里，偷红萝卜偷西红柿，偷一切可吃的东西。因为饥饿，我整天在家乡的那条河水里上下钓鱼，捉螃蟹，和小伙伴儿用瓦片一烙，就吃下了肚子。因为饥饿，我小时候在外婆家里一待就是好些天。外婆家在秦岭深山里，山上总有我吃不完的一些季节水果，有野杏、野桃、野石枣子、野刺梨。有的时候运气好，还能吃上野鸡野猪野麝等野味。

然而，更多的时候还是饥饿。

当年，吃土就是因为饥饿。

记得好像是在一个下午，我和小伙伴正在中学旁边玩儿，也不知道玩了多少时间。忽然我们的肚子都不约而同地叽里咕噜地叫。我和小伙伴们都笑了！然后忽然明白了这样一个事实：吃饭还早，或者家里根本没有晚饭，怎么办？

这时一个小伙伴说："我知道什么能吃！"

我们大家都期待地望着他。

只见他顿了下说："我爸妈说墙上的白土能吃。许多地方的人都吃。我也吃过，好吃得很。"

说着他就从墙上扣下一块儿白墙皮，嘎嘣嘎嘣吃了起来。

我们一时都半信半疑。但是看到他吃得那么香，也忍不住就上去抠墙皮。然后，也学着他的样子狠吃了起来。因为小伙伴中我是孩子王，个子较高，力气大一点儿，手臂能够到高处的墙皮，所以我就比别人多吃了很多。

到了晚上，报应来了。恶心呕吐发烧，我，蹲在茅坑里怎么也拉不下。爸妈着急啦，问清情况后，给我灌了好多可疑的水，却还是拉不下。后来听说还是那个叫虎娃的赤脚医生，帮我从屁股里抠出了很多硬块儿。后来还是妈妈告诉我，不止我一个人去找这个赤脚医生，那天和我一块玩耍的十几个孩子，都一溜儿趴在地上，让虎娃医生掏屁股！场面壮观，全村人都来观看……

直到今天我都不清楚自己吃的是不是观音土。只知道墙土里大约有小孩成长所需要的钙……

难忘那些挨饥受饿的苦涩岁月！

第二辑　良师益友

DI ER JI
LIANG SHI YI YOU

耳朵温热

　　那还是我上初中的时候。上初中的我依然对数学不敏感。准确地说，是学不进去。想想吧，一个当时小升初语文考了 92 分全地区第二名，数学考了 14 分也不知道是全地区倒数第几名的，勉强靠总分才上了初中的我，对数学该会有一种多么复杂的情感！我不排斥代数，最讨厌的是几何。就连数学老师都说我，空间想象力太差。然而就是最基本的代数运算，还是让我愁肠百结，痛苦不堪！

　　时间回到初二时。又是一节数学课。很复杂的代数运算。下午一上课，数学老师就说了，今天发一份卷子，只有一道题，给大家两小时时间，单人单座，不准抄袭，谁算出来谁才能回家吃饭！

　　我们当时上的初中，就在我们村。那个时候，许多人包括我在内，好像对上学的意义还不是很明了。总觉得老师在害我们，所以学习的积极性并不高。相反地，对玩和吃挺有兴趣。既然算这道题关系到吃饭问题，还是要认真对待。结果拿到题，我傻眼了——怎么那么多的鬼画符符号。

　　同学们都在认真看着、做着。竟然有人已经在草纸上展开了运算——他们肯定会。我东张西望，好像不会的人没有几个。我把题目翻来覆去地看了又看，还是无法下手。数学老师虽然不在教室，但是可恶的班长在。班长一面做题，一面还不停地扫视全教室，看谁敢抄袭——我们班好多同学就因为班长的小报告，被老师重重惩罚过！看来要抄是不可能的。而且每个人把自己的题目都保护得死死的，生怕别人抄。"小气鬼！"我鄙夷地哼了一声。眼看着时间一分钟一分钟过去，教室里的人也越来越少了。他们都回家去吃饭了。也不知道他们妈妈给他们做的什么饭。看来今天我是饿饭饿定了。

正所谓天无绝人之路。正在我一筹莫展的时候，机会来了。有两个同学做完了，他们正要从我身边经过。趁班长不注意，我拉住其中一名同学说："快，让我看看？怎么做的？我不会做。"那个同学急忙甩开我的手。一副拒绝的样子。毕竟是同学，看我不开心了。他可怜我了。他说："不敢让你抄，答案是1/2。自己算吧！"

虽然有些失望，我还是如获至宝。答案是 1/2，那我只要在题目最后写一个 1/2，老师就不敢说做错了吧？所以我马上静下心来，发挥我无中生有、捕风捉影、天马行空的天才编造技能，先写因为，再写所以，接着是然后，当然全部用数学符号了。然后王朝马汉洋洋洒洒写了大半页，都是一通数字——只有鬼才晓得的数字运算！在最后一步，我写下了大大的"=1/2"。我把卷子交给班长，自负地把笔一丢，提起书包就要走。

也许正应了人倒霉了，放屁都要砸脚后跟吧。几乎两小时不见的数学老师，这个时候偏偏走进了教室，然后第一个拿起了我的卷子。

我提心吊胆的，整个空气都静默了。果然，数学老师朝我招招手："来，你过来！"我战战兢兢地走过去。数学老师毫不客气，拧住我的耳朵，狠狠地转了几乎 360 度。他个子高，几乎将我提拎了起来。我龇牙咧嘴，疼得踮起了脚跟。"你告诉我，你这个1/2咋来的？你哄鬼么？中间都是胡写八道，你还等于1/2？你以为我是傻子啊？"然后好像还不解气，数学老师又狠狠地丢下一句："都说山里核桃打着吃。几天不收拾你皮就松了！你还想考大学，等下一辈子吧！"骂完后，揪着耳朵又开始拧，使劲地拧……

后来还是妈妈出面，才把我救回了家。我知道爸爸从来不出面的，更何况爸爸和数学老师据说还是当年地区教师进修班的同学，爸爸早都交代他这位同学，一定要对我好好"照顾"。让他该打就打，该骂就骂。不要客气。

回到家，我的耳朵一直嗡嗡地响，特别疼痛。整个耳朵都红肿了，碰都不敢碰……连续几天都听不大清人说话——甚至一度怀疑耳朵废了！整整过了一个多月，才慢慢恢复。后来，我一直在问自己，数学老师怎么那么大的手劲？这以后还会不会被他整死？

这次拧耳朵事件效果是明显的。以后的数学课我无比认真。不会就问，再也不敢耍小聪明了。数学成绩有了很大进步。到了年底，因为综合成绩第一，竟然被评为地区三好学生。随后不长时间，数学老师就被调走了。据说被调到了区办中学。

初中升高中，我又是因为两分之差没有考上县重点中学。到了一般高中，数学对我又是考验。但是我还是尽力支撑。记得有一次很重要的文理分班数学测试，我的数学才考了56分，很郁闷，结果数学老师专门找我谈话说让我选报理科。因为我那么差的数学成绩，竟然是当次考试的全班第二名，老师觉得我理科有前途；加上我的体育老师对我的篮球、跳高有信心，也来动员我学理科。想起那么多艰涩的数字运算，想起那么多的作业，尤其想起初中的拧耳朵事件，我断然拒绝了。我坚决不学理科，我要学文科！果然，我做了自己人生的赢家。靠着文科，我走入了大学，当上了老师，拥有了自己想要的一切。而且，就是现在，也从事着我万分珍爱的文学事业。

前些日子回老家，母亲说："你还记得你当年的数学老师不？"我说记得。母亲说："你老师前段时间还专门打来电话，他在报纸上看到了你的名字，想问问是不是你。"我问母亲怎么给我老师说的？母亲说："我告诉他，就是咱娃！你老师很高兴，说你下次回老家，一定告诉他，他也一定要来看看你，看看这个他看着长大的孩子！"

不知怎么的，每当我的学生问我为什么要选学文科的时候，我不由自主地会想起我的数学老师，不由自主地摸摸自己的耳朵！我现在一点儿也不记恨我的老师，甚至感恩我的老师！正是我的老师讨厌弄虚作假、恨铁不成钢的非常行为，才让我真正明白了另一个人生道理：一个人不要贪多，主要看你真正适合干什么。要从人窝里爬出来，就要学会扬长避短！

怀念那耳朵温热的岁月！

想念我的老师！

恩师李思民教授的写作人生

　　不经意间，恩师李思民教授已经八十岁了。作为先生当年的助教，想起恩师耳提面命的一幕幕，尤其是先生始终不渝的写作人生，对我产生了深远而长久的影响。

　　宝鸡文理学院文传学院是学校文科的龙头学院，近些年来，它之所以能迅速发展、壮大和崛起，离不开各位前辈老师以及各届领导的不懈努力和辛勤付出，尤其值得一提的是原中文系主任、著名写作教育家李思民教授。他坚持"教师学者化，学者作家化"的办学理念，视写作科研为教师第二生命，认为大学先生和中小学先生的根本区别，就是大学先生必须把写作科研当作自己的第二生命，倡导专人专书专题科研，倡导做有尊严、留得下的科研，以教学带科研，以科研促教学，鼓励教师朝学者型、作家型教师奋斗。

　　在岗时，李思民教授爱业、敬业，笔耕不辍，取得了令人瞩目的成就。李教授留给文传学院的宝贵精神是：生命不息，奋斗不止的拼搏精神；低调做人，高格行事的贤达风格；自知自强，自信自立的人生态度。作为文畎艺苑里一介耕夫，李思民教授堪称一个名副其实的写作科研永动机。

　　李思民教授出身于一个教师世家，1968年大学毕业后支援陕北教育事业，先后在榆林地区教过师范和中学。1979年调入宝鸡师范学院，当年撰写的第一篇学术论文《一个值得借鉴的写作教学法——黛玉教诗浅论》，就获得了陕西省首届优秀科研成果奖（首届评比未分等级），就凭这一篇学术论文，解决了家属的农转非问题。1980年被任命为写作教研室主任，和王缵叔等老师一起创办了《宝鸡师范学院学报》和《文史半月刊》，开始了既当编辑又搞教学的双肩挑工作。

李思民先生父亲国学底子深厚，受其熏陶和影响，先生从小就爱语文，敏感善思，酷爱写作。曾常年担任中国写作学会理事、中国思维学会副秘书长、陕西省写作学会副会长。在长期写作科研实践中，李教授悟出了写作不是理论，不是学术，不是知识，而是写作者才情、智慧、语言能力的具体表现。写作像一条暗胡同，全靠自己去摸索闯荡，走得通与否，听天由命。只有悟性极高的人，才能领悟写作的真谛。而悟性具体指习作者的两种敏感，一是对语言的敏感，二是对生活的敏感。基于这种认识，李教授在任写作教研室主任期间，坚持每学年换一种新教材，从中寻找培养学生悟性的方法和途径。李先生和教研室成员赵德利、孙新峰、孟改正等，利用寒暑假，对使用过的北师大刘锡庆先生的《写作通论》、华东师大王光祖主编的《写作》、福建师大林可夫主编的《基础写作概论》、华中师大朱伯石主编的《现代写作学》等教材，融裁组合，吸收其精华，以悟性培养为纲，以能力训练为目标，重新搭架子，编写出一本面目全新的《写作辅导教程》。经过教学实践，取得了良好的效果，并获得了省政府和省教育厅优秀教学成果奖，解决了写作课难教、没人愿意教、职称难晋级的全国性难题，开辟了宝鸡文理学院写作教研室尽出教授、系主任、学者、作家、文艺评论家的辉煌局面。写作教研室主任中涌现出了著名作家、鲁迅文学奖获得者、二级教授红柯，著名文艺评论家、二级教授赵德利，省内外知名文艺评论家马平川、孙新峰等学者、作家。写作教师晋职、提拔、获教学科研等各种高等级奖项，在全省、整个西北乃至全国都是少见的。

在任系主任期间，李教授以全新的教学、科研和管理理念，给全系注入了新的活力，为系上后来的发展，打下了坚实的基础。

在教学上，先生反复强调，教师与学生的关系，应该是"亦师亦友，亦父亦兄，教学相长，师生一体"的鱼水关系。他要求教研室老师始终把教"做人"放在第一位，其次才是教"作文"。对老师，他强调教师对学生只有呵护关爱的义务，没有横加指责的权利；只有把课讲好，用新颖的内容、高超的讲授艺术去吸引学生的责任，没有强迫学生必须听你课的家长作风。同时，他要求老师不要鄙视那些成绩差的学生、调皮的学生、家庭条件不好的学生，要爱他们，加倍呵护他们，将来能记住并感恩你的可能正是这类学生。对学生，李先生则语重心长地告诫他们，你不爱学这门课，但不能和老师对着干，要尊重老师的劳动，老师毕竟是你的长辈。在这一点上，李教授对自己要求不高，他常说，一个班只要有十个人认真听他的讲授，他就心满意足了。事实上，历届喜欢听李教授讲课的人，远远不止十个人。宝鸡文理学院原校长王志刚教授曾是李教授在陕北教过的第五届学生，他曾感慨地问李教授："外地在陕北教书的老师那么多，为什么您教过的和没教过的学生，个个都那么爱您？时隔五十多年，还能记住您，经常来看望您，其中有什么奥妙？"李教授笑着说："我视学生为己出，像呵护我的孩子一样关爱他们，从来没批评过一个学生，尤其是学习差的学生，你说他们能不记住我吗？"

李教授对学生的深情厚谊，还表现在对学生的终极关怀上，在人生十字路口为学生指点迷津。府谷中学 1976 届学生郑介甫，这个购买乌克兰航母的全国大儒商，曾深受李老师的影响，一心学文，李老师坚决反对，指引他报考经济专业，郑介甫先后读完本科、硕士、博士，在中南财大执教五年，下海不久就执掌天津环渤海控股集团。中文系 1977 级学生田晓东和李教授交谊甚厚，毕业时，李老师告诉晓东，你未来的发展前途在政界，朝此方向好好努力吧。不久，田晓东出任陕西省委组织部副部长，印证了李老师的预言。作家红柯出名后，见诸报刊的都说红柯的处女作是这是那，其实都不对。红柯真正的处女作应该是他给李教授提交的散文《刺槐花》。这本来是李老师在讲授散文创作时红柯提交的一篇作业，李教授帮他修改了五次，最后推荐给全国大学生征文组委会，并得以出版面世。著名电视剧编剧由甲，是中文系 1983 级学生，原名叫由幼群，李老师发现这个学生具有写诗编故事的天才，在读大学时，常有作品见诸报端，于是便给他改名由甲。这个城市长大的娃，因受班上九个进修的业余作家的影响，放弃自己熟悉的生活，跟着他们也写起了农村题材的作品，丢失了自己的擅长和特色。针对这种情况，李教授以柳青和马烽为例，告诉由甲，新中国成立后这两位作家都曾在中国作协和文联工作，后来之所以离开北京回到自己的故土陕西和山西，是因为他们清楚，待在北京，即使把笔写秃，永远也写不过老舍，写不出老舍笔下那种京腔、京调和京味。后来，他们以巨著《创业史》《吕梁英雄传》向世人证明，他们的选择是对的。由甲悟性很高，听从李老师的建议，坚持自己原来的写作方向，经过数年努力，他已经创作了《失乐园》《龙年档案》《宜昌保卫战》《铁在烧》等优秀电视剧剧本，并荣获第十九届电视剧"飞天奖"和第二十一届大众电视"金鹰奖"等。

在科研上，李教授不厌其烦地强调，大学老师如果不搞科研，久而久之，就只有大学生的水平。同时，李教授积极帮助并引导青年教师，在本专业和相关专业的交叉点上寻找自己的科研生长点，确定研究方向。中文系的老师们也没让李教授失望，每年都有人破格或正常晋级副教授和教授，每年都有人获得学院乃至省部级科研奖，曾一度被外系同人戏称中文系是垄断职称和科研奖的超级大系。

与此同时，李教授又提倡大学学生早点进入科研领域，摸清写论文搞科研是怎么一回事，为以后尽快地出成果打下坚实的基础。

在管理上，李教授制定了一套科学的管理方法和制度，率先在中文系实行制度管理、工作管理、量化管理等规章制度。规定助教、讲师、副教授和教授每年必须发表几篇学术论文，完不成，一票否决年终优秀评比资格，这一下子造成了一种无形的压力。李教授讲，这就叫形势逼人，实际上是人逼人。人是逼出来的，不逼，谁愿意干事？量化管理好不好？李教授在退居二线时曾感慨地说，量化管理应该说是好的，因为它接近了公平和正义。但是它也有弊端，即远离了道德，不讲同情，而道德的核心正是同情心。

实行量化管理制度之后，李教授把自己彻底解放出来了。他仍然有充足的精力和时间上课、写作，并给陕西省委，宝鸡市委、市政府，以及宝鸡驻军及厂矿、机关等单位，搞培训，做报告，撰拍电视专题片。他撰拍的第一部党员电教专题片《赤诚的奉献》就获得了全省一等奖，后代表陕西省委参加全国评比，又获得了中组部二等奖。当时不少系处领导对李教授的评价是，当系主任和没当一样。李教授听了，发自内心笑了："甚善，名我固当。"

李教授视时间如生命。他既不空耗自己的时间，更不浪费别人的时间。用他的话说，就是从来不干不打粮食的事情，他从未召开过空谈扯皮的会议。作为系主任，他难免经常参加一些会议，每次他都带一个记录本，一个稿纸本。如果会议没有多少东西可记，他就撰写文章，两三个钟头的会结束了，他两千字左右的文章也就脱稿了。以致给参加会议的外系系主任留下了一个错觉：中文系李主任每次开会记录那么认真。"三讲"集中学习那一个月，他不像别人抄抄书、凑凑篇数了事。他的"三讲"笔记，都是单篇成立的政论文章，合起来就是一本随笔专著。

李思民教授爱写，常写，出手快，写作路子宽，这都是长期苦练积累的结果。有一年东岭集团要召开世界铅锌年会，宝鸡电视台郝毅副台长给东岭办公室主任李伟说，最好请李教授撰写专题片脚本。厂里要一个半月时间拿出脚本。李老师深入采访后，用了一个礼拜就交了差。董事长李黑记感慨地说，没想到李教授水平这么高，出手这么快啊！

冰冻三尺，非一日之寒。李教授小学时就爱上了写作，握笔七十多年来，一刻也没停止过。写作在李教授身上，已经渗透到筋骨血液里面去了，性格化了。李教授坚信，佳作常自改中来，但必须作者自己修改自己的作品。所以，他在读初中时，自己修改小学的作文；读高中时，修改初中的作文；读大学时，修改小学、初中和高中的作文。他特别珍爱上大学期间所写的七大本作文合订本，以及中学时写的三个独幕剧，《一口锅》《一堵墙》《一箱石子》。可惜一场"文革"动乱，这些心血凝成的东西，统统丢失了。每提及此事，李教授心疼难忍。

李教授曾经荣获教学、科研及优秀先进称号、奖励共计 36

项，其中五次获得省部级优秀成果奖，两次获得省政府教学成果奖，2000年又荣获国务院政府特殊津贴专家称号。李教授认为，这都是毫不懈怠写作搞科研的自然产物，是平时的付出应得的回报，是水到渠成、瓜熟蒂落的必然结果，但绝不是终极目的。泱泱五千年，中华文明发展史，实际上用"因果"二字可以得到诠释。李教授认为，平时的写作科研是"因"，送上门的奖章、荣誉则是果。因生果，果变因，因因果果，果果因因，相生相承，或走向成功繁荣，或走向衰落灭亡，关键取决于你平时所积的"因"。

李思民教授认为诗不穷人，文不穷人，书不穷人。吟诗、撰文、读书能富养精神，浴德澡身，健康延寿，这才是目的。越读越写，精力越旺盛，头脑越清醒，越显得青春年轻。退休已经二十个年头了，李教授仍然攻读不怠，笔耕不辍。在职时，他先后推出了《写作艺术体操——献给"语言痛苦患者"》《问题意识·思维品质·创造精神》等有一定影响的学术专著，撰拍了30多部电视专题片。在《社会科学》《学术交流》《学术探索》《天府新论》等刊物上发表《思维嬗变：从纵剖走向横断》《创作语言的仿效与创作探析》等40余篇论文，其中《纵剖·横断：毛泽东与邓小平思维特色》等论文被《中国领导科学文库》《中国"八五"科学技术成果选》和人大复印资料等十多种国家级大型书刊全文收录和复印。退休后，他又制订了宏伟的出版计划。在他七十岁生日时，面向社会大众奉献出近五十万字的《格子庐闲话》，因为接地气，有生活，颇受社会各界人士喜爱，索书者络绎不绝。八十岁又准备出版精选2000余首古词的《格子庐词话》，以后还将陆续出版《格子庐诗话》和《格子庐曲话》。正因为如此，不少人又说，李教授退休和没退休一样。

退休后的李教授为自己找到了三个养生安乐场所：厨房，在这里操刀烹饪，烹制佳肴美味，服务家人，其乐融融；书房，对话圣贤，吟哦唱和，怡情养性，无不快哉；茶场，品茗聊天，说笑逗趣，捧腹解颐，乐不可支。如果说李教授当年写论文搞科研收获的是荣誉，那么，如今仍笔耕不怠，收获的则是脑聪目明，健康延寿。

李教授虽然已经八十高龄，但他仍然音吐鸿昌，年力康强，愿恩师越活越年轻。

（本文刊发于《宝鸡文理学院报》2024年4月15日）

大老师　大学者　大院长

——致敬恩师赵德利先生

　　赵德利老师是我的大学老师，是我们中文系 1994 级本科班的写作授业启蒙老师，是一位真正的老师。德高望重，德艺双馨，被评为省级教学名师实至名归。记得刚上大学，同学张亚玲刚进校就在校报上发表散文《小站》，激活了全班的文学梦。老师的文艺散文写作、微型小说写作讲得超好。新闻写作和文学评论写作也让人印象深刻。老师批改写作作业特别认真，三言两语，直击要害，让人折服。大学期间，我们班尹小春率先成为校报专栏作者，是校内知名大才子；李启延的文章登上《陕西日报》《杂文报》；武俊峰在《女友》《当代青年》发表文章；包括我在《陕西日报》《山西发展导报》等报纸上发表文章，学生时代就成为《西北信息报》特邀作者。可以说，我们 1994 级中文本科班同学现在的文学、新闻、评论的基本写作功底都是赵老师当年打下的。

　　赵德利老师是我的科研领路人，也是我的贵人、恩师。我大学共有两位写作老师，论文写作老师李思民先生，文学写作老师赵德利先生。两位恩师有明显区别，李老师长于宏观启发、点拨，重视写作之"道"的传授，大开大合，大而化之；赵老师专注于细部用力，见微知著，长于具体能力、素养的提升，锱铢必较，严格要求。两位老师刚好形成互补。正是大一写作课寒暑假赵老师布置的民俗文化调研作业，以及赵老师担任系主任以后，给我安排的"民间文学"课，才让我找到了自己的科研生长点——作家文学与民间文学对读——贾平凹作品商州民间文化研究，从而挖到了我科研的第一桶金，先后获批省政府项目、省艺术学科单列重点项目、国家社科基金项目，直到我现在成为省内贾平凹研究和陕西文学研究领域有一定认可度的学者。在我歧路彷徨的时候，赵老师慷慨出手拉我走上科研，他教我从贾平凹的第一篇散文开始读起，写读后感；他手把手教我填省教育厅项目书，记得那个时候申请书表格核心内容部分有字数和字号的明确要求，都需要手工填写、规范粘贴。正是由于跟着赵老师参研了"中国小说的民间精神"等多项省级课题，2005年我就获得了省政府项目，该项目也是中文系青年教师获得的第一个省级项目，直到2016年获批国家社科一般项目。我出身农村，是个反应慢、比较愚笨的人，赵老师经常带我参加写作、文学、新闻等各种重要学术会议，让我见世面、认高人、开眼界、通心窍。赵老师帮我修改、论证、细化，打磨我科研起步阶段的重要论文，带着我在《榆林师范专科学报》《小说评论》《新疆大学学报》《宁夏社会科学》等期刊上合作发表论文。随之才有了我后期的独立科研，在《黑龙江高教研究》《当代文坛》《当代传播》《兰州大学学报》《文艺理论与批评》等杂志上的质的突破，也包括我努力向老师学习，竞争首届民间文艺山花奖、省政府社科奖、省首届文艺评论奖、省《延河》杂志文学奖等，可以说，没有赵老师，就不会有我今天科研和学术上的从容面对、小有所成。

赵德利老师是一位好领导、好系主任，也是首任文学院院长，很出色的关陇方言与民俗研究中心主任，是真正贴心的大管家、大院长。2003年老师以极为雄厚的科研实力（我记得当时好像是 28 篇 CSSCI 期刊论文等），众望所归，从学校学报主编位置强势回归中文系，开启了继李思民先生之后，中文系发展历史上又一个黄金时代——请允许我称作"赵德利时代"。赵老师长于顶层设计，知人善任，他管理有方，坚持学术治系、技能强系、教学荣系、文化兴系，中文系风清气正，师生团结。2009 年获批省级关陇方言与民俗研究社科基地，赵老师主办了"中国方言与民俗高层论坛"等二十多次全国性乃至国际性会议，以及全省高校文学院院长联席会议等诸多全省性会议，邀请了朝戈金、邢向东、童庆炳、曹顺庆、曾繁仁、叶舒宪、温儒敏、尤西林等许多名家、学者来校，以及肖云儒、李建军、李国平、贾平凹、陈忠实等评论家、作家来校讲学、指导。经多年努力，学校的民俗文化批评实践、陕南方言研究、陕西地域文学特色研究开始享誉全国；中文系开始形成以中国语言文学（汉语言文学）为"体"，以新闻传播学、影视传媒艺术学为辅助"两翼支撑"的学科建设格局，也为现在中文学术硕士点、语文教育专业硕士点、广播电视（戏剧与影视）艺术硕士点"三足鼎立"的研究生教育布局提前打好了基础。赵老师主政中文系时期，宝鸡文理学院汉语言文学专业被授予陕西省第三个名牌专业（前两个分别是陕西师范大学、西北大学），当时赵老师带领我、师兄王渭清、学妹孙宵一起在老校区培训楼加班加点做名牌专业申报材料的情景，至今历历在目——当省名牌专业获批的消息传来，最激动的当然是我们几个，热泪盈眶，感觉心血没有白费，感觉把本来就是我们的东西从省上争取回来了，感觉自己还有点小用；赵老师主政时期，中文系顺利通过教育部本科教学水平优秀评估，获得国家一级学科学术硕士点。为确保本科培养质量，在全系推行"211111"工程：要求每位学生在读期间背诵 200 篇诗文，写 100 篇美文，观看 100 部电影，学唱 100 首名曲，欣赏 100 幅名画；打造中文系实践教学技能中心，在全系推行"两字一话"达标测试，坚持语言文字基本功大赛，强化教师教育技能，直接为后期学院申报并获批陕西第三个（前两个分别在陕西师范大学、西北大学）、学校第一个国家语言文字推广基地创造了条件。中文系各大专业金字招牌竞赛诸如"金笔杯"写作大赛、"金智杯"广告大赛、"金睛杯"摄影大赛、"金 NEWS"新闻大赛、"金话筒"播音与主持大赛等此起彼伏，如火如荼。此外，重视文艺体育事业，在一年一度的校运动会上，中文系男女队总成绩稳居全校前三名，且多次捧回非专业组桂冠，中文系向心力、凝聚力、感召力持续增强。赵老师坚持给新闻、播音与主持艺术等专业第一批学生——他眼中的"长子们"讲授写作课，创办《新闻实践报》，改善中文系实验室条件，提出"宁愿把设备用坏，也不要让设备在实验室放坏"的极为科学的治学理念。选派赵玲老师、孙宵老师外出学习，筹办播音主持与艺术专业，亲自带领汉语言文学、新闻、广告等一级级学生外出进行民俗调研、写作、摄影采风。在他的领导下，汉语言文学专业日益强大，代表性的如 2007 级本科生文剑平毕业当年，考取北京大学文艺美学学术硕士；2007 级本科生席超在读时，写的论文被 CSSCI 核心期刊《当代文坛》刊登；中文系广告专业逆势崛起，2001 级学生刘艳斩获中国广告学院奖铜奖，成绩领先于办学历史较长、师资力量极为雄厚的西北大学广告专业的学生；新闻专业被评估为省 A 级优秀新办专业，首批毕业生有 8 人考取兰州大学、郑州大学、陕西师范大学等名校硕士；播音主持与艺术专业学风持续向好，广播电视编导专业学生陆续入校，教风、学风、系风优良，国家级、省级奖项捷报频传。

赵德利老师更是学校研究生教育的开拓者，中文系研究生教育公认的功勋人物。2003 年担任系主任伊始，几乎就同时开始了申硕战斗，开始了漫长的论证、填表、打磨、上报、等待结果等极其复杂煎熬的过程。2005 年学校在与陕西理工大学（时为陕西理工学院）申硕竞争中失利，和学校同步，中文系开始重新韬光养晦，苦练内功。2008 年全校以"优秀"等次通过了教育部本科教学水平评估，"申硕"再增添重量级砝码。2009 年教育部申硕政策变化，要求先建再评。从早期开始探索和东北师范大学联合培养硕士，到与陕西师范大学等校联合挂名培养研究生，一直到 2013 年学校正式获批三个国家一级学科硕士点，中文系紧紧跟上申硕步伐，每一个时间节点都无不凝结着赵老师等老一辈的心血和智慧，从建章立制，做培养方案，到宣传招生，遴选导师，都是无经验可循，都是从零起步。尤其在明知道即便硕士点下来，自己也未必能带上几届硕士的情况下，赵老师他们仍然不忘初心，本着"功成在我，功成不必有我"的姿态，继续一往无前，攻坚克难——真正的前人栽树供我们这些后人乘凉！无论是在系主任、文学院院长岗位上，还是退休返聘，作为中国语言文学大学科负责人，以及资深的文艺学、中国现当代文学双学科导师，赵老师一直给研究生上课。他的方法论课程视野开阔，学术含量高，是学生最喜欢上的金课。他指导的研究生罗璇的毕业论文在国家抽检中一次性通过，其后该生获得全国讲课大赛等级奖，被评为陕西省思政课标兵，成为省内闻名的教学名师；研究生庞昕在校期间获得国家奖学金、陕西省研究生创新科研成果竞赛二等奖等。我曾经负责过文学院研究生教育工作八年，我的很多学术和管理理念、思想，大都来自李思民、赵德利先生当年的教导。现在我们院的研究生数量从第一年的仅仅 10 名学生，已经变成了 240 多名在读生；我们自己培养的硕士成功考博数，已经从 0

个到了 11 个，尤其重要的是作为远离西安的地方高校，我院研究生一直保持高质量就业，考取国家、省市公务员、事业编制数在全校名列前茅，在全省引人注目。可以说，一定意义上，现在的我们都在享受着赵老师他们当年顽强拼搏获得的硕士点的红利，然后才一点一点刷新、突破。

赵德利老师是学校写作教研室的好当家，我永远的好领导。年过半百，才认识到，我当年一心要进的写作教研室，是多么好的神仙一样的教研室！当时我拒绝了恩师李慎行语言学教研室的邀请，拒绝了恩师吕世民现当代文学教研室的橄榄枝，只认准写作教研室——事实证明，人生选择绝对正确。作为教研室进来的第一位新人，时任写作教研室主任的赵德利老师在我身上倾注了相当多的心血。我是 1998 年 7 月留校工作的，当时是写作教研室的一名新兵，因为还肩负着中文系党总支秘书、学生专干、辅导员、团总支书记等一堆杂务，忙忙碌碌，无心教学科研，给写作教研室添了不少麻烦。赵老师经常处于无人可用的状况，一直说我仅是教研室的"半个兵"，甚至曾提出要将我与刚调入学校的马骏（马平川）进行更换的动议——直到后来我壮士断腕，坚决辞去系上一切杂务，重新回归专职写作教师，才跟上了写作教研室的大队伍。2000 年 3 月我被破格任命为写作教研室副主任（全校第一个助教身份教研室副主任，赵老师去学校学报工作），当时教研室只有李思民老师（写作教育家，后评为享受国务院政府特殊津贴专家）、赵德利老师（二级教授，全国民俗文化研究专家，著名文艺理论家）、红柯老师（后为鲁迅小说奖获得者，二级教授，全国万人计划领军人才入选者），至今我很怀念为三位"大牛"老师服务的教研室工作岁月，三位老师我一个都不敢管，一个都管不了，我只是扎扎实实、认认真真地给三位老师们服好务。现在想来，好像真的可以把这一段非同凡响的管理经历，告诉我的一级级可爱的学生们。在赵老师手上，写作课被评为学校首批重点建设课程（也是中文系第一门校级重点课程）。2003年，"构建以学生练习为主，教师点拨指导为辅的写作学教学体系改革"教改成果，获得省政府优秀教学成果二等奖。之后，写作教研室成为中文系高级职称拿得最快的教研室；同时也是省级高层次教学、科研奖项获得最多的教研室。赵老师担任系主任后，先后任命我为实践教学中心副主任、写作教研室主任，指派我支援传媒专业的教学，担任新闻教研室主任（其间写作教研室主任曾由马骏负责）。2010年新闻专业彻底理顺之后，我重新回归汉语言文学，之后先后担任写作教研室主任、系实践教学中心主任、文艺学教研室主任职务。在李思民、赵德利老师的直接帮助下，我连续两次获得省政府优秀教学集体成果奖，一次省级优秀教材集体二等奖，一次中国写作学会（1998—2003）科研集体特等奖。现在由写作教研室教师孟改正担任文学院院长，他也得益于赵老师的谆谆教导、精心培养。我清楚地记得，教研室给孟改正院长当年分配的业务指导教师就是赵德利老师，我的业务指导老师是李思民老师。值得欣慰的是，我们写作教研室老师关系一直融洽。李老师、赵老师对我和孟改正，视如己出，关爱有加，不仅业务上精心指导，生活中也十分关心、呵护甚至偏爱。2003年晋升讲师时，由于李思民老师、赵德利老师严加督促，我以学校文科第一名出线；2006年破格晋升副教授时，又跟赵老师在省文科组答辩组相逢，赵老师是当年省上抽取的文科评委之一。可以说，仅对于我个人来讲，赵老师是我和全家的恩人、贵人。

赵德利老师是蜚声全国的学者、文艺评论家，文艺民俗学科创始人之一，中国民俗学会常务理事，中国小说学会理事，二级教授，三秦学者，省级教学名师，文化和旅游部特邀专家，是教授中的教授，是我们学习的榜样。赵老师主持三项国家科研课题，一项国家重大项目子课题，获得省政府社科二等奖一项，三等奖三项；获得柳青文学理论奖一项，中国文联文艺评论三等奖一项，还有《陕西日报》"话说陕西人"征文奖等。在商务印书馆、中国社会科学出版社等国家级、省级社出版高水平专著 10余部。发表 CSSCI 期刊论文 46 篇，26 篇被《新华文摘》、《人大报刊复印资料》、《北京大学学报》、国家社科规划办网站转摘。当年当选系主任的时候，我记得他一个人就发表了中文系近三分之二的 C 刊论文，《新华文摘》《人大报刊复印资料》全文转载多篇。现在赵老师的文艺成就仍然让我们仰望。尤其在学校文科科研日趋疲软的当下，我们更需要学习赵老师埋头读书，不怕吃苦，潜心研究，不断攀登文学科研高峰的学术精神。正是赵老师当年写作课"文学评论"章节的讲授，让我爱上了文艺评论，才知道除了文学创作，还可以通过从事文艺评论事业成就自己。除了教书，一个人还可以靠写作吃饭、立身、发展。赵德利老师还是宝鸡市文艺评论事业的先驱者之一，常年担任宝鸡市文艺评论家协会主席，即便现在还是我们宝鸡市文艺评论家协会的名誉主席。正是在赵老师示范带动下，文学院三位老师先后成为陕西省"六个一批"文艺评论人才；并涌现出一批在全国、全省颇具影响的民俗文化专家、学者、文艺评论家。

作为陕西文学研究所所长，我必须指出，赵德利老师有大视野、大境界、大格局，是学校陕西文学研究特色学科（领域、方向）的启蒙元老、开山者之一，其较早提出的"陕西作家的黄土情结"影响至今。正是在赵老师担任系主任期间，作家贾平凹前来学校，在宝鸡举起了陕西文学研究的大旗——成立了迄今为止全国、全省第一个也是唯一一个叫"陕西文学研究所"的校级研究平台，就挂靠在文学院。至今已经18年了，赵老师利用自己丰厚的人脉、学术资源，将西安李国平、李继凯、段建军、邢小利以及中国社会科学院李建军等老师，邀请到学校，给师生厚植陕西文学情怀。其陈忠实研究、陕西作家文学精神等研究在陕西独领风骚，为人称道。同时，在学术界赵老师首先尝试了"黄土情结""女神女巫""土匪审美""长子情结""乡里能人""三段论叙事"等批评话语，是省内外公认的文学陕军实力评论家。赵老师、冯肖华等老师，为学校陕西文学研究在省上争取到了话语权，捍卫了地方高校的学术尊严。在赵德利老师、冯肖华老师之后，学校已经涌现出了一大批热爱陕西文学研究，自觉投身陕西地域文学研究的青年专家学者、研究生群体。

赵德利先生是我们共同的励志楷模。赵老师很不容易，从三线学兵直接考进宝鸡师范学院，留校工作，一名并未上过高中的本科生，学术起点不高，却凭借强大的科研实力逆袭、碾压并超越许多博士出身的教师，成长为二级教授、全国著名文艺评论家。仔细想来，我们老一辈写作教研室人员基本都是本科学历，只有我和孟改正院长后来补修了个硕士学位。但是，我们的学历也还只是本科。李思民老师、赵德利老师、红柯老师、马平川兄的成就告诉我们，只要努力，在大学，本科生也能活下去。一条路——靠写作革命！如果说李思民老师教给我的是"人要靠实力生存"，赵德利老师教给我的则是"学术是长远的竞争力"。2015年路遥研究权威专家梁向阳先生来宝鸡讲学，接风席间说宝鸡文理学院除了王磊老师，他最想见的就是李思民、赵德利、红柯、马平川等写作老师。他还说了一句话："你们中文系的写作很有实力，一直让人敬畏，我知道系上几乎一多半的成果、声誉都基本是写作老师争取来的。"前不久，某位曾担任过学院领导的人，其个人新闻宣传稿里竟然写道，在其短暂任职期间，为系上培养了一大批有全国影响的学者、专家、人才，大言不惭，读之令人发笑。人可以无脑，可以狂妄，但不能无耻，要有做人的基本底线，尤其不能欺师灭祖！培养是个相当高贵的词，是打压、挤对、迫害的绝对反义词。比如我曾经担任了八年文学院副院长，我现在说我任职期间，培养了几名教授、几个专家，恐怕连门都走不出去，就要被唾沫淹死，被乱棍打死的。真说到"培养"这两个字，恐怕只有王磊老师、李思民老师、赵德利老师等少数中文系老师能当得起，也符合中文系基本的历史事实。赵老师作为大老师、大学者、大院长，不仅培养学者，还培养和带出了一批作家、诗人、教授、文艺评论家、传媒领袖，当然也真正培养出了一批优秀的系主任、文学院院长。

赵德利老师今年 70 岁了，依然精神矍铄，神采奕奕，拥粉无数，我们都是老师的铁粉。赵老师阳光帅气，博学善思，才华横溢，有人格魅力和亲和力，且多才多艺。至今，我们还能想起老师忘情献唱《花儿为什么这样红》歌曲的样子！老师唱歌在全校获过奖，也曾是校运动会 110 米跨栏纪录保持者，当然老师的乒乓球打得也是非同一般地好。还有大家都知道，赵老师的摄影摄像技术、计算机技术都是自学的，技术也是杠杠的。现在，依然能回想起 2000 年的暑假，和赵老师在他的老校区学报编辑部办公室，我们几个人一边满头大汗地编写作教材，一边热火朝天地玩扑克的情景！就是那一个暑假的劳作，我们捧回了省政府教学成果奖、省级优秀教材奖。老师们用无声的行动告诉我们，工作不是全部，得学会给自己放假。热爱生活、兴趣广泛的赵老师身体健康，退休之后去户县（今西安市鄠邑区），心情更愉快了！和杨老师夫唱妇随，相亲相爱，生活相当幸福，让人羡慕，一直是我和爱人小肖眼中的榜样和楷模。现在赵老师的儿子儿媳都在大学工作，疼爱的小孙子也一天天茁壮成长。我感觉正因我老师人好、心地好、学问好，上天眷顾，人生一切都很顺畅、顺遂、圆满。

如果说有遗憾的话，我感觉我赵老师可能有几个，在此斗胆言之：一个是当年国家项目和教育部项目发生了冲突，为确保国家项目，把好不容易获得的教育部项目丢了，十分可惜；再一个，因为年龄和时机原因，我老师错过了一些国家级人才的帽子，虽然赵老师曾经担任过重庆市以及其他省国家级人才评委，也晋升为二级教授，水平远超一些国家级人才；第三个，赵老师的论文登上了《光明日报》，被中国权威的《新华文摘》全文转载，其实早已学术登顶了，但有一个杂志一直让我老师心向往之，那就是《文学评论》，我当年亲眼看到老师的论文被《文学评论丛刊》发表后，他是那么兴奋和高兴；第四，赵老师这么高的学术水平，这么优秀的科研能力，教出了这么多优秀的教授、硕士，竟然没有担任过博导，一些有博士点的大学也有眼无珠，错过我的老师，是他们的损失，更是一大批有志于在学术界有一番真正作为的博士的损失。

赵德利老师刚刚迈入 70 岁，学术正当年。我相信我老师还能培养和带出一批更优秀的人才，每个人都会比我们更出色，比我们更优秀。我也希望我老师工作之余，劳逸结合，保重身体，多多享受生活。抽时间和师母多多出去走走，放空自己。如有任何需要，呼喊一声，学生一如既往，随时舍生亡命，全力以赴。

热切期盼下一个十年，能继续为我的赵老师祝寿、贺喜！

最后，再次祝福恩师赵德利老师七十寿诞快乐！天天快乐！也祝福师母杨老师身心安泰，永远快乐！

又见才女邓瑞霜

去 4S 店取修好的爱车，正往回开，忽然手机上收到一条微信：老师，在吗？一看，是我的才女学生邓瑞霜。正开着车，不好回复，我就发回了一个大大的"？"。这时，对话框里发来语音，放大一听："老师，还记得我吗？"我一下子笑喷了。用语音回拨过去："瑞霜，你个家伙，快说，有啥事？"瑞霜在电话那头笑了："嘿嘿，老师，我还以为你把我忘了。我来宝鸡学习了，明天就回，想来学校看看你……"不知怎么，一直郁闷的心情一下子明丽起来。我的学生，我的在安康工作的才女学生，我的已经毕业近十年的学生，原以为不可能再相见的学生，回校来了。

瑞霜手捧着鲜花，就站在学校门口。已经为人妇，为人母了，却还是那副文文静静、柔柔弱弱的样子，跟上学时没太大变化。师生相见都很激动。正值饭点，喊上瑞霜在宝鸡附近工作的大学同班同学、安康同乡益霖，以及和瑞霜一起来宝鸡培训学习的其他三位同事，我们一起去旺家厨房小聚。走到高新一路，我说："瑞霜，还记得大厨小馆吗？当年你的文章被《光明日报》发表，还请我在大厨小馆吃了两碗面？"瑞霜说："当然记得。多美好的记忆！当然忘不了了！"我说："可惜，大厨小馆倒闭了。"益霖也说："对，都换了好几个门面了，再也没有大厨小馆了！"一时，大家都有些感伤！

上大学时，瑞霜是中文系的"名人"。大一时给我写的散文写作作业《逃》，被《光明日报》刊发，当时就轰动了全校。我也很兴奋，拿着样报，指着上面的署名"宝鸡文理学院中文系"，请求校领导给予学生奖励。工作以来，我两次为学生的高水平文章直接找过校领导。第一次是我指导的得意门生席超的大三学年论文《论苏童短篇小说创作新变》被CSSCI杂志《当代文坛》刊发，中文本科生第一篇C刊，我直接拿着论文找时任的科研副校长。副校长说："是好事。而且学生论文署名是咱宝鸡文理学院中文系，给学校争来了荣誉，但学校没有奖励学生论文先例。这样吧，咱学校给老师一篇C刊奖励是900元，给学生奖600元。你再给中文系领导说一下，让系上重奖。"后来中文系给席超奖了100元。算上席超这一次，去学校为瑞霜争取奖励，已经是第二次了，但这次被负责科研工作的校领导拒绝了。说学生这是文学作品，能上《光明日报》确实不易，但没有奖励依据。并建议我去找主管教学工作的校长，不得已，我怏怏而回。随后几天，一个偶然机会，在陕西省举办的"中国青年文艺评论家高层论坛"上，我与《光明日报》派来参会的青年文艺评论家饶翔先生不期相遇，且吃饭时恰好坐在同桌。当得知他就是刊发瑞霜文章的编辑，我喜出望外。饶翔老师说文章是从全国"包商银行杯"获奖征文中选发的，他正愁联系不到作者，要寄《光明日报》和稿费呢！随后，三份《光明日报》样报和500元稿费如数寄到。

和瑞霜相识其实挺传奇的。她第一次给我交的写作作业，就引起了我的注意。那语言、那文采、那感觉，真的是让我相当惊喜。课堂上，我将瑞霜叫起来，让她读自己的文章，瑞霜竟然慌了："老师，我知道，我写得不好。您别骂我！"我笑了，怎么会？好不好大家听啊！大家一起来判断！当听完瑞霜写的文章

《河街老巷》，教室里所有人都沉默了。小小的年纪，那么典雅的文字，那么超拔的想象力……我在文章后只写了一句话："文章虽然只写了小巷的一天，却写出了人间烟火气，写得活色生香，让人难忘！"仔细问过瑞霜才知道，中学时瑞霜的文章经常被老师批评，批评她玩弄辞藻，批评她以辞害意，语言空洞，华而不实……我简直出离愤怒了。多么好的语言天才，差点儿就被毁了！

　　大学四年，瑞霜一直在写作。大三时喜讯传来，2014年7月5日，她大一时写的文章被《光明日报》刊登，结下了自己大学时代最大的写作甜果，也是我带过的学生中，文章刊登级别最高的一个。记忆中，瑞霜没有写过诗歌，她毕业前交给我的最后一篇小说是《37度的爱》，也显示出一定的叙事天赋。毕业后，瑞霜考入家乡安康的一所小学当老师。在这个学校，遇到了自己的"白马王子"，开始了新的生活。

　　和上学时一样，瑞霜还是那么低调、腼腆。当听到自己的同班老同学、同乡益霖被评为省级优秀辅导员、省级教学能手，瑞霜衷心祝贺，却并不羡慕、嫉妒。我了解瑞霜，其对一些身外之物没有概念。尤记得收到《光明日报》稿费后，瑞霜说："老师，我一定要请您。您想吃啥？"我说："面就行。"当时我、我的陕西文学研究所助理陈娟、另外一个才女李婕，四个人就在学校旁边的大厨小馆小聚，我一个人竟然吃了两大碗面，这辈子最好吃的面……我的学生邓瑞霜她只想好好地教自己的书，认真地上好每一节课，真心地对待每一个学生，做一名负责任的老师。虽然只带一个班的语文，只做一个班的班主任，我能感觉到她的劳累和辛苦。我埋怨她，来宝鸡培训两天，临走时才联系老师，也不说提前逃个会怎么的，提前回学校看老师。瑞霜的同事们都是90

后甚至 00 后的小老师，分别来自西安和汉中的大学，他们都笑了："老师，我们出来一次很不容易，培训可严格了。我们一边开会，一边还要现场直播，回去后还要分享。许多老师来不了，我们回去之后还要向全校汇报学习心得呢！"其实我就是说说而已，我怎么能让我的学生随意逃会呢！

瑞霜和她的同事们已经坐上了返程的火车，又要回到她的学校教书了。不知怎么的，我的心情还是一直无法平静。都说写作改变命运，当年我靠自己的一支笔，留在大学工作，而我的学生们写作能力比我高多了，却没办法得到更多更好的发展机会。我的得意门生席超，当年第一个文章登上 C 刊的本科生，好歹考上了省委组织部选调生；我的连续斩获陕西省生态文学一等奖的学生李婕，陕西师范大学研究生毕业后，进入西安一个小学，被评为西安市教学能手，西安市课程思政标兵，西安市优秀共产党员；我的第一个小说登上《延河》杂志（原创版）的学生程丹，在西安一个传媒公司就业；我的获得宝鸡市"秦岭文学"小说奖第一名的学生张敏，也是在西安的一个学校打拼，还有我许许多多学生，已经成为各个单位的笔杆子，中流砥柱……作为他们曾经的写作老师，无法为自己的学生争取什么，呐喊什么，只是希望我的每一个热爱文字、信仰文学的学生，都能够被这个社会善待。要知道，热爱写作的孩子，大都向善向上，眼中有光，心底有爱。

瑞霜毕业时，我曾经赠言："好好工作，好好生活。"当时瑞霜就回复我："老师，一直好好工作，好好生活呢！"想了想，我写了一句：一路顺风，随时回来。

只要老师还在，写作永远不会退场。只要老师还在，欢迎各位随时回来！

推荐我的学生邓瑞霜

——给我的作家班同学、著名安康籍诗人李小洛的一封信

小洛好：

我是孙新峰。见字如面。

好久未给人写过信了，敬重您的文品和人品，踌躇再三，还是决定写这封信。平凹先生都说我的字写得不好，像狗爬的一样，所以借助计算机和您说几句话。

我今天给您推荐的，就是我一再向您提起的，我的得意门生，安康女孩邓瑞霜！她个子不高，算不上特漂亮，但是有才气，长得很清秀，也很倔强。

就是她，上大学期间创造了我们学校的纪录，散文《逃》发表在《光明日报》2014 年 7 月 4 日第 13 版。

她大一期间写的《河街老巷》，经我推荐，发表在《秦岭文学》。

我感谢安康，安康风水好，出了很多写作人才，您、李春平……你们都是人中龙凤，如果说诗歌，好像您的对手，陕西也没有几个。您的诗歌是属于北京，属于全国的。相信您能优雅地走得很远，只需要假以时日。

提起我这个女学生，欣慰之余我很难过。上了四年大学，找不到理想的工作。她前段时间参加国家公务员考试上了国线，却

放弃调剂。她说女孩子不能去西藏，不能去新疆，更不能去海南……她要回她的安康！

她说她喜欢文学，喜欢文字，这是个执着的女孩，她说只要有一份能够糊口的、与文字有关的工作，她都干，她不挑。

就在今天早上，我的小兄弟孟改正告诉我，宝鸡电视台招人，要写作能力强的人，但是宝鸡电视台只招男孩。男孩能扛机器。电视台要的是采写、编辑、制作一条龙的"全能型"复合型"机器人"，而我的学生是"人类"，且是单薄的"女人类"。

邓瑞霜不仅散文写得好，她的小说《37度的爱》也获得学校"金笔杯"征文一等奖。我不知道我的学生的感情生活，因为不在我关注范围，光从小说来看，她就是一个理智、冷静、善于处理自己感情的人。

这个冷静的娃娃也有不冷静的时候。上大学期间，曾经一个人辗转数千里去北京找亲戚。我们都领略过北京的空和冰冷，她也是。生命经历也被她凝成了生命记忆，发表在校报上的文章《北京，月半弯》就是记叙北京之行的。

邓瑞霜的语感很好，她的语言老辣、娴熟，有些文字，我们学校甚至包括我在内的语言老师读都读不下去——许多字词都不认识，可她运用得很自如。我为她的文字造诣而骄傲！

她唯一的缺陷就是不会写诗歌，没办法，她运气不好，碰到了一个没有情趣和诗意的写作老师，这一点，我来负责。

写了这么多，我的好同学，我敬重的诗人李小洛！我拜托您能够给娃在安康找一份工作，只要与文字有关，我想她都能干！她不挑！

如果能在您麾下，校稿、扫地、抹桌子都行。安康文学，是您的天下！这个世界，文学圈别有用心的人也很多，女弟子交给您我很放心，也安心。如果不能到您麾下，在安康给娃找个与文

字有关的活儿也行！这年头，真心喜欢文字和文学的娃娃已经成
为稀缺动物了。

　　不管行不行，下次见面我一定请您喝好酒！

孙新峰匆匆于古陈仓

2015 年 1 月 15 日

写作大先生李汉荣

陕西，是文学大省，也是散文大省，散文作者多如过江之鲫，然真正能称上"大腕"或"家"的人却屈指可数。陕西有着优良的散文创作传统。简要回顾下，30后的刘成章、40后的李天芳、王蓬等，曾各领一代风骚，而50后的贾平凹、李汉荣、方英文等更如中流砥柱，以丰厚的创作业绩，多领域耕耘，成为陕西文学尤其是散文写作的主力军，其后，又有了60后的穆涛、安黎、丁小村、高凤香、胡宝林等异军突起。可以说，李汉荣先生是陕西散文继刘成章、贾平凹等之后，承上启下的不可或缺的文学精神领袖之一。其价值和地位随着时空更迭，不仅未被遮蔽，反而更加熠熠生辉！

作为写作人、文学人之一，我以为，李汉荣先生是真正的写作大先生，人文一体，让人敬畏。我经常将文人分为两类，一类是用文字作为晋身之阶，解决自身生存的人，这种人倾其一生，入不了文门，永远人文两张皮；另外一类是将文字化为骨头和血肉，完美融合、人文一体的文化人。李汉荣先生无疑就是第二种人。李汉荣先生用文字、文学探索未知，亲和自然，叩问天地万物，文笔老辣，已经到了出神入化的地步，就写作这份事业而言，就像韩鲁华先生评价贾平凹一样：没办法，人家写作写成了"人精"！阅读先生文字，感觉李汉荣先生一身正气！同样借用贾平凹先生的话，李汉荣先生是汉中正大人物，陕西文坛正大人物，中国文坛正大人物！转型社会鲜见的一股清流！大就大在：先生做人特立独行，为文潇洒自在，文章浑然天成，自成一家，自成风景！从诗人转型为散文家，空灵意境不改，灵魂写作不改，家国情怀和人文意识不改！写景状物，形神兼备；寄情于思，信手拈来；神工鬼斧，无迹可寻。其性灵直逼平凹，诗美宛如红柯，浪漫不输泰戈尔，旷达紧追苏轼，怀古媲美余秋雨，深刻继承鲁迅……真正贯彻"写我的自得之见，运我的自由之笔，抒我的自然之情，显我的自在之趣"，不拘一格写个性散文，蓦然回首，成就已蔚为大观，成为陕西文坛不容漠视、巍然矗立的散文艺术山岳之一。我很疑惑，这样好的文章为什么没有获得鲁迅文学奖？或者能不能说这是鲁迅文学奖散文奖的又一遗憾？

第一，李汉荣先生常居汉中，受汉水滋养，汉中山水（秦岭汉水）自然成为供他创作的文学地理！先生虚怀若谷，上善若水，远离文坛是非，心无旁骛写作，却无心插柳柳成荫，声名远播，成为散文界当之无愧的无冕王之一。其著作等身，屡获国家大奖，《山中访友》等名篇多次入选国家教材，并且持续被一批批大学教授、博士、硕士列为研究课题或毕业论文选题，出产了一批优质科研成果。

第二，我想指出的是：李汉荣先生写的是真正的生态美文，或者称生态大散文。"大"当然体现在体量大，格局大，随流赋形，和合天下，书写深刻，境界高远！李汉荣先生是有思想和情怀的作家。他的许多作品一直在思考人与自然、人与社会、人与人自身之间的关系等前沿大问题，居安思危，充满着问题意识。还有一些作品对古典文明充满留恋，即许多人都提到的"乡愁"，对现代文明摧残乡村文明感到感伤和惋惜。我们说，文学是人学。李汉荣先生的生态文学直指生活和生命，甚或灵魂的挤压和裂变，乃至人性的嬗变，写转型社会中人类的精神之痛！他在作品中不断地诘问，不断地找寻商业文明下礼崩乐坏、人心不古的答案！其实，许多问题是没有或者说暂时没有答案的。然而这个追寻过程本身就是一种意义！我们知道，文学是人学，人写的，写人的，给人看的。文学最终指向人的信仰，就是解决人的精神和心理问题！揭开面纱来看，文学就是补偿，就是救赎，就是用之来实现人与社会、人与世界、人与人自身的调适与和谐，否则，文学一无所用，早就灭亡了！从这个意义上讲，汉荣先生的大散文，其启蒙、救赎意味不言而喻！

第三，李汉荣先生用自己辛勤的劳作告诉人们，散文不散，散文也不小，散文写作大有可为。别人眼里的小炉匠经营出了盛大气象！散文与小说、诗歌一样，一样可以书写民族志，传真国民魂！无疑，重现了大散文的风骨品格，彰显了大散文的文体自信！可以看到，与已故作家红柯用诗的感觉写小说迥异，李汉荣先生用写诗的感觉写散文。所以李汉荣先生的散文，质文并胜，情思俱佳，诗意浓郁，想象瑰丽，许多文章大有王摩诘"诗中有画，画中有诗"的况味，具有独特的情感辨识度。李汉荣的散文彻底打通了"大我"和"小我"二脉，充满着人文主义光辉和个性体温。正如有论者所指出：其散文思想之深邃，情感之纯粹，语言之蕴藉，将散文的文体特性发挥得淋漓尽致。其散文不仅题材美，语言美，而且意境美，是足金的美文。文风简约深刻，摇曳多姿，洋溢着朴野之气，是真正有营养的绿色精神食品。

当然，先生的作品并非十全十美！一时代有一时代之文学。先生用才学、智慧、人生经验、生命体验入文，一直在散文写作最前沿探索，既然是探索，势必带有时代的局限性！

这里我谈两点：

第一，作品入选教材，意味着作品凸显了主旋律、人民性，彰显了美育教化功能，而一定意义上，也许消解了作品的文学和艺术品质。毕竟美文不等于课文！写道德文章和留传世之作是一枚硬币的两面。希望先生能给自己松绑，能彻底打开自己，写放胆文！

第二，先生整体散文写作比较空灵唯美，但还有一些急就短章明显有模式化写作的意味，甚至有些我读出了杨朔的"革命＋诗意"的感觉，个别篇章缺乏精致打磨。这是我昨天的思考，今天通过汉荣先生身边人的生活回顾，我才知道，先生常年担任报纸编辑，出现这些小问题，恐怕与编辑工作有关！如何克服作品的时代局限性，与世界文学、人类文学对接，在传真写意方面，写出真正的能留下来的高峰类作品，汉荣先生，我，我们在座各位都有很长一段路要走！以上两点吹毛求疵，先生和各位专家一笑！

我是我所在学校陕西文学研究所的负责人，职责所系，这些年一直在阅读包括汉荣先生在内的陕西作家的作品。2014年受省作协《延河》杂志"陕西当代中青年作家专刊"之邀，我曾经用了两个星期，在西安再次搜读了不少陕西当代散文作者的作品，其中自然包括李汉荣先生。老实说，依然很震撼！平时在网上搜到先生的美文，一定第一时间给研究生、本科生分享。这次也是我第一次见到李汉荣作家本人，以前只是神交。感谢陕西理工大学提供宝贵学习机会。我深深知道，作家到汉中——汉字汉族汉文化发祥地，必须心存敬畏，见贤思齐。至少在散文领域，有三个人必须拜会：以写汉中栈道名动天下的王蓬先生，以绿色生态写作为标志的李汉荣先生，当然还有近年文笔愈益老辣深刻的年轻思想家、散文家、小说家丁小村先生！很欣慰看到我们陕西理工大学的师生，像我们商洛人热爱贾平凹、陈彦、方英文，像宝鸡人热爱冷梦和红柯，像陕西人喜欢路遥、陈忠实、贾平凹一样，热爱和关注着自己的本土作家。这次来汉中，又见到了评论家李锐先生、作家丁小村、冯北仲、吴梦川、周吉灵等老文友，阔别已久，很是开心。理工大学一点儿也不重理轻文！我向这样有人文情怀和远见卓识的理工科大学致敬！

最后我想说的是，汉荣先生不只是汉中、陕理工的光荣，更是我们陕西和中国的骄傲！祝福先生巨笔如椽，文思泉涌！学习先生坚守热爱和信仰，静水流深，笔耕不辍，终成大家！

谢谢！

（本文刊发于《衮雪》2021 年第 5 期）

想念我的英语老师冯云鹏先生

在微信朋友圈里，偶然看到了我的老乡学友赵永刚写的文字，才知道我的老师——我的中学英语启蒙老师、曾被授予陕西省优秀教师、全国教育系统劳模（获人民教师金质奖章）等荣誉称号的冯云鹏先生竟然退休了。而且从西安远迁到了延安，不知怎么，心情久久不能平静。

冯云鹏先生应该是我在洛南县中学读书之时，印象最深刻的老师之一。先生英俊爽朗，沉稳儒雅，一手漂亮的英语粉笔字，和试卷上印刷出来的铅字几乎完全一样。印象中上先生的课特别享受。我认可赵永刚兄的总结，冯先生这个人真诚、干净、纯粹，先生的课堂也是这样。也就是从第一节课起，先生潇洒的教态、丰厚的知识、超凡的气质，彻底把我征服了。看得出来，我们班同学都喜欢先生。因为我们是补习生，在当时的洛南县中学，补习生是要被人另眼相待的。但是冯先生绝不，先生对所有同学一视同仁。冯先生讲话讲课嗓门特大，板书一丝不苟，个性魅力十足。尤其是先生的一个惯性动作让我至今难忘。

先生读课文或者讲解题目时，非常投入，却能做到一心多用。先生是绝对的性情中人，亲和中不减威严！由于升学的压力，先生对我们要求相当严，严格得甚至有些苛刻。马上放学了，突然拿一份英语试卷要求当堂完成，做不完不准吃饭是常有的事……在先生耳提面命的带动下，全班英语学习热情很高。先生不允许一个人在他课堂上分神，而我却就是经常走神的那种。当然，由于经常伏案学习，我的背稍微有点儿驼，经常给人一种无精打采的感觉——可能是因为这些引起了先生的注意吧，有一次先生讲着讲着，发现我没认真听，就边讲课边踱到我旁边。然后一屁股坐在紧邻我身后的桌子上，继续侃侃而谈。再然后，"悲剧"发生了。先生一手拿课本，一面腾出一只手，一下一下拍在我的脊背上。先生手劲特大，拍一下，我赶忙直起了腰。可是先生依然不放过我，继续拍打。甚至我已经站起身来了他还在拍。先生嘴里继续讲着，手上拍着，动作极度夸张，不依不饶，直拍得我龇牙咧嘴，左闪右躲，全班同学都忍俊不禁……

冯云鹏先生只给我们班上了一年课。那一年几乎每堂课先生都要提问我。当然了，先生几乎每节课都要拍打我。当时还不太理解，现在想想，先生拍打我，一方面督促我认真听课，另一方面让我挺胸做人，挺起腰杆做个真正的男子汉。先生英俊帅气，他不希望自己的学生早早没了健康！当时想不到这些，只是课下看到同学们羡慕的目光，我心里知道先生喜欢我。要不，七十多人的班，先生干吗只拍我呢！一个小小的动作，承载了先生多少丰富复杂的心情！到后来，我竟然被拍习惯了。哪节课先生如果忘记拍打我，竟好像少了些什么：感觉先生不关心我了，不喜欢我了，心情就会立马暗淡下来。

也就是在那一年，我离开了洛南县中学，去宝鸡上大学。虽然我的高考成绩不理想，但当年洛南县中学的高考英语成绩在全地区名列榜首！临走时，听说先生被任命为洛南县中学副校长，实力使然，我并不觉得意外。心中为先生高兴。有先生那样热爱教育，热爱学生的老师当县重点中学校领导，学弟学妹们有福了。

后来，我还和先生有过交集。一次，一位非常要好的朋友的孩子想在西安庆安中学读书，辗转找到我。听说当时的庆安中学校长冯云鹏先生是我老师，就来找我搭个话。听说先生到了西安，我先是愣了一阵，后来又释然了。是呀，先生那么高的教学水平，小小的洛南县怎么留得住？听人说先生来西安后，因为教学管理业绩突出，已经调任过好几个学校的校长。我不确定先生还记不记得我。工作以后我一直没有和先生联系过。先生的学生真是太多了，过了那么些年了真的不敢保证。再说了，大学考到宝鸡，我真的对不起先生的教诲，不用别人说自己都感到很自卑。但是禁不住好朋友的一再请求，我只好转托我在西安市委办公厅工作的女同学，我知道她和先生一直有联络。我告诉我这个女同学，你就给先生说，当年那个他上课一直拍打过的学生求他，请先生一定帮忙。很快女同学传过话来。先生说他记得你，当年那么瘦，不知长胖了没？还说那个孩子要来上就来吧。教育局给的指标太少了，一定给咱们孩子预留一个指标。到时候给学校交国家规定的最低借读费就行了。但是一定要在报名那天去，而且让我带着去，不敢错过了。女同学说，先生还问起我的近况，说也希望见到我，很关切。后来，我那个朋友又把孩子送去了西安另外一所学校——我错过了与先生直接会面的一次最好的机会！

先生只是给我上过课的老师之一，却是我这辈子最难忘的老师。前两天，看到赵永刚兄写的文章，这个家伙竟专程去西安，在先生家里和先生一块住了好几天，在先生家里蹭饭，尤其是他竟然还和先生单独合过影！我知道永刚在远东一中教过书，先生也曾在远东一中当过校长，他们有交集是正常的。先生特别照顾永刚，我想，乡情，恐怕还是最主要的原因吧！从永刚的文字里，我知道先生务过农，当过代办教师，后来还是自学英语，却成为一代名师！同为洛南人，除了先生课堂上留给我的俊朗的印象，我竟然对先生的业余生活一无所知。记得当年还是比较羞涩、腼腆，除了那一张毕业集体照，我竟没有和先生照张合影，更遑谈深度了解先生的生活，沮丧心情可想而知。然而，当看到永刚朋友圈里，居然有一张先生在凤翔区东湖景区的单独照时，我一下就不淡定了，我的眼圈一下子红了。先生来过宝鸡！先生竟然来过我的工作地宝鸡。可是先生不知道，或者先生已经忘了，这宝鸡还有他一个学生，一个一直心心感念着他的学生……我曾经带着我当年和云鹏先生一块搭班子教我的亲亲的高中班主任黄新伟先生转过宝鸡，而且专车将黄老师送回西安，如果知道云鹏先生来，哪怕是请假，我也一定要竭尽地主之谊！先生不抽烟不喝酒，可是我多么想见先生一面，或者让先生再忘情地拍拍我的脊背。让先生看看他当年的学生的学生，先生的徒子徒孙们！只是不知道先生拍打我的时候，还是不是那么有力？只是不知道先生拍打我的时候，我，会不会止不住地流泪？

先生年富力强，事业如日中天，那么年轻，那么能干，却退休了！退休后的先生已经远迁延安了！听永刚说，先生继续担任延安某中学校长，继续在他钟爱的英语课堂上耕耘。希望先生永远帅气，永远被更多的学生敬重和喜欢！

一日为师，终身为父。想念冯云鹏先生！

散淡人生

——老同学魏少哲印象

与少哲相识，还是在上大学的时候。中文系男生和艺术系混住，而中文系男生总共只有两个宿舍。我住515，艺术生少哲住508。这样就和少哲有了交集。

少哲上大学时就是至情至性之人，很早就显示出艺术家气质。擅长书画自不必说，少哲追女生之佳话更是流传甚广。少哲是情种！曾记得舍友传言，少哲当时对一个女生颇有好感，有一次竟然手捧一束鲜花，站在女生宿舍楼下，一声声呼唤心仪女生的名字，引来一大群人围观。要知道那是情感刚刚解冻的20世纪90年代初期。近年看电视、报纸，各种奇葩求爱方式轮番上演，每当这时我总窃笑，少哲才是这些人的爱情教父呢！我们上学那会儿，早春还不够温暖，学校严格管控男女生交往！少哲勇敢，才不管什么劳什子校纪校规呢！

后来，我听说少哲结婚了。妻子就是那位女同学！

再后来，我听说少哲去西安美院上研究生，其后再无消息！

一天，我急匆匆赶校车上班，在车上竟然碰到了少哲。少哲研究生毕业后也分配到学校工作。其时少哲头发直立，三角美髯，一袭对襟褂子，脚上一双圆口布鞋，分明就是城市里的村民。艺术家气质更凸显了！和少哲拥抱，顿生一股世界好小、人生沧桑之感！

再后来，我从一名艺术系的学生口中得知，少哲老师还是当年那副桀骜性情，却把所有精力都投注到专业上。少哲不好交游，潜心治学，每天着魔似的习练书画。除向大自然学习外，还通览名家名作，并注意推陈出新，彰显自我——在专业上的造诣愈来愈丰厚！自觉靠近并围拢少哲身边的学生越来越多，其业务精进之势头直超某些行政领导，就连他美院的研究生同学也敬佩有加！

昨天请少哲小坐，等了大半天少哲才悠然乘公交而来！少哲有点儿笨，驾校交费学车，四年了连倒库都没学会，更不用说上考场了！自己也觉对不起教练，放弃了！一见面，穿着老式黑棉袄的少哲就不停埋怨，走得急了，母亲做的窝窝棉鞋也来不及穿！

少哲真是可爱！为了能继续拥有一楼住房外自己亲手植造的花园，竟然放弃了三次换房的机会。用少哲的话说，学艺术的离开花，活着就没趣味了！的确，少哲许多创作灵感就来源于楼前装点四季的花！我故意逗他："你看这两年旧校翻新改造力度那么大，你那花园是违章建筑，迟早要拆！"少哲眼神暗淡了一下，说："拆就拆吧！大不了我把花全搬走……"

少哲在艺术系上小课。他说，在教室里有自己的画桌，一上课，灵感一来，他连学生也不管了，直接提笔作画，一画就是数小时，画完一转身，身边围满了学生！

少哲说，人生要懂得取舍。人只有丢掉一些不属于自己的东西，才能真正有所收获！真正的学者应该在专业上用心，搞艺术的尤其如此！艺术家要用作品说话。见我有点儿难过，少哲安慰我："你好呢！积极进取，给人信心！"我说："我是多血质，坐不住!"说完忽然觉得无比羞愧!

少哲和妻子两地分居二十多年。其妻在宝鸡一个县城工作,多次调动无果,就放弃了!"我现在盼我爱人早点儿退休或辞职,结果一查养老保险,也不知是谁的原因,才缴了两三年,只能慢慢熬了!"孩子跟在少哲身边,刚上小学。"没办法,他妈远,我一个人管孩子——每天接送,做饭,安顿好!然后练字,画画。"

这么些年,少哲一直保持着艺术家本色!而我,丢掉了很多,很多!

少哲滴酒不沾,却喜烟茶!

我敬重少哲!欣赏少哲!

您老了，也是我敬重的老师

正要出小区门，一个老师，正从小区门外进来。我认识他。老师未必认识我。

老师从我的身边擦肩而过，我突然发觉到一些异样：老师走路很快，而且还有点儿踉跄。

我停住了脚步。

我有点儿担心地看着他。

果然老师走了没两步，他就栽倒了。一头栽倒在我面前两三米的地方。

我快步上前，费了好大的劲儿，才搀起了我的老师。

"老师，你不要紧吧？"

老师没有受伤。老师却要从我手里挣脱，我手上使了一点儿劲："老师，我是您的学生。没关系，我扶着您。"

尽管老师一再说没事，我还是扶着他。老师手上提着一些东西，一提卫生纸，一点儿蔬菜，我要帮他提，他不让。

我搀扶着我的老师，他家住在三楼。刚进一楼楼门儿，老师就摆手让我走。他说他要扶着楼梯，自己一级一级台阶往上走。

"我已经习惯啦。经常把着走，没事，别担心。"老师说。

我没听老师的。我忍住眼泪："老师我搀您。"

我可能有点儿明白了，老师进小区门的时候，可能是想扶着墙走，我们一行人正好走在右边，老师没办法扶墙走了，只能直行，然后老师就摔倒了吧。

我们一起往上走，我顺口问："老师，家里没孩子吗？这些日用品啊，您完全可以让孩子们帮您买。"

老师说："孩子上班儿都忙。不烦他们。再说时间长啦，自己一个人买东西也习惯了。"

我又问："老师，那怎么不拄个拐棍儿呢？"

老师说："不习惯拄着，一拄就倒。"

看着老师打开了三楼家门，我才放心地走了。

临走之际老师说："谢谢你。"

我说："老师不用谢。您是我敬重的老师。虽然你从没有给我上过一节课。"

我在学校校史馆待过，是真正的老文理人，对每一个老师状况我都很清楚，尤其是老教师。老师姓赵，著名的外语教育专家、翻译家，学校屈指可数的享受国务院政府特殊津贴专家之一。曾经受国家委派，当过国际翻译。老师最为人称道的做人的本色不改，常年脚穿黄胶鞋，朴朴实实，潇洒地行走在国际国内学术论坛上，行走在校园内外……

我可以一张口就说出老师的很多逸事。

可是我知道的老师，已经真正老了。

当年意气风发的、享誉省内外教坛、学坛的老师，真老了！

他们，为学校教育付出了一切。

他们真老了，还有谁在关注着他们？

他们那么倔强，不愿意给任何人添麻烦，哪怕是自己的学生，甚至是儿女。

我也会老的，我们都会老的。

面对曾经教过我们的老教师，我们，又能够再做些什么？

我，也只能是，碰到的时候，扶起老师而已……

你也在老师的心里

——致我的一名学生

你，毕业已有些年头了！

逢年过节，问候短信总是如期而至！昨晚与友聚，忘带手机，十点多回家后，才看到你发的祝福短信：班头，中秋快乐！

我带过的学生很多，能像你一样，叫我"班头"的学生却并不是很多！能一直叫我"班头"的更不多！

我带班，成功的很多！而有些班，我自己也不愿提起！能记得我的，我都记着，记不得我的，也会随风而去——仿佛彼此从不曾相遇！

我带过的学生都知道，我是性情中人。不拘小节，大大咧咧，但也粗中有细。许多毕业生有事找我，啰啰唆唆告诉我班级，我会忍俊不禁：我带过的学生，我都有印象，请直接说事！除非，上我课的时候，文笔平平，被其他文笔好的，或相对不好的淹没！

就在昨天，收到一个多年不见的学生朋友——你的一位学姐的短信，竟然让我很感慨：老师，您现在事业成功，人到中年，注意身体，别永远一副拼命三郎的样子！

一句话，竟让我红了眼眶。发这信的，也是我带过班的学生，只不过，她把班头改成了大师兄……

一个人，好像年岁越长，越能体会世态的炎凉和人生的沧桑！

前几天我听说有学生在网上匿名评教，竟然出现一种非正常做法：老师课程成绩给我多少分，我匿名评教打分时就给老师打多少分！想起我一学期给学生布置五六次写作大作业，假期还追逼学生补作业，还有那么多在及格线上徘徊的学生——我真的不寒而栗！

换过多少次手机，我很感激自己一直在你的手机里！

和我一样，当年的班长——你不卑不亢，沉稳干练，热情又简单。就连给我的祝福短信，也并不多打一个字！

老师知道，你在遥远的地方，距我几千里。职场打拼好多年，早已不是当年读书时青涩的样子了吧？

我知道你有了爱人，还有了一个可爱的公主。你对从事的工作，不很满意，但你一直努力地在做……

原来就在身边，活泼开朗，随叫随到的你，再也见不到了！有人说得好，有些转身，真的可能就是一辈子……

你的祝福短信并不长，看着，看着，我的嘴角扬起了微笑。

笑着，笑着，我迅速按下一串字：中秋快乐，念！

品味吴克敬

家在扶风，长在渭水。所以，故乡扶风、渭河一直是他坚守的文学地理、文学底色，也是吴克敬老师成功的最大原因。

吴克敬老师当过木匠，所以他身上有着一种宝贵的匠人精神。他敬畏长篇，对待写作态度很认真，精益求精，如同木匠，从"木"到器，从"选料"到"理料"，再到成型之后的"修料"，均一丝不苟，不草率，不马虎。同样为西府作家，他和红柯的小说完全是两种风格。红柯写的是高雅的美文，给人一种超拔的、星空在上的感觉；吴克敬老师写的是世俗之文。巧的是，吴克敬老师也在自己的某部散文集里称自己是俗人。小说为事而做，为时而著，扬长避短，很实在。所以雅俗共赏是他三部作品的共同特点。

吴克敬老师善于讲故事，其讲故事能力远超许多陕西柳青文学奖小说作家，获鲁奖实至名归，早已具备了大家气象！如前所述，因为当过木匠，所以吴克敬的小说像他的木工手艺活一样精细，凸凹有致，严丝合缝。很多时候，他又像个高明的裁缝，注重剪裁，故事情节编织得很精巧。其很有才华，深谙铺排、逗引、疏密、留白、延宕等古典写作美学，小说徐徐推进，又波澜深藏，引人入胜。小说整体写得很机智。读《乾坤道》即是如此。三代知识分子下乡的精神档案、小人物在转型时代的命运，都写得形神兼备，惟妙惟肖。《初婚》中任喜爱经历四次感情波折，终于修成正果，更让人感慨、思忖。

吴克敬老师是具有一定反思意识和批判精神的作家。看看《手铐上的兰花花》，集浪漫和现实于一身，有现代和先锋意味，是我最喜欢的一部小说。小说价值在于：人性把法律突围了！小说实际是对本真人性的拷问！我们已经知道，女犯人阎小祥是被迫害的、被误解的。因为失误，把所谓的新郎"油田老板"碰死了！"油田老板"为了得到她，用各种手段，包括收买她的弟弟，用金钱买通了镇上书记——说明金钱已经渗透到社会方方面面，包括情感，女子完全是被裹挟的。小说对现实的揭示非常深刻！那么美、那么善良的女人，竟然被诬为杀人犯！而这个杀人犯的梦想竟然是：看大雁塔、拍婚纱照！之后省城入狱的情节让人潸然落泪！候车室里押送警察松掉的岂止是手铐，更是对女子悲惨命运的深深理解、信任、同情，也是人性的重新回归！阅读它时，我时常想起《戴着手铐的旅客》的滑稽，想起《庐山恋》的吊诡，想起《芙蓉镇》的感伤，甚至想起《百合花》的忧伤，甚或想起《被爱情遗忘的角落》的残酷；尤其是《手铐上的兰花花》神似《百合花》！其实，盛世感伤也是一种文学驱动力，一种重要的文学驱动力，一种当下极其宝贵的驱动力，代表着作家的底线和良知。它可能比"大团圆"的高歌猛进式写作更动人心魄。

一般来说，衡量一个作品是否优秀，一看题材，二看语言，三看是否塑造出来符号化、典型化，以及是否能进入文学画廊的人物。吴克敬老师跨界写作，警事、乡村、知青题材都有涉猎，都取得了一定成绩，个人以为基本都是成功的。在此，我重点说他的乡村题材。他像苏轼一样，以生命体验入诗。吴克敬老师当过生产队长，有着丰厚的农村生活体验，所以他对农村的柴米油盐、家长里短很熟悉，许多有意味的题材信手拈来。有时候感觉吴克敬老师不像小说家，倒像一个画家，太厉害了，太敏感了，天生作家料！给他一首信天游，给他一幅陕北冬日图、渭河农家图，他都能写成小说。乡村生活是他取之不竭的写作武库，这也使他的现实主义小说作品很接地气，有烟火味，可读性强。

最值得一提的是语言，我最喜欢的是小说《初婚》，里面基本都是地地道道的西府关中道的语言。可见关中道文化对其影响之深。如果说《手铐上的兰花花》的语言稍显拘谨、节制的话，《初婚》的语言完全放开了。吴克敬老师在小说《初婚》中，几乎把关中文化一网打尽。吴克敬老师小说的语言特点首先是表达准确，其次是多用地方元素，尤其是关中道的语言，有一种根性在。吴克敬老师用关中道本土的语言，却不是原汁原味照搬，而是进行了一定的改造和升华，韩鲁华先生说是陕北和关中语言的复合，我也同意。总之，亲切、悦耳，有代入感，让人听了、读了不别扭。这也可能是他的作品在陕西农村很有市场的原因。因为有卖点、时代痛点和亮点，所以深受编剧们喜欢。《初婚》成功改编，收视率曾经一度攀升，恐怕就是因为如此！

另外，吴老师笔下基本都是有温度的人、善良的人。当然，能不能进入文学画廊，需要观察，文学就是人学。吴克敬老师对人性、人情的捕捉和把握是相当深刻的。且达到了一定高度。他已经把人彻底活通透了。他与人为善，相信人心向善。他深谙关中人的生活习惯、内心心理，他笔下的人物基本都是善良的，恶的人并不多。他的小说将人性的善极度夸张、伸展，让人看到治疗的希望。无论是写人的精神成长史，还是溃败史，都笔锋细腻，入木三分。《初婚》中的任喜爱，善良到极致，可爱到极致。

而"善有善报"更让人在极度压抑之后突然心情愉悦。

从小说来看，吴克敬老师绝对是一个内心很细腻的人，与"扶风豪士"的刻板印象形成反差。和一些作家一样，吴克敬先生也是一个被文坛严重低估的作家，至少对于我个人来说。这些天忙里偷闲，品读吴克敬，惊喜、震撼接二连三！吴克敬老师的小说就像扶风臊子面，虽然没有岐山臊子面那么鲜艳，那么出名，但是黄花菜、木耳等"汤菜"一样不少，低调含蓄不张扬。吃到嘴里，口舌生津，一样韵味悠长。

吴克敬老师在各种讲座、各种场合说文学是温暖人的。他的作品、他的人也是如此。

作为后来者，文学后辈，一个小建议：希望吴克敬老师能够静下心来，澡雪精神，远离浮躁，远离是非，谨言慎行。作为风格稳健，陕西文坛一流的小说家之一，毕竟还有茅盾文学奖在召唤。尤其希望一些非文学的因素，不要影响了吴克敬先生的文学声誉，毕竟小说已经写得那么好！

学习白麟

——"世界读书日"在"白麟诗歌分享会"上的发言

　　白麟是我的好朋友，是陕西诗坛一位举足轻重的人物，也是值得我学习和敬畏的好诗人！据我的了解，白麟是一个做事高调、做人相当低调的人。我记得2014年12月，我和白麟一块去北京参加"诗歌陕军进京宣介"活动，陕西去了16名中青年诗人，希望通过中国作协和中国现代文学馆的平台，让全国都知道、关注陕西当下的诗歌创作。令人意外的是，整整两个多小时，来自全国的诗歌评论家大腕不约而同地仅仅提到了陕西的两到三位诗人，对其他诗人视而不见。出于义气和责任，我当时就勇敢发言，将其他十几名诗人——向全国介绍。为什么全国知名评论家只关注有限的几个诗人，一方面他们确实优秀，能代表陕西水平，另一方面，这种小范围宣介也将这两三位诗人陷于风口浪尖，你让他们以后怎么在陕西文坛生存？——尽管这些诗歌评论家是无心的！我经常说，一种小吃，如果能成为当地乃至中国名吃，一方面当然证明了当地人民的智慧，心灵手巧，技艺高超，但另外一方面也是危机，说明这个地方物产不够丰富，饮食单调，人们只能精工细作！当然白麟不是小吃，他是我们宝鸡文坛一张经过时间检验之足金的文学名片。之所以我们一次次提到白麟，一到重要节日就想起白麟，至少说明白麟其人其作的重要性、无法忽视的文学（文化）贡献，以及无法回避的言说价值！我不知道宝鸡市作协、市图书馆这次举办白麟诗歌分享会，有没有让宝鸡作家尤其是诗人作家思考"换代"或"转型"，"陕西诗歌西路军重新再出发"的意味。只是明显看到，在白麟之后，更年轻的诗人们还在埋头写作，还在韬光养晦，目下还没有出现能取代白麟的诗人！

还有刚刚过去的全国文代会、作代会让人记忆犹新，也值得今天在座各位思忖。号称文学大市的宝鸡竟然一定意义上在全国代表方面失语、失位、缺席！没有传统意义上的小说作家、诗歌作家、散文作家代表出席。还有近年的陕西省"五个一工程"奖，宝鸡也几近颗粒无收！宝鸡呼唤有竞争力和影响力的青年作家和留得下的作品！希望白麟今天的现身说法和自我"牺牲"，能够激发在座的青年作家顽强拼搏、追赶超越的斗志！已经成功的白麟和还在路上的我、我们，毕竟已经步入中年！所以我祝贺白麟，学习白麟，更心疼白麟！

白麟的诗歌写作一直很受文坛重视！记得 1999 年就曾得到《延河》杂志的关注和研讨。我们宝鸡文理学院也在 2004 年举办过宝鸡中青年诗人诗作一对一高规格研讨，白麟是当时确定的 9 位诗人研究对象之一。2020 年我们陕西文学研究所又联袂陕西省诗歌委员会，专门就白麟诗歌创作问题与经验，在太白县进行了为期两天的研讨。会议过程是难忘的——尤其是参会的作家和评论家差点儿大打出手，为了白麟和陕西的诗歌！讨论积极热烈，成果是可喜的，至少引发了陕西文坛震荡，激活了几近疲软的陕西文艺批评风气！

我们说，白麟是一个有信仰、有思想、有高度、有境界、有温度、有情怀的人。有信仰表现在他相信诗歌可以让人活得像人，可以让人生更美好。为了诗歌爱好，他可以赔本出诗集，办诗歌活动，骨子里喜爱写诗，天生就是诗人！有思想，相信大家刚才已经感受到了，他对《诗经》的重新体认，对"北首领文化"等的认识，对诗歌写作的见解，很有见地。"有高度"，是陈新明先生的原创，可谓形神兼备，一语中的。我以为这个高度当然包括身体高度，文学高度！身体高度，大家一看便知。文学高度，他是柳青文学奖、鲁黎诗歌奖等奖项的获奖专业户。可谓著作等身！他担任省音协副主席，省职工作协诗歌委员会主任，更是接连捧得全国歌词、音乐文学创作大奖，其艺术造诣是公认的。无论在宝鸡还是陕西，其登高一呼，应者云集！有境界包括做人和做文，其做人有格局，比较大气。作为行吟诗人的一员，他边走边写，一路酒一路诗，文朋诗友遍天下！白麟是陕西诗坛一股清流，其洁身自好，可谓"万花丛中过，半片不沾身"，其作文有豪气，无论是晚会串词、单位歌词、通讯报道，都字斟句酌，精雕细刻，尽善尽美，可圈可点。有温度，是说白麟像一团火，燃烧着自己，也温暖着其他人！他几乎在用一己之力，高扬诗歌文学旗帜，一直在呐喊、奔跑，永无停息。在任何情况下，不改初心，让人敬佩！情怀方面，其身上有赤子情怀，身上有岐山的味道，太白的浪漫，更有麟游的神魂，集三个地区文化素养于一身！刚才看到专题片，题目叫《大山里走出的玉麒麟》，我感觉非常准确形象！白麟多才多艺，是个有大才华的人！除了是诗人、音乐人，还是记者、撰稿人。白麟身上更有牢固的家国情怀，如《音画里的暗香》，以及《早安宝鸡》《我们都有一个名字叫记者》等之类。在宝鸡，以一首歌轰动一座城的人只有白麟！白麟做人阳光，内心滚烫，是文坛公认的热心肠！是真正的诗人！是诗人中的诗人！我喜欢白麟！

作为宝鸡和陕西诗坛的青年领袖之一，白麟一直在诗歌的形式和内容方面进行探索。据我的观察，白麟诗歌写作三个阶段嬗变的历程与陕西诗坛写作嬗变状态基本同步。从学习别人到回归传统，最终找到了自己。早期，其诗歌主要写个性情感体验，写年少情怀、写青春迷茫、写人生幸福和感伤，洋溢着浪漫主义意味，相对比较青涩，往往是率性而写，产量较大。终于在有"陕西诗歌石河子"的诗人林立的群体中，有了自己的位置，发出了自己的声音！但是，由于过多注重文字凝练，过于追求诗歌的结构、形式的完美，一定意义上，其早期诗歌思想和质量没有达到自己的理想高度，且模仿痕迹较重，诗歌的"根性"不足，与自己和诗坛的期望有差距！读他这时期的诗歌，我明显读到了他的寂寞，他的感伤，他的迷惘，他的苦苦求索，也读出了他的痛苦和焦灼！作为青年诗人，也不愿意被老诗人光辉笼罩、遮蔽，不愿意跟随他人步履，他也想写出个性风格、况味，写出不朽的传世之作！有"宝鸡汪国真"等称谓的白麟也在剥离与寻找，剥离传统诗歌写作方式，寻找真正的自己！和陈忠实"敬畏长篇"一样，创作中期，基本是21世纪以来，白麟明显已经自己认识到自己的不足，认识到当下诗歌创作的困境——无真正的当代名家引领，无真正意义上的高峰之作，只能自我探索。他开始自我革命，一头扎进《诗经》传统——即所谓的"附庸风雅"——从《诗经》这个人类诗歌经典里找写作方法，寻找生活之根，寻找文化之根，寻找新的诗歌写作感觉、写作经验。其进行了扎扎实实的文本细读，重新阐释，使得蒙尘的人类诗歌明珠重新绽放出了时代的光辉！这种与先贤的隔空对话，现实主义写作，无形中开拓了他的诗歌胸襟，这种"根性写作"也提升了诗歌的审美质地。其诗歌写作面貌焕然一新！风格开始走向成熟。集中体现在他的《慢下来》和《附庸风雅》等诗集中。如同贾平凹回归商州、重新发现商州一样，走出了创作困境的白麟，牢记总书记重托，把诗歌写在祖国的大地上。他咏太白，赞渭水，陕西成为他取之不尽、用之不竭的诗歌创作武库。创作进入井喷期，诗风深刻从容优雅。尤其是近几年，白麟的诗歌进境很快。作为农裔城籍作家，他的亲情诗歌、乡情诗歌等现代乡愁诗歌写得越来越优雅、深刻、唯美，文笔老到，直击人心，几乎篇篇精品，没有败笔，其思想和情感智慧集中体现在《白麟的诗》一书中。

个人认为，《白麟的诗》这本诗集的意义与影响力，不只在于诗歌老前辈贺敬之先生欣然所题的书名——高龄老诗人，如果不是因为诗歌品质，不会轻易出手为一个年轻诗人题写书名。从诗集来看，白麟已经走出了写"小我"情绪的藩篱，很好地将主旋律写作与个性写作完美结合了起来，既写个人之精神疼痛又写时代之精神疼痛，同时也写出了人类共通的精神疼痛！《白麟的诗》诗集题材广泛，其想象力、结构力、情感力、思想力、表达力、冲撞力，一定意义上，超越了同时代很多诗人，达到了一种高度。也许是人生体验更丰富了，其诗歌随心挥洒，收发自如。许多写乡愁的诗歌，诸如《倒退》等，已经被我大量引用到大学写作课堂上，作为范本供学生学习、品评。《白麟的诗》是白麟几十年诗歌写作探索的最新的集大成之作，值得人们反复阅读，也是硕果累累的宝鸡和陕西诗坛能够留得下来的诗人诗集之一！

又是世界读书日了！希望大家都读一读白麟的诗歌！读一读《慢下来》，读一读《附庸风雅》，更重点读一读《白麟的诗》——这一本不需要经过删减直接入库、入校的诗歌集！也顺便读读我们共同出版的《白麟诗歌研究》。见证陕西诗坛一位青年人成长的心路历程！见证一代宝鸡和陕西青年诗人珍贵的生命和情感记忆!

白麟是陕西诗坛常青树,是文明宝鸡、文化宝鸡新的地标之一。希望能够永远被这个城市和人们温柔以待!

再次祝福白麟!

感谢宝鸡市作家协会!感谢宝鸡市图书馆!

感谢世界读书日!

谢谢大家!

第三辑　有泪划过

冯肖华先生的文学精神

——在西北大学现代学院的致辞

尊敬的刘家全先生，尊敬的西北大学现代学院校领导、职能部门领导、二级学院领导，尊敬的陈长吟院长、各位文学院同人、亲爱的老师们、同学们：

大家好！

很荣幸受邀前来贵校参加我的授业恩师、我校首任陕西文学研究所所长冯肖华教授的追思会。在我供职的宝鸡文理学院，我曾先后发起并举办过著名作家、特聘教授陈忠实先生追思会，我校杰出校友、著名作家红柯先生追思会。而今，我没有想到，我的老师冯肖华先生的追思会能够在西安召开，且能够在高举文学大旗、高扬人文主义，切实实践"以人为本"办学理念的、风清气正、生机勃勃的西北大学现代学院举行，心中真是万千感慨！在这个人情淡漠、情感稀薄、精神沙化、实用主义至上的当下，这种人文情怀更是弥足珍贵！谨代表冯肖华先生生前在宝鸡文理学院工作的同事、好友，代表已经逝去的冯肖华先生，以及我本人，对贵校的君子风范、深情厚谊表示衷心的感谢！

先生留给我的精神遗产很多。冯肖华先生身上有着陕西学人共通的宝贵的文学精神。简要言之，先生文学精神主要在于：

第一，具有超拔的陕西地域文学批评学科建构意识和持之以恒的"钉钉子"精神。先生毕生身体力行，像钉钉子一样，瞄准时代前沿、瞄准陕西文学现场，心无旁骛，埋头钻研，扎实奉献，一生只做陕西地域文学研究一件事，全力创建和打造陕西地域文学批评特色学科，辗转于宝鸡和西安，初心不改。将陕西文学研究事业做到了极致，做到了让人仰望的高度。努力做有根的学问、真正有意义的学问，把自己的一生奉献给了陕西文学研究事业。陕西文学研究成就了先生，也耗尽了先生一生的心力。其执着的意志，其雄厚的业绩，奠定了其在陕西地域文学批评领域不容忽视的引领者、开创者、实践者之学术地位！

第二，冯肖华先生善于把握时代脉搏，学术思想敏锐，视野宏阔，思维通脱，具有和合意识，古今打通，中西融合，终于从陕西走向了全国！

先生从陕西文学研究出发，又不局限于陕西文学。融通古今中外，万法归一为我所用，走出了一条独特的学术道路。我有个发现，无论是先生首创的陕西文学研究所图书馆，还是他个人的书柜，里面关于陕西文学方面的书籍不是很多，而大多是哲学、心理学、文化学、民俗学等，看似与陕西文学毫不搭边的"闲书"。先生从这些"闲书"里汲取了营养，打通了思路，来滋养和伸展自己的专长。这样，写论文思路开阔，做研究有了高度和深度，最终才由陕西走到了全国。鲁迅文学奖获得者阎安有一句很富有哲理的话："你如果真是星星，哪怕坐在井底下，也是坐在天空上。"冯肖华先生用生命践行了这句话。冯肖华先生虽身处西北，但是他不坠青云之志，用丰沛扎实的成就，扩大了陕西文学的影响力，提升了陕西文学的美誉度！

在此，我想强调，除了进行陕西地域文学研究之外，先生也是陕西最早进行中国文艺批评家研究的学者之一。1994年，先生第一本专著《当代批评家评介》，对新时期中国文学批评做了梳理和部分总结，为中国当代文学批评史积累了资料，给许多青年人心里埋下了文学批评的种子；1995 年，他的《柳青人格论》专著采用人格批评和心理批评方法，对陕西重要作家、陕西文学教父柳青其人其作进行了深入分析，与畅广元、李继凯、阎庆生等陕西师范大学、西北大学等学者遥相呼应，努力致力于西方文学批评方法中国化，着力构建有地方特色、民族特色、中国特色文艺评论体系。成为学校当时最早晋升的、屈指可数的四名副教授之一。进入 21 世纪，先生主要围绕现实主义文学，用现实主义文学批评方法，集中展开对路遥、贾平凹、陈忠实等一批当代中国经典作家的系统研究，梳理出了陈忠实视角、路遥文学热、贾平凹现象、红柯笔墨等文学现象，并进入真正的学术井喷期。印象中先生曾因故中断文学研究，专心教书。重新回归文学批评现场后，先生仅用短短两年时间，就凭借雄厚的科研实力，顺利晋升教授。先后出版了《二十世纪中国现实主义小说论纲》《20 世纪陕西地缘文学审美形态》《20 世纪中国文学主潮的诗学价值》等一批高水平专著。论文先后被《光明日报》《文艺争鸣》《文艺理论与批评》等名报刊发表，多篇被《中国社会科学文摘》《人大报刊复印资料》全文复印、转摘。申请到"陕西地缘文学渊源互文性研究"国家项目一项，陕西省社科规划项目等二十余项，其国家项目成果《20 世纪陕西地缘文学审美形态》先后获得柳青文学理论奖、陕西省人民政府社科成果三等奖、陕西省优秀文艺评论一等奖等；退休前夕，以骄人的科研业绩，晋升为三级教授。

思想敏锐的冯肖华先生在我校陕西文学研究学科建设方面的启蒙、引领作用有目共睹。在先生带领下，我们先后出版《陕西地域文学论稿》系列研究丛书，已经成为学校对外学术交流的名片。可以看到，在冯肖华教授之后，陕西各大学都转而将目标转回或转向陕西本土文学研究，众人抬柴火焰高，从而使得陕西文学研究一路高歌猛进，在当下已经成为一种大有可为的阳光事业。现在许多人包括我在内，在个人学术研究方向上，都可以光明正大地、理直气壮地写上"陕西地域文学批评"，这与冯肖华等先生以身作则、率先垂范的学科建构意识感召分不开。而我2016年获批的《陕西笔耕文学研究小组批评群体本土批评经验研究》国家级课题，与先生早年的《当代批评家评介》有密切直接的学术关联。

晚年，冯肖华先生仍然笔耕不辍，科研不歇，继续到西北大学现代学院等院校发挥余热。返回柳青文学研究，同时扩展到了高建群等作家研究。其专著《柳青文学思想与文学陕军创作论》获得陕西省人民政府社科成果三等奖。作为国、省精品工程项目——《柳青》电影文学顾问之一，为宣传中国文学时代榜样柳青先生不遗余力。非常可惜，在《柳青》电影全国公映前10多天，先生因病辞世，没有等到电影上映，成为先生生命中最大的遗憾！

第三，冯肖华先生的学术思想主要来源，或者说主要理论武器是：20世纪80年代的"文学主体论"和20世纪80年代"人本主义""人道主义"等文学启蒙思想。其专著《陕西当代现实主义文学本体论》等可资证明。记得大约2002年，先生重返文学批评现场，第一篇被《中国社会科学文摘》转载的论文就是《深邃的人道主义思想家——对本真鲁迅的再认识》。先生坚持认为人就是人，不要把人抽象化。文学是为人的。文学创作要尊重人的欲望。所以，先生坚持的现实主义、人道主义文学批评观，也都是积极的、建设性的、建构性的。先生的批评大多从文本出发，与人为善，没有所谓的酷批酷评。

最后，先生的人格魅力主要在于奖掖后学，甘为人梯，为陕西培养和缔造了一支青年评论新军。冯肖华教授是我上大学时期的当代文学课程授课恩师，主讲"柳青文学研究"，是我校首任陕西文学研究所所长，更是我和我们学校一大批青年教师自觉投身陕西文学研究的感召者、启蒙者之一。包括著名文艺评论家马平川等在内的我校文艺批评骨干都是在冯肖华先生和赵德利先生等老一辈批评家的呵护、激励、督促下成长起来的。冯肖华先生指导青年教师，是耳提面命、手把手地真真正正地掏心窝子指导。肖云儒先生 2015 年到访我校时，为陕西文学研究所题字：作家知音，批评摇篮。冯肖华先生之后，陕西文学研究所由我负责。现在活跃在陕西评论界的青年批评家，有将近三分之二曾是陕西文学研究所专职或者兼职研究员。像兼职研究员、贵校的阿探先生，荣膺《作品》杂志评刊员金奖；像兼职研究员、商洛学院的程华教授，获得第五届陕西文艺评论奖中唯一的青年评论家奖。还有文学评论被《光明日报》《人民日报》等刊登的专职、兼职研究员马平川、刘峰、王刚、陈朴等，以及文学评论被《当代作家评论》《文艺理论与批评》《小说评论》《中国现代文学研究丛刊》《扬子江评论》等刊登的程小强博士、荀羽琨博士等。近两年，我校有两人入选陕西省"六个一批"人才，都是以文艺评论成就入选的。还应该提及的是，先生教子有方，一儿一女分别是国内外名校博士。先生的研究生，不仅拿到了国家奖学金，而且考取了省委统战部公务员。无论是家风传承，抑或是陕西文学批评事业，均后继有人，足以告慰冯肖华先生了！

很荣幸能受邀来贵校参加我的先生、恩师冯肖华老师的追思会。参加追思会，一方面被贵校的情怀打动，尤其是尊敬的刘家全先生为了照顾我的时间，多次将会议延后。冯肖华先生遗体告别仪式上，贵校师生训练有素、注重细节、凝聚力强让我印象深刻。在尊重知识、尊重人才、尊重创造基本已经不再被提及的时候，在科研环境越来越不理想，科研人越来越没有获得感、成就感、尊严感的时候，西北大学现代学院坚持以人为本，重情重义，善待科研人才，善待陕西文学研究先驱，善待我的老师，让我深深感动！另一方面，作为冯肖华老师的学生，是我遵照先生生前遗愿，将先生逝世的消息第一时间通知了西北大学现代学院、通知了延安大学创新学院等兄弟学校，以及《柳青》电影剧组，并执弟子礼，全程操办了老师后事。参加本次追思会，更是义不容辞，责无旁贷！

再次向襟怀开阔、境界远大、义薄云天的西北大学现代学院学习、致敬！祝福秦岭山雄、沣水河远、紫香槐香的西北大学现代学院文学事业红红火火、蒸蒸日上！

再次深深感谢西北大学现代学院！

深切怀念冯肖华大先生！

（本文刊发于《宝鸡日报》2021年7月14日）

揖别好友向岛先生

向岛兄，知道么？您的病逝，如当头一棒把弟兄姊妹们震昏了！您，才五十七周岁呵，怎能就这样撇下了我们?!

从宝鸡前往咸阳吊唁的路上，我一直在用机械动作开车，心如刀割。向岛兄，知道么？我车上拉着李喜林、高凤香、张静，还有刚刚为您的小说《佯狂》写了新评论的莉莉小妹妹。

向岛兄，在您咸阳的家里，冯积岐老师、宁可兄、刘玲嫂子、高涛、野水、阿探、柏相、杨烨琼……那么多人，那么多好朋友都来把您吊唁。咱省作协文学院王维亚院长来了，还有咱们都喜欢的省作协冉杲雄兄弟……我的学生、您的编外学生、80后评论家席超，以及作家赵玲萍，他们人虽来不了，也委托我奉上了自己的心意！

向岛兄，我们，可都是您生前最亲近的人啊，您，却看不到了——您本该在我们中间高谈阔论，甚至为一个问题我们争得面红耳赤、互不相让！那么博学、睿智的您就这样放下了酒杯和烟，停止了思考……

向岛兄，我真的想骂您——肺癌晚期——那么严重的病情，您却未让我们任何人知晓——您竟然不允许嫂子告诉任何人！您永远是那么要强！

向岛兄！您是那么重情义的人，弥留之际可否想起了我们?!

大约有小半年没联系了——还以为您一直在继续埋头写长篇——我知道您要写完《县域》小说三部曲，还要重新释解《红楼梦》！我知您有雄心，更有"野心"！

向岛兄，上次来宝鸡，您突然不喝白酒了。我就应该有所警惕的——我当然知道烟酒也是您的命！

向岛兄，我还知道，很早就是中国作协会员的您，作品早就登上了《当代》杂志。这几年，您一直努力在向《收获》杂志挺进。刚结束的全国文代会、作代会，您发表在《中国作家》上的小说《佯狂》，全国代表人手一本，这，对一个作家来说，该是多么巨大的荣耀！甚至比获得茅奖、鲁奖更荣耀！向岛兄，知道么？当时喜讯传回陕西文学研究所，我们和你一样，多么舒心、开心。

向岛兄，真不敢相信您已离开，不愿接受您已离开！永远记得您端着茶杯在酒店各房间走来走去，还有您为研究生读书太少万分焦灼，然后兴奋地说起自己新读的又一部国外作品！尤其难忘的是你对当下的评论颇多失望，拿出你自己写的关于《白鹿原》的评论《一书一原一世界》，让我眼前一亮，自惭形秽！

向岛兄，咱们不是说好还请您继续调教我的研究生？咱们不是说好要请您给本科生讲讲读书和写作的三昧？

向岛兄，可还记得那次咱们六人难忘的甘南之行？

可还记得在宝鸡，您豪情万丈，是那么开心和快慰？

上一炷清香，深鞠三躬，强忍住心中的泪水。向岛兄，您那张出现在《抛锚》《沉浮》等多部作品书舌上的温暖的笑脸现在却成了——遗照！

嫂子哽咽着对我说："你们都少抽点儿烟吧！尤其你们三个！"嫂子说的三个人是：宁可、李喜林和我！

　　嫂子是知道也亲眼见过的——多少次为文学我们和您彻夜长谈，整个房间里云山雾罩——彻底被烟埋没！

　　向岛兄！该怎么评价您——我的兄长！当官当到了一市之长——您早已尝遍人生百味！搞写作，您依然一马当先，写新的官场现形记，您入骨三分，刀刀见肉，是那么地卓尔不群！

　　向岛兄，知道么？还想着柳青文学奖揭晓，再狠铲您几顿！还想着您珍藏的好酒，再多来几场沉醉！还想着新作发布，再分享您的快乐！还想着您有一天摘得鲁奖，我们相拥而泣！

　　写花圈的人郑重地帮我写下两个单位：宝鸡文理学院文学与新闻传播学院、陕西文学研究所。

　　我是知道的，这五六年，向岛兄对宝鸡一往情深，不只因为嫂子是宝鸡人，更因为有我们！

　　向岛兄，知道么？太痛苦了，我们！李喜林兄一直沉默：以后为小说观点吵架，甚至开打，他再去找谁？作家高凤香幽幽地说："我这么优秀——就他经常批评我写的东西不行，把我气得……后来，我发现他说的都对，包括给我推荐的书，都直接或间接解决了我的创作问题，可我以后再要请教，还能么？"

　　向岛兄，从咸阳看您返回，中途我们在杨凌吃饭。依然是高凤香做东，她的贤内助王教授作陪。向岛兄，一桌子文友啊，难得的聚餐，我们却不喝任何酒！只因为，最海量的您，已经不在。您都喝不了、喝不上了，我们再喝又有什么滋味！

　　向岛兄，今天，是您遗体告别的日子，公务缠身的我，只能选择在宝鸡目送，陕西文坛又失一员大将！我，又失了一位好兄长！

　　向岛兄，一路走好！

哭桑梓作家胡云山兄

晚上十点，作家李喜林兄短信告知，我的作家班同学、省百优作家、洛南乡友、老大哥胡云山先生不幸离世了……

有过心理准备的。去太白县主持白麟诗歌研讨会的路上，同行的喜林兄告诉我，韩鲁华先生曾和他通电话，说云山兄因突发脑出血，一直在医院救治，病情非常严重，针管一拔随时就会走……当时听了心如锥扎。但还心存侥幸！身材魁梧，说话声如洪钟的云山兄，生命力断断不会如此脆弱的！然而，噩耗还是传来了……真是痛何如之！

和云山兄相识，还是在 2013 年，参加陕西省作协太白作家班读书时。作为全班 44 个成员中唯一一个搞评论的，我与班上每个同学都结下了深厚的感情。作家班在宝鸡太白山举办，云山和我都是洛南籍人，感情自然就亲近了些。作家班组织爬太白山，有过敏性体质的我，气喘吁吁，远远落在登山队伍后边，而云山一路陪着我……我俩或坐或走，终于走到了指定的会合处。我在太白山界碑处仅照过一张照片，就是云山兄当时帮我拍的。

2016 年，我和云山同时入选陕西省"百青"计划、"百优"计划，云山以小说作家身份进入，归省作协管；我以文学评论员身份进入，归省文联管。全省遴选了 154 人。不只我和云山，我们那一届作家班有 80% 的同学入选，在当时的确是令人高兴的事。"双百计划"启动会上，我和云山紧紧拥抱。不只因为同学，更为了我们共同的洛南！

此后，每次回老家，走到洛南县城，就想起我的好同学、好兄长胡云山。还记得第一次在洛南县城见到云山的情景。电话一打通，云山兄就急切地说："你站那别动，我十分钟就到。"还不到十分钟，他就过来了。随行的还有贤惠端庄的嫂子。就地找了个小饭馆，我们聊了很多。说的最多的就是他手头正在写的关于战争回忆题材的新小说，包括以前的小说评论集《承携》。临分手前，云山让嫂子从车里拿出一条烟，硬塞我手里："兄弟，知道你烟瘾大，少抽点儿，咱抽好烟……"我记得很清楚，是天子牌硬盒装。当时，家乡县城人普遍抽十元金卡烟……

每次省上培训，我们都要开怀畅聊。云山永远是手指夹着烟，一副若有所思状："兄弟，陕西评论欠缺，你好好给咱弄。我现在不麻烦你。有了真正过硬的长篇，你可一定要支持！"我连连点头。

再后来，省作协和省文联分头培训，我们很难碰到。只知道刚退二线的云山又被派往基层，担任第一书记，肩负起了脱贫攻坚的重责！我想，这下云山如鱼归海，一定能整出新长篇了！

谁知长篇还没消息，云山兄却匆匆而去……

云山好兄长，您不是答应过我，要带我去您的新工作室看看么?! 记得您说，装修得很气派，可以供十几个文友喝茶聊天！您才准备撸袖大干，却这样不辞而别！

去年这个时候，刚刚送走了我的另一个好文友、好兄长、好作家向岛兄，今年……你们都才五十出头啊！怎不让人心痛！

我贫瘠的洛南家乡又失去了一位好作家！

我又失去了一位好兄长！

痛别文友、诗人荒原子先生

秋雨寒凉，造化弄人！2021年的秋天注定是感伤的季节！前几天我们刚刚送走了几位好文友，今天，我们省内外的文朋诗友又一次从四面八方云集槐芽，深情恭送我们大家共同热爱的陕西杰出诗人、优秀作家荒原子先生！先生辞世的消息，可谓晴天霹雳，震动了省内外文坛！先生才55岁，正当创作和人生盛年，却猝然离世，真让人痛断肝肠；先生和红柯等许多作家一样，同样因为可恶的心肌梗死离世！天妒英才！真让人无法接受，又不得不接受！

荒原子先生是省内外公认的实力诗人，也是我们陕西文学研究所首批重点研究诗人之一。先生很有思想，他坚持文学信仰，视诗歌为生命。用先生自己的话说："我用诗歌为自己擦汗、取暖。"先生对诗歌是打心眼里的喜欢。先生在公务之余，笔耕不辍，诗歌先后被《诗刊》《星星诗刊》《诗潮》《诗选刊》等全国权威名刊刊用，是陕西诗人中最早登上国刊的诗人之一；先生爱憎分明，正道直行，所有的诗歌都是靠过硬质量被报纸杂志等刊发，先生保持着陕西诗人基本的品格、骨气和血性！尤其是，其散文诗多次被中央电视台等媒体向全国播放，名动天下，影响深远。相比其他诗人，先生的诗作不算很多，不过数百首，但每一首都是呕心沥血之作。先生大音希声，他万分珍惜自己的文学羽毛，绝不因版税、稿费等非文学原因而粗制滥造，先生一生只出版了一本高品质诗集《时光书》。综观这本集子，先生的诗歌整体风格唯美空灵，潇洒飘逸，带着先生自己的个性体温，让人敬畏和激赏！

先生是文坛公认的好作家、难得的好人！先生去世后，陕西文朋诗友用各种方式表达了悼念。陕西省作家协会诗歌委员会、陕西文学研究所、宝鸡市作家协会、宝鸡市职工作家协会、咸阳市作家协会、宝鸡市朗诵艺术家协会等单位第一时间发来唁电，或送来花圈。鲁迅文学奖获奖诗人、著名作家、陕西省诗歌委员会主任、陕西省作家协会副主席阎安先生万分悲痛，他说："我和荒原子本人很少有往来，但我认可他的诗品、人品。现在他去了，与造化同衍，与太白山的浮云同起伏，也未必不好。请帮我送两个花圈，送我的好兄弟一程！"据不完全统计，先生生前好友、著名作家白麟、李广汉、李晓锋、宁可、李喜林、徐伊丽、范宗科、王宝存、秦舟、成文贤、麻雪、陈铭、李娟莉、李宝萍、苏龙、武岐省、寇明虎、柏相、杨烨琼、朱亚飞、陈朴、王铁昌、杨萍、秋子红、路男、鲁翔、王琪、宁颖芳、董信义、陆子、严晓霞、张静、米梅、徐斌会、张江丽、史凤梅、魏云霞、王军贤等省内外贤达、名流大家悉数到齐，他们或亲赴家中吊唁，或用自己的方式表达了深切的哀悼。正值中秋节，作家圈、朋友圈几乎全是纪念先生的文字，截至今天，仅眉县文化馆祁丹馆长亲自编辑的纪念先生专题公众号已经发布到了第四期。截至今天（2021年9月28日），各种纪念文字仍然如雪片一样出产，且大多都是知名、不知名的文朋诗友！大家都在感念和怀念一个好诗人、一个再也难得遇见的好人的逝去！在我的印象中，还没有哪个作家能像荒原子先生一样，这样让人彻夜难眠，心痛难安！作文、做人能得到这么多人的认可和喜爱，先生这一生值得了！

先生溘然长逝，陕西文坛失去了一位好诗人，我们失去了一位好兄弟，本就很清寒的家庭失去了主心骨。看到嫂子和侄女、亲人们伤心悲痛的模样，真让人难过！在这里，代表所有热爱荒原子先生的文朋诗友祈愿嫂子等家人、亲人一定节哀，一定要保重好自己。请把自己照顾好，好好把侄女养大，才是对先生最大的告慰！

各位文朋诗友，先生虽去，文学之路我们还得走下去，只不过在全力奔跑的时候，建议大家还是要停一停，记得随时检查、修整！正如著名评论家陈思广先生所说："适当的驻足是为了更好地前进！"保持健康身体，经营好自己和家庭，然后义无反顾、勇往直前把陕西的诗歌和文学事业继续进行下去，力争在陕西、在中国发出宝鸡声音，这，是我们陕西作家、艺术家的使命和宿命，我想，更是荒原子先生的遗愿和心声！

只希望天堂没有病痛，只希望先生在那边还能继续自己的诗酒人生，自在潇洒行吟！

千亩荷塘不见君，再登太白谁相陪！荒原子先生、陕西的好诗人、我的好兄长，您一路好走！

附：再致好诗人荒原子兄！

没有人知道，你"荒老师"的名号就出自我口，而现在，"荒老师"好像已经代替了你的本名——杜成明！

短短几年，就走了一批好朋友……大多由于"心肌梗死"——诸多陕西好作家的宿命！我的荒老师，你居住在眉坞小县，诗歌却早已走进了央视，走进了许多人的心中！最早登上《诗刊》《星星诗刊》的宝鸡诗人啊，荒老师，我的荒兄！你长得五大三粗却情思细腻，天生的情种！各种场合见面，不是拥抱，就是握手！每次都告诉我好消息："兄弟，我的一组诗又被某杂志留用！"好几次你专程来宝鸡："兄弟，在哪？我来找你喝酒！"而我，总是忙乱——总想着这次真不巧，下次，下次一定陪你尽兴！

荒老师，我的荒兄！知道你的酒量不大，因为每次聚餐你总是喝得两眼通红。知道你率性实在，每次我都换用大杯相敬！

刚给学生欣赏了你早年的经典成名散文视频——《中秋月明》，你却在这个冷冷的中秋，狠心撒下我们，一个人，一个人，向仙界飞升！

荒老师，我的荒兄！你真的像你自己笔下的那棵胡杨，兀立于荒原，棱角峥嵘，任尔东西南北风！我的荒老师，都是敏感要强的人啊，你的惶惑和孤独，我怎能不懂？你一直坚持自由投稿，坚持靠文章质量砸开编辑部的大门。短短几年，诗歌写作就进入佳境：你的诗歌风格卓异，飘逸空灵！

荒老师，我的荒兄！还记得在太白作家班，我们都接到书写太白山的任务。人手一册的画册扉页上却赫然是你早已完成的范文——你，真正的太白文曲之星！

还记得你把新出的诗集顽强地给了我一本又一本，每一本都郑重地签名——兄弟，你没时间看，给你的研究生挑挑刺也行！

荒老师，我的荒兄！你像嵇康一样，对那些小人们，你也会白眼相向，我的荒老师，我的荒兄，为了信仰，我们为什么总是要玩命？

荒老师，我的荒兄！还记得你说："我用文字擦汗取暖，诗歌就是我的命！""走着走着花就开了"，这是你的名言——现在，许多人用它来励志、抒情！

荒老师，我的荒兄！记得我叫你荒老师，你从来不生气，记得每次我一叫荒老师，文友们就无一例外要起哄！人，表达敬意的途径有很多，我也只不过选择了最随意、最轻松的一种！

荒老师，我的荒兄！就让我再叫一次荒老师吧！天寒加衣，我的好兄长，你在那边多多保重！下辈子有缘，我们依然做兄弟！下辈子有缘，我一定好好陪你再喝几盅！

拜别作家李喜林兄长

今天，我们怀着沉痛的心情，在这里、在上李家塬村举行告别仪式，深切地悼念我们的好作家、好文友、我的好兄长李喜林先生。在此，我代表文学艺术界、省内外文朋诗友对李喜林先生的逝世表示沉痛的哀悼，并对其家属表示诚挚的慰问！

李喜林先生于 1964 年 12 月出生，陕西凤翔人，曾用笔名柳石、山水。他既是著名散文家、小说家、评论家、诗人，也是宝鸡市拔尖人才，宝鸡市文艺评论家协会副主席、陕西文学研究所重点研究作家。因病医治无效，于 2024 年 8 月 9 日在宝鸡逝世，享年 60 岁。

李喜林先生曾经就读于鲁迅文学院陕西中青年作家研修班。迄今已有 200 多万字的文学作品面世。出版小说集《映山红》、散文集《岁月深情》《故乡的深处》等著作，已完成长篇小说《火鸟》，由贾平凹先生题写书名。文学作品获省级以上奖励 20 多项。中篇小说《映山红》获柳青文学奖，散文《守望》获全国冰心散文奖。李喜林先生是《中国作家》杂志签约作家，陕西省作家协会第二届、第三届签约作家，入选陕西省首届"百优"作家，陕西省职工文联小说委员会副主任、宝鸡市职工文联作协副主席、宝鸡职业技术学院特聘教授、宝鸡市有突出贡献的拔尖人才。

李喜林先生躬身书写陕西，把毕生精力和心血献给了文学事业，写出了一系列优秀作品，扶持了一大批作家、评论家，在全省、全国产生了重要影响。李喜林先生去世后，陕西省作家协会、陕西省作协文学院、《延河》杂志社、中共宝鸡市委宣传部及宝鸡市辖各县区委宣传部、宝鸡市文联、宝鸡市职工文联、宝鸡市文艺评论家协会、宝鸡市作家协会、杨凌示范区作家协会、陕西文学研究所、宝鸡市职工文联职工作家协会、宝鸡市苏轼研究会、宝鸡市诗词学会、宝鸡市艺术创作研究室；凤翔、太白、歧山、凤县、麟游、陈仓等县区作家协会等单位分别派人赴家吊唁，省内外文朋诗友以各种方式悼念。据不完全统计，来家吊唁、发来唁电、送来花圈、挽幛等的主要有：陕西省作协副主席、《延河》杂志执行主编阎安，陕西省作协原副主席冯积岐，海南省作协副主席张浩文，陕西省作协原秘书长李子白，陕西省作协文学院原院长常智奇，王维亚，陕西省作协创联部主任蔺晓东，陕西省作协干部冉枭雄，鲁迅文学奖获奖作家衣向东、温亚军，李喜林先生的百优作家导师、著名评论家韩鲁华，中共宝鸡市委宣传部副部长李刚，中共宝鸡市委宣传部调研员王天云，宝鸡市文联专职秘书长许妍，宝鸡市文联办公室主任杨小茜，宝鸡市作协主席李广汉，杨凌示范区作协主席高凤香，宝鸡市职工文联职工作协主席白麟，宁德纪委谢红都，以及省内知名作家艺术家宁可、徐伊丽、寇挥、唐云岗、成路、李小洛、马慧聪、刁枭武、李大唐等，陕西文学研究所研究生、本科生代表，及宝鸡市文朋诗友206人。

截至今天（2024年8月14日），省内外作家，文学爱好者已自发撰写发表纪念诗文100余篇（首），以寄哀思。

李喜林先生是一位优秀的作家，天资聪颖，笔耕不辍，硕果累累，作品荣膺《延河》杂志最受读者欢迎的随笔一等奖，入围鲁迅文学奖，斩获柳青文学奖、全国冰心散文奖等重要奖项。

李喜林先生是一位勤勉的学者，他沉潜阅读，广泛涉猎，在散文、小说、诗歌、评论等多文体写作中融合探索，取得了一定突破。

李喜林先生是一名优秀的记者，他用骄人的文学业绩，让《西北信息报》享誉中国文坛。他用个人人格魅力，联结起了《阳光报》《文化艺术报》《三秦都市报》等一批全国优质媒体，为推介陕西文学做出了巨大贡献！

李喜林先生也是广大文学爱好者的良师益友。他谦逊真诚，诚心诚意给身边每个热爱文学的人以温暖和关照。

李喜林先生的辞世，是宝鸡和陕西文学、文艺界的重大损失，是我们作家圈的重大损失。我们深感悲痛和哀悼！我们将永远怀念他！

好作家、好艺术家、我的好兄长李喜林先生一路走好！

附：好哥哥，还是想您

——再致作家李喜林兄！

想经常开会迟到的您
想经常重要场合手机没电的您
想经常开车出状况的您
想经常大半夜还在高谈阔论的您

一提起文学就两眼放光

一说到新闻就屏气凝神

激动处连诺奖似乎都手拿把掐

生气时一转身就找不见人

老埋怨您爱炒冷饭把旧作品发了又发

仔细读文字水平与一些当红"文学家"不相上下

老逼您把难产的长篇拿出来晒晒

却忘了中短篇也能成家

离大树太近往往感觉不到树的高大

哥哥明明已经登上太白，而我们才从山脚下出发

任何时候都是不笑不叫兄弟不说话

想起好哥哥——怎能不心如锥扎、泪如雨下！

第四辑 成人之美

DI SI JI
CHENG REN ZHI MEI

在王梦宇女士出阁仪式上的发言

尊敬的各位嘉宾、各位亲朋好友、女士们、先生们！

大家好！

很高兴参加贤侄女、清华大学博士后王梦宇女士的出阁典礼，很荣幸能作为嘉宾代表，在这里发言。

在我的眼里、心里，梦宇是一位有高度的孩子，让人喜爱、敬畏。梦宇可谓"三高"：颜值高，身材高，学历高。梦宇是我们商洛山飞出的"金凤凰"，也是陈仓大地走出去的优秀女儿，是我们大家、在座各位长者，共同看着成长、长大的。梦宇还是我们陕西历史悠久、影响极为深远的陕西三角池大学堂真正的嫡系传薪之人，是陕西骄傲，更是真正的、当然的青春榜样、国家栋梁！

在见到天佑之前，我一直担心梦宇找不到能与其相匹配的人。在其他女孩子谈情说爱，甚至早早就子女绕膝的时候，梦宇却坚定信仰，崇尚学术，闹中取静，一心奔事业！曲高和寡，可能会高处不胜寒！现在看来，真是有点儿杞人忧天！而见到天佑，我终于放心了！新时代暖男天佑先生，不仅个子高，而且情商高，懂经营，懂管理，很受梦宇的长辈们欢迎，更是深得梦宇的芳心。大家看看他们刚才陶醉、快乐、幸福的样子就知道！我相信天佑一定会践行对我们大家共同的承诺，会善待我们的梦宇，珍惜我们的梦宇的！

梦宇真是个好女孩！梦宇的确太优秀了！中国人民大学本科生，英国名校博士，清华大学博士后，一路爬坡，一路奔跑，一路凯歌高奏，所向披靡！至今让人感念的是，当年梦宇中国人民大学毕业考硕士研究生，雅思英语竟一举考了七分！同样作为学生家长，我深深知道，梦宇所取得的每一个成绩，所获得的每一个成就，所踏上的每一个人生台阶，都让我们敬佩，甚至仰望！在座的都是文化人，大家一定知道显赫业绩的背后，梦宇付出了多少。更何况，梦宇棋琴书画无所不通，多才多艺，是我们大家手心里共同的宝贝！

所以在这里，我要祝贺王仲文兄和嫂子，感谢仲文兄和嫂子，以及感恩陕西三角池大学堂的先祖先贤们，教泽深厚，教育有方，为陕西、为国家，培养出了梦宇这样光耀祖先和乡里的优秀杰出的好孩子、好女儿！我也祝贺天佑，几经辗转，梦宇——志在蓝天——这只浴火重生、风姿绰约的"飞凤"终于飞累了，仙女下凡，老天保佑，终于花落咱们孙家！因为我也姓孙！所以祝贺天佑，祝贺咱们老孙家，吉星高照，即将迎娶到梦宇这么好的新媳妇！

和梦宇一样，天佑也出身于名门望族，其先祖孙家鼐先生，系咸丰九年（1859）状元，曾贵为帝师，京师大学堂，即老北京大学创办人，北京大学首任校长。家风纯良敦厚，天佑德艺双修，先后毕业于哈尔滨工业大学、中国人民大学。两个孩子因中国人民大学相遇、结缘，其结合一定意义上也是两个名门望族——王氏大家族和孙氏大家族跨越时空、跨越地域的相握、相遇、相拥、相融，真可谓天作之合，门当户对！郎情妾意，神仙眷侣！我是第二次见到天佑了。看到天佑和梦宇两人情投意合，感情这么好，这么般配，我，我们大家都感到非常欣慰和高兴！

对梦宇的喜爱甚至心疼，我都写进了她的出阁典礼专题短片——大家刚才都看过的《世纪追梦人——王梦宇》里了！我的文拙笔笨，无法传递梦宇之青春之奋斗精神！当年回商洛老家开车风风火火、一路风驰电掣的小姑娘，已经成长为亭亭玉立、沉静端庄的大姑娘；当年流着两行鼻涕的小学生，已经变成了国际一流大学的大学生，成为中国最高王牌学府——清华大学的博士后、深受大学生喜爱的青年教师之一；当年在大学堂老屋门口逗狗、玩水的可爱的小女孩，即将成为人妻，成为人母……无论如何，都可喜可贺！都值得我们在座各位——我们所有一直关爱、牵挂着梦宇的亲人们、朋友们，将桌上美酒斟满，一杯一杯，慷慨一醉！

我相信，从今天开始，梦宇从我们王家的福窝窝，又会走进我们孙家的蜜罐罐，身份虽变，关爱和心疼不变，幸福和快乐永随！

静女其姝，宜室宜家！最后，再次祝贺我们的侄女、闺女梦宇出阁！祝福我们梦宇和爱人天佑和和美美，永浴爱河，相亲相爱，地久天长！

祝福各位来宾阖家幸福，顺意安康！

附：世纪追梦人——王梦宇（出阁仪式专题片现场配词）

一、"传奇大学堂"的嫡系传人——王梦宇

1990 年 11 月 27 日，一个平凡而不平凡的日子，携带着祖辈的荣光，怀揣着父母的热望，巍巍大秦岭的封面——鹿城商南，

三角池大学堂王氏第二十六代传人，一个名叫王梦宇的孩子出生了……

在陕西商南县城最南端青龙岗下，有一所历史悠久，远近闻名的传奇大学堂——三角池大学堂，亦名陕西三角池大学堂，这是一座历史悠久、闻名遐迩的大学堂。大学堂地处商南县城最南端青龙岗下，即史书记载"三河交汇、九龙来朝、玉带缠腰"风水宝地。

大学堂历经五代人，主要创办人都是进士出身，他们放弃了功名，用生命办学，累计培养出了著名的"商南八贡""七十二功名"等一流人才；民国及以后，更是涌现出了多位国家部厅级领导以及北京大学、中央美院等名校教授、海外博士等名士。因办学质量优异，蜚声周边十余省，清代股肱重臣左宗棠特意题写校名"陕西三角池大学堂"——一个家族的大学堂赫然升格为一个省的文化地标；近年商南县陕西三角池大学堂重新修葺，并出版了《传奇大学堂》，记载王氏家族持之以恒办教育、为国分忧、为民请命的光辉办学业绩，更有著名作家贾平凹先生慷慨为该书作序，大学堂重现辉煌，又一次声名远播！

今天出阁典礼的主人公——王梦宇，便是商洛山飞出的金凤凰，大学堂沃土养育出的国家精英，是陕西三角池大学堂的嫡系后人、真正传承文明薪火之人！

二、世界一流大学的宠儿——王梦宇

王梦宇——带着宇宙的爱降临人间的小天使，聪明可爱，父母为之起名梦宇，希望女儿能像先辈一样，胸怀天下，志在四方。事实证明，小梦宇没有让家人失望。童年时的梦宇就是个孩子王，简直一副男孩儿做派，领着小伙伴儿们玩儿得很嗨，梦宇兴趣爱好广泛，在父母的鼓励陪伴下学习古筝、国画、舞蹈、书法、游泳、打篮球等。初中毕业考入宝鸡中学的同时，考取了古筝十级证书。2009 年高考后，王梦宇翻开了人生征程崭新的一页，升入中国人民大学读书，大学期间担任学习委员，获优秀学生干部荣誉。也许受祖先的影响，梦宇一刻也未放松自己，她牢记祖训和父母的教导，不断向更新更高的学术高地进军。浴火重生，努力追赶超越！大学毕业后，王梦宇以雅思 7.0 高分获得国家奖学金，并远渡重洋赴英国留学，开启了探索世界之旅。入世界名校布里斯托大学读硕士研究生。其间游历剑桥、牛津大学，探访拜伦庄园、大英博物馆等，感受英国、欧洲文化的底蕴。

以优异成绩毕业后，也许是大学堂的先祖牵引着她不断向新的高峰攀登，她继续考入埃克塞特大学攻读博士，四年苦读，并顺利毕业，获得金融学博士学位。

三、金鳞岂是池中物——清华"优椒"王梦宇

博士毕业后，梦宇面临回国还是在异国就业的选择。梦宇的硕士生导师、博士生导师，非常喜欢梦宇。梦宇的好学、聪颖、上进让他们印象深刻。国外硬件好，条件好，他们都希望梦宇能继续留在英国，从事自己喜欢的专业研究。也许是骨子里的家国情怀，梦宇想起了筚路蓝缕、献身家乡教育的先辈们，作为独生女，她更是难忘父母报效祖国的殷殷叮咛……"跨白马出龙门风云气壮，起学堂成博士家国情长"！王梦宇一直梦想成为一名"传道授业解惑"的大学教授，弘扬祖业，报效祖国！于是，怀揣赤子之心的梦宇义无反顾地踏上了回乡的路，走进了清华大学五道口金融学院，担任博士后研究员。

"金鳞岂是池中物，一遇风云便化龙。"在清华大学，梦宇没

有辜负亲人的期望，她学术视野开阔，每周都与国际名校教授连线讨论绿色金融问题，深度研究祖国的现代金融。格物致知，刻苦钻研，梦宇的好学上进有口皆碑，深受师生喜爱。一定意义上，梦宇继承并超越了先辈们，站在了更高的人生舞台上，将教书育人的伟业提升到了更高的境界！

四、学堂厚德承天佑，书香谱成同梦语

在中国人民大学就读期间，梦宇遇到了自己的白马王子——今天典礼的男主角孙天佑。所谓千里姻缘一线牵，更巧的是，孙天佑的孙氏家族也是书香门第，名门望族。而且两个家族都视教育为生命！梦宇和孙天佑的爱情可谓天作之合！世界上最幸福的恐怕就是在对的时间遇到了对的人。天佑英俊潇洒，梦宇天生丽质。梦宇终于有了一个可以并驾齐驱，一起追梦圆梦的爱人，开启了他们美好的新生活！

感谢陕西三角池大学堂各位先祖以及王氏和孟氏家族的亲人们对王梦宇的辛勤砥砺、精心培育、关爱教导！

感谢帮助梦宇完成人生梦想的小学、中学、大学各位恩师们！

感谢和梦宇一起成长的小伙伴们！

更感谢今天能来出席梦宇出阁典礼的亲朋好友、乡亲们！

人生还有好梦可追！让我们祝福世纪追梦人、我们大家共同的骄傲王梦宇和孙天佑一对新人，相亲相爱，相濡以沫，和和美美，比翼齐飞！

在张敏婚礼上的发言

尊敬的各位嘉宾、各位亲朋好友：

大家上午好！今天是我的得意门生、我的好朋友、好文友、陕西90后青年实力作家张敏女士和她的爱人刘勃宏先生的大喜日子。作为张敏的母校老师，我谨代表我们宝鸡文理学院文传院2000余名师生，尤其是张敏的师长，恭祝两位新人新婚快乐，百年好合。

张敏是我们学校培养出的真正的才女、90后美女作家，天资聪颖，才华横溢，多情敏感，重情重义。在校期间，张敏笔耕不辍，作品接连被陕西最好的文学期刊《延河》杂志等刊发，在校期间，曾斩获宝鸡市最高文学奖——秦岭文学奖第一名。尤其是毕业前夕，张敏扎根陕南农村长达半年多，深入调研，撰写出了陕西商南县历史上第一部教育文化小说《三角池大学堂》。该书长达30万字，著名作家贾平凹先生作序。商南县委隆重举行了该书首发式，产生了巨大的社会影响，为我们学校争了光！

新郎刘勃宏我见过几次面。小伙子英俊潇洒，暖心体贴。懂生活，有情调，很心疼张敏，很会照顾张敏。尤其是小伙子车开得好，酒量也可以。张敏很喜欢他，我也很欣赏他。

在这个大喜的日子里，我想给新郎说几句话。勃宏，张敏是好女孩，是我们学校几十年难得一见的真正的小作家，你一定要珍惜她，好好呵护她。她为了你，失去了很多。她那么柔弱，又那么坚强！为了你俩的未来在打拼，东奔西走，相当艰辛和不易！你要尊重她，热爱她，好好支持她。无论是生活，还是事业。张敏心中还有梦想，文学的梦想，张敏还有更崇高的精神追求。有句话讲，人生除了生活，还有诗歌和远方！张敏是心中有远方的女孩子，勃宏，你得把好小家庭的方向盘，用尽你的洪荒之力，把张敏送往远方！

还有张敏，从学生到老师，从老师到妻子，你要学着一步一步适应。多关心勃宏。学着多做家务，学着跟各种人打交道。学着从书本里走出来！想办法不断地强大自己。尽量让自己多些烟火味，再多些女人味。学着给勃宏减压，给勃宏加油。让勃宏每天爱你多一点儿。我想，凭你的才华和真情，一定能"拴"住勃宏，一定能让你们的小家庭越来越幸福，让你们彼此的爱情越来越醇香和浓厚！

张敏，老师最惭愧的是，没有为我们学校最有才华的小作家找到一份理想的工作。我始终认为，我们张敏是一个有大才的人，她需要的是更大的人生舞台！老师最大的欣慰是我们的张敏始终有主见，清楚自己的位置，从而找到了自己的真爱！

千言万语，道不尽心中祝福。来日方长，时光会允许我们从容细说！我这半辈子最高兴的事，就是培养出了许多像张敏一样，相当优秀的学生；我最开心的事就是，看到自己钟爱的学生幸福，我就由衷地感到幸福；我最骄傲的是，学生们都毕业几年了，我们师生还像最初相见时一样，性情真率，无话不说。而且，学生们踏入社会，还不忘给老师分享幸福和快乐！

张敏、勃宏，下次相见，希望能在你们的新家里，咱张敏斟酒，勃宏掌勺，让我们师生就像在宝鸡一样，畅谈文学和生活，把酒言欢，频频举杯，一醉方休！

最后，再次祝福一对新人和和美美，相亲相爱，地久天长！祝福各位来宾，生活顺意，幸福安康！

在邓瑞霜婚礼上的贺词

尊敬的各位领导、各位嘉宾、各位亲朋好友们：

十五的月亮十六圆！昨天刚过了元宵节，今天又迎来了好日子。今天是我的得意门生邓瑞霜女士和其爱人的大喜日子。万分抱歉，因有重要公务不能前来参加，只能借助片纸对一对新人表示最衷心的祝贺和最诚挚的祝福。祝贺有情人终成眷属，祝福一对新人新婚快乐！

瑞霜是我们宝鸡文理学院文传院公认的才女，也是我最器重最优秀的学生之一，是我的骄傲！瑞霜才华横溢，有极高的语言和写作天赋，在校期间，文章荣登《光明日报》，刷新了学校历史！瑞霜重情重义，蕙质兰心，美丽善良。现在和我一样，已成长为一名光荣的人民教师。

在此，我想给瑞霜的爱人说几句话。一路走来，瑞霜很清苦，很辛苦，很不容易，许多梦想还在路上。希望你善待瑞霜，珍惜瑞霜，呵护瑞霜，支持瑞霜。从今天开始，我们宝鸡文理学院文学与新闻传播学院 2000 余名师生正式将瑞霜托付于你了，希望你不负瑞霜，不负爱情，不负众望！

借此机会，也给瑞霜说几句话。瑞霜，不管你在哪儿，在干啥，你永远是我最好的学生、最好的朋友！记得有好消息了要及时分享，受委屈了要记得回母校这个"娘家"。母校永远是你坚强的后盾！相隔再远，你都是孙老师心底的牵挂！

　　还有，瑞霜，别丢掉手中的笔。写作改变命运，文学照亮人生！你是优秀的安康儿女，希望你扎根桑梓，用你的智慧和才情，教出更多更优秀的娃娃！

　　最后，再次祝福一对新人和和美美，相亲相爱，白头偕老，地久天长！祝福各位来宾阖家幸福，身体健康！

在研究生赵青婚礼上的发言

尊敬的各位领导、各位嘉宾、各位亲朋好友：

大家中午好！今天是我的得意门生、第一个硕士研究生赵青女士和她的爱人范涛先生的大喜日子。作为赵青的母校老师和导师，我谨代表我们宝鸡文理学院文传院师生，尤其是赵青的师长和各位研究生同学、学弟、学妹，以及所有的亲友团，恭祝两位新人新婚快乐，百年好合。

赵青是我的第一个硕士研究生。也是我们宝鸡文理学院第一批招收的硕士研究生之一。在校期间，学习勤奋刻苦，有思想，有个性，有主见，有情怀，是我们文学院第一个获得国家奖学金的硕士研究生。在读研期间，光荣地成为中国共产党党员。毕业时，以优异成绩考取了央企中国人保行政干部岗位，为我和我们学校争了光！

新郎范涛是国企二电厂职工，大国新工匠的优秀一员。小伙子沉稳可靠，阳光帅气，为人实在，重情重义，暖心体贴。赵青很喜欢他，我也很欣赏、认可他。

在这个大喜的日子里，我想给新郎新娘说几句话。

第一句话：享受爱情。长达七年的爱情长跑，今天终于修成正果。希望你们小两口彼此珍惜，彼此呵护，相亲相爱，相濡以沫。随时随地给自己的爱情保鲜、保险。

第二句话：善待亲情，孝敬父母，敬老不啃老，经营好自己的小家，做个让父母放心、永远让父母荣耀的好儿女。

第三句话：努力工作，认真工作。珍惜来之不易的工作机会，勤奋敬业，积极上进，好好打拼，继续做领导和同事认可的优秀员工。

不管怎么样，幸福要靠奋斗获得。一切往好处想，往远处看。相信自己，依靠自己，不跟别人攀比，跟自己比。昨天和今天比，明天和今天比。面包会有的，车子会有的，一切都会有的。

最后，再次祝福一对新人和和美美，相亲相爱，地久天长！祝福各位来宾，生活顺意，幸福安康！

在研究生马宏艳婚礼上的发言

尊敬的各位嘉宾，各位长辈，各位亲朋好友：

大家好！

我非常高兴能来美丽的长武县，参加我的学生马宏艳女士和鱼敏杰先生的新婚典礼。感谢各位百忙之中前来见证两个孩子的爱情！

首先请允许我代表今天来的和没来的老师和同学们祝福两位新人新婚快乐！

宏艳是我最得意的学生之一。从本科到硕士研究生，可以说一路看着长大。宏艳好学勤奋，敏感多思，有个性，有情怀。做学问，像我；做人，更像我！

借此机会，我想给小鱼说几句。宏艳在自己最好的时候，把最好的自己交付给了你，远嫁、下嫁给了你。宏艳当年仅用两个月时间考上了硕士研究生，有考博实力，她为你付出了很多。请你一定要珍惜！请你对宏艳好一点儿，再好一点儿！

然后，希望一对新人孝敬父母，处理好生活圈、工作圈、事业圈、社会圈的关系。继续做人生的强者！同时，尽快转变角色，建设好你们的小家！

从今天开始，爱情逐步褪去了光环，要勇敢面对生活的柴米油盐。

注意保鲜你们的爱情。不辜负彼此的青春！

最后再祝两位新人相敬如宾，相濡以沫，相亲相爱，和和美美，地久天长！祝福各位嘉宾、亲朋好友家庭幸福，心想事成。

在研究生路林倩女士婚礼上的发言

尊敬的各位领导、各位嘉宾、女士们、先生们：

时逢国庆，在这个军民同乐、普天同庆的美好日子，非常高兴参加我的研究生路林倩女士和其知心爱人邓博文先生的结婚典礼，也非常荣幸作为嘉宾代表祝福并发言！

林倩是我的硕士研究生，更是我的得意门生。从本科到硕士研究生，林倩在宝鸡度过了她最好的七年青春时光。在校读书期间，林倩品学兼优，全面发展。林倩很有思想，是天生的读书种子，冰雪聪明，不仅大学期间加入中国共产党，而且术业有专攻，主持和参与过多项校级、国家级课题，在大学学报发表了多篇优质论文，而且硕士研究生毕业论文获评学校优秀硕士毕业论文，是当年毕业的我校中国现当代文学专业学生中，唯一一名校级优秀硕士毕业论文获得者！应该指出的是，林倩写毕业论文的时候，因特殊原因，无法返校，但林倩依然迎难而上，数易其稿，高质量完成了研究生毕业论文，顺利毕业。其后，又以优异成绩入职某国际一流部队军医大学。

大学时，林倩就告诉我，男朋友是小学同学。小学三年级就认识。两家是世交，可谓两小无猜，竹马青梅，水到渠成，瓜熟蒂落！许多美好的成语好像都是为他们专设的，郎情妾意，天作之合。今天我是第一次见到传说中的邓博文先生！小伙子是某部队军事主官。今天一看，的确英俊潇洒，年轻有为，沉着干练，器宇不凡！林倩很有眼力，能嫁给自己的白马王子！博文也很有福气，历尽考验，终于娶到了我们优秀的林倩！一对新人从小学到大学，再到研究生，经历了20多年的爱情长跑，今天终成眷属，终于修成正果，的确让人快慰，也很让人羡慕！

在此，我想送给一对新人三句话：

第一句：感恩国家和部队，珍惜工作机会，继续经营好你们的事业。现在在西安房子已有，出入有车。和以前处朋友不同，你们现在都是国家和军队的人了。必须听党话，跟党走，听指挥，永葆家国情怀。要感恩党和国家，珍惜来之不易的好工作，争取用过硬的工作实绩和表现尽快尽早将两地变一地。因为婚姻就是陪伴，婚姻就是相聚，是两个人的舞台，绝对不是一个人的"演出"！

第二句：经营好你们的家庭。从今天开始，你们就是一家人了。就要走进真正的柴米油盐。林倩心地善良，为人朴实，性格温良，作为军人的妻子，要承担、付出的更多。希望博文多多体谅林倩，多关心林倩。而博文人在部队，许多事情身不由己，林倩也要多多支持、包容和理解。你们两人要互敬互爱，相亲相爱。把你们的小家小日子过得红红火火，同时要孝敬双方老人，把两家父母照顾好，把两家、也包括你俩小家在内的大家庭建设好，而且要越来越好！

第三句：继续经营好你们的朋友圈。今天前来参加婚礼的，都是多年关爱并支持你们的领导、亲友、同学、发小或者乡里乡亲，都是你们当下和未来生活中不可或缺的贵人、生命和生活中最重要的人。他们也是你们未来生活、成长的依靠力量和坚强后盾。你们要常怀感恩之心，记住他们，用真诚和努力感恩和回报他们！

最后，再次祝福一对新人新婚快乐，龙凤呈祥，和和美美，地久天长！祝两家老人身心康健，福高寿长！祝福各位来宾阖家幸福，如意吉祥！

在新闻班优秀毕业生罗娜婚礼上的发言

　　罗娜是我校新闻专业最优秀的学生之一，颜值高，情商高，人气旺，蕙质兰心，时尚阳光。上学时是好学生，单位里是公认的优秀员工，团队里是精神领袖，家里面一定会是陕北好婆姨！

　　我们的罗娜她肯吃苦，有开拓精神，有经商才能。胡元斐也是我校汉语言文学专业高才生，英俊帅气，多才多艺，为人忠厚。作为文传院校友、同学，两人感情深厚，好事多磨，终于不负众望，走到了今天。

　　在这里，作为娘家人，作为曾经的新闻专业负责人，我想给元斐说几句：作为女孩子，罗娜这些年真的不容易。先在宝鸡市消防支队当记者，然后考取了虢镇社区干部岗。这些年，一个人生病，一个人创业，生活把柔美的罗娜逼成了女汉子！这些年，我们美丽漂亮的罗娜明显消瘦多了！都是为了你们现在的小家庭！我们都看在眼里，疼在心上。

　　元斐，罗娜在学校时的外号叫"美罗"，是我们新闻专业的人梢梢儿，心尖尖儿，你作为男孩子，请你一定多担当，多付出，让罗娜多歇歇。请你一定珍惜罗娜，疼爱罗娜。然后罗娜，你也要一如既往地关心元斐，关爱元斐。你不要只是创造生活，只知道赚钱，更应该享受生活，享受爱情，享受人生。希望你俩经营和保鲜好你们的爱情，首先妥善处理好两地分居问题！借此机会，我也代表两位新人，感谢从全国各地远道而来分享和见证他们的幸福的所有的人们。各位领导，父老乡亲，兄弟姐妹们，辛苦了！尤其是今天在座的这么多的亲人们！大家辛苦了！感谢你们！

我是第二次来安塞。安塞很远，交通不便，但有了这两个孩子，我们的心很近很近。

都知道医者父母心，我们更相信师者父母心！作为两位新人的老师和朋友，我最大的快乐就是亲眼看着孩子们一个个顺利毕业，找到工作，找到对象，成家立业！谢谢元斐和罗娜再次让我享受到了快乐！

再次祝福一对新人相亲相爱，天长地久，白头偕老！祝福各位嘉宾阖家幸福，心想事成！

在研究生韩宣婚礼上的发言

尊敬的女士们、先生们、各位亲爱的来宾：

大家上午好！

我是宝鸡文理学院文学院副院长孙新峰。非常荣幸能来参加我们优秀的硕士研究生毕业生韩宣女士和其爱人郭旺先生的新婚典礼！作为韩宣曾经的主管领导、老师，我也代表因公务出差、无法前来参加婚礼的韩宣女士的硕士研究生导师孟改正教授，以及同样深深喜爱韩宣、未能前来陇县出席婚礼的其他研究生导师，也代表韩宣所有的研究生同学，祝福一对新人新婚快乐，爱情甜蜜，百年好合！

韩宣于2019年以优异成绩考入我校语文教育硕士研究生。在读期间，担任研究生团支部书记，品学兼优，全面发展。工作积极努力，吃苦肯干，认真负责，是我的得力助手，深受师生认可，多次被评为学校、学院优秀研究生干部！毕业时以优异成绩和出色表现，一路长虹，碾压和战胜了许多名校研究生，先后考取了多家单位编制，直到最后选择了她现在的工作单位。可以说，我见证了韩宣硕士研究生阶段的成长过程。韩宣是我们的优秀毕业生，更是老师们的骄傲！

印象中，韩宣做事很有主见。小小的个子，拥有一颗强大的心脏！一个人为了前程努力打拼，努力"革命"，一路走来，很辛苦，很不容易！今天，我也是第一次见到她的爱人郭旺先生。小伙子阳光帅气，玉树临风，英俊潇洒。刚才我也听说了郭旺先生还是南山中学一名相当优秀、前途无量的青年教师。我相信韩宣的眼光。看来毕业以后，我们共同的得意门生韩宣不仅胜任了工作，成为一名受人尊敬的老师，而且收获了爱情，找到了自己人生的另一半。作为老师，我很欣慰，也很高兴。

一对新人的名字也很有意味，让我再一次体味到"天作之合"的意义。"韩宣""郭旺"，天造一对，地设一双。从现在开始，真正官宣：你们俩就是一个锅里吃饭的合法夫妻了！记得韩宣读硕士研究生时，我们师生经常在学校对面的"旺家厨房"聚餐。希望一对新人事业上互相扶持，生活上彼此关心，孝顺大家庭里的父母亲，同时经营、建设和兴旺好你们俩的小家！

最后，再次祝福一对新人在未来的日子里永远相亲相爱，和和美美，天长地久！也祝福所有来宾，阖家幸福，清凉一夏！

谢谢！

爱徒万登峰结婚了

万登峰是我带过课的嫡系弟子，2008级新闻专业班长。记得还是"5·12汶川特大地震"期间，我受时任中文系主任赵德利先生委托，从汉语言文学写作教研室主任的职位，转任新闻学专业担任负责人。学校新闻专业2004年获批，2005年第一批新闻专业学生才入校。当时新闻专业录分较高，学生要求也高，专业教师捉襟见肘，一个人带几门课很正常，导致学生意见很大。尤其重要的，教师中竟然没有一个高级职称老师！我和德利先生一样，都是写作学教师，而新闻文体是写作学必教的文体之一，好坏还和新闻沾点儿边，加之我2006年晋升副教授，系青年教师中第一个评上的高职教师，也是理所当然的救火队员，所以当系上指派我负责新闻专业时，我二话没说就走马上任了！

与新闻专业一起创业，好像是我半辈子最得意的时光！师生一起直面挑战，攻坚克难。接任2005级新闻班班主任，该班八名毕业生考取了郑州大学、陕西师范大学、兰州大学等校硕士研究生，开创了中文系单班考研纪录；和2006级、2007级、2008级新闻班一起办《新闻实践报》，去袁家村、东岭集团采风调研……那段时间，我意气风发，不仅担任了CSSCI核心期刊《当代传播》杂志和北大核心《新闻爱好者》杂志编委，而且论文接连被《文艺理论与批评》《兰州大学学报》《当代文坛》《社会科学家》等刊发。有感于新闻专业实习生赴媒体实习还要交实习费，一个晚上撰写了《本是同根生，相煎何太急》的论文，直接被CSSCI核心扩展期刊《社会观察》录用！宝鸡文理学院新闻专业办学情况还赫然登上了北大核心期刊《新闻爱好者》杂志扉页；2010年10月15日，由我执笔的介绍学校本科学士学位毕业典礼、授予仪式的八千字长文被《中国教育报》刊发（如同时任宣传部部长所说，我有点儿假公济私，趁机宣传新闻专业，却不掏一分钱广告费——因为八千字的文章，里面提到中文系及新闻专业的内容竟然长达三千多字！我笑着回复，谁让您要找一个中文系的人来写呢！除了中文系、新闻专业，其他一概不知啊），可以说，我利用各种契机，用各种方式伸展办学半径，尽力将新闻专业推到一个又一个国家平台！那个时候，《陕西日报》、陕西电视台、《华商报》、《西安日报》四面开花……到处都是我们的新闻专业毕业生的作品！没有办法，新闻专业白手起家，只能靠一级一级毕业生手把手地带，没有新闻专业毕业生，以前的汉语言文学毕业生接上。中文系的学生天然就有同源同胞同根情怀，有着可贵的彼此帮扶关照的传统。个个有血有肉，人人有情有义——只要是中文系毕业的，不管哪个专业，遇到了都是那么亲近和亲切！

都是同一批老师带出来的学生啊，母院学弟、学妹们有事，怎么能不患难相恤，慷慨相助，坦诚相待？换成其他学院，真的未必！——这是我在中文系工作以来最大的感慨！其中有一个实习实训基地尤其让我感怀，那就是大学老同学胥建礼担任负责人的《华商报》宝鸡记者站。从第一批新闻专业毕业生，一直到2010级、2011级……许多学生就是在教室里听专业老师讲新闻理论，然后到《华商报》基地回炉再造，再出发，可以说在培养新闻专业学生技能方面，老同学胥建礼等厥功至伟！

万登峰就是在新闻专业爬坡过坎、振翅高飞的历史时段，于2008年9月走进了学校，走进了我的视野！只记得当时因为工作需要，我不仅给汉语言文学专业学生上写作课，好像还客串过很长一段时间的《新闻评论》《文艺评论》，甚至《社会学概论》课。不仅我自己赤膊上阵，而且还四面瞭望，从学校设备处、新闻中心，以及市上请来了不少兼职教师。我一直有个认识，专业的事必须专业的人干，才不会误人子弟！我自己那段时间主要的精力，用在了专业生存和发展设计上，经常为了筹措活动经费等忙得焦头烂额。记得有一位老师，曾经风趣地说过学校和陕西的关系：省属高校，却没有设置在省会。省上不给吃不给喝，还要孩子长高长大！当时的新闻专业就是这样。没有专门的实验室，没有固定的活动场地，每争取一笔经费是那么艰难，比起几年前创办的广告专业差多了！还记得省上新办专业评估，我让学生把广告专业实验室名牌改成"新闻专业实验室"，后来为了实验室名字到底叫"广告实验室"还是"中文系公用实验室"，还弄到系主任处，直到系上最后默许新闻专业也可以使用实验室。那个时候不仅师资力量紧缺，懂设备的老师也没有几个，许多设备连包装也没有打开，没人会用，有限的五台摄像机设备也完全不够使用——这也就是为什么当我听到系主任赵德利教授，第一次在全系会议上，说"要鼓励师生多动手，宁愿把设备用坏，都不要把设备放坏"时是那么激动！而且，我第一时间召集新闻专业开实践实训动员会，告诉他们：系主任说了，宁愿把设备用坏，不要把设备放坏！就这样把新闻专业赶进了实验室！而且是班长带队，分组实施。其实，那段时间，我自己也很心虚，虽然是新闻专业负责人，但我是汉语言文学出身，半路出家，动手能力极差。那些设备我一窍不通。但我想，世上无难事，我的学生都不笨。只要他们动起来，勤学好问，一带二，二带三，什么样的高精尖设备一定都能玩得转的！

就在实训会后的第三天，万登峰来了。作为一班之长，登峰沮丧地告诉我：老师，坏了！原来周末新闻班借设备拍摄东西，结果竟然把一台摄像机手柄弄丢了！那个时候，一个手柄不便宜，而且学校要公开招标，很难购置。第一次使用就不爱惜设备，我很生气，但我想设备只要使用，就会出现各种问题。我说你快去找系主任，看能不能让学校按照正常损耗再配置一个？反馈的消息是：学生自己赔！我有点儿傻眼，不是说宁愿用坏，也不要放坏吗？至于后来手柄是否找到，我也没有过问，我只是觉得登峰做事粗枝大叶，需要不时敲打。我一再告诉学生："脸皮厚，吃个够。条件差，可以去蹭设备、蹭讲座、蹭实习，只要有实训的机会，就放下身段，虚心做学生。纸上得来终觉浅，任何会玩设备的人都是咱老师！"在我的强压下，新闻专业的女生也欣欣然扛起了摄像机，校园内外也能见到她们活跃的身影！而新闻专业也在 2009 年省级新办专业评估中，获得了 A 级优秀等次！

我深深知道，学院派学新闻的弊端；深深知道，业界技能提升的重要，于是，在办好"金睛杯"摄影大赛、"金笔杯"征文大赛的同时，将学生赶到真正的媒体单位学习。毫无例外，登峰等几名学生就被我分配到了《华商报》宝鸡记者站实习，并直接交给了我的同学胥建礼培养。因为有建礼在，所以学生在《华商报》实习时的各种情况我了然于胸！我的这位胥同学很不一般，上大学时就是系刊《三人行》创办者之一，真正的文学发烧友，后来在宝鸡媒体供职，再后来去了《华商报》，因为揭露陈家山矿难和曝光黑高考移民等事件成为报社"名记"！在《华商报》如鱼得水，再后来，胥建礼还担任了《华商报》南非华人总社社长，斯人既有文学情怀，又有扎实的媒体从业经验、宏阔的新闻视野，在他手下工作，学生得益良多。据学生说，那些年，他们跟着建礼南征北战，东冲西杀，很是开心快活，也学到了一身本事。毕业后，因为表现优异，万登峰被《华商报》录用，记得还曾被总部评为明星员工，也成为《华商报》"名记"，得到奖励一万元，还被选派到台湾旅游，后来因为个人证件等事宜，最终没有成行！登峰很优秀，在《华商报》工作期间，曾经被省委宣传部选派，赴基层新闻单位挂职一年。登峰很好学，在《华商报》工作期间，专门去西安考记者证，在考试全部通过，记者证马上到手的时候，却因为《华商报》企业改制，人员脱钩，他们一批人被发配到第三方劳务派遣公司，即便优秀如登峰，也摆脱不了命运的安排，工作量不减反增，活儿不少干，收入却大幅缩减——登峰便毅然辞去了《华商报》的工作！

　　2010年10月，新闻专业终于有了一个自己的传播学高级职称教师，完成历史使命的我从新闻专业又回归了汉语言文学，继续上我的写作课。2010年12月破格晋升了教授职称之后，我又一次肩负起了写作学教研室主任职务，后又接连兼任实践教学中心、文艺学教研室等负责人。2013年4月，任陕西文学研究所所长后，便全身心投入研究所工作。刚接手研究所工作，百废待兴，身边没有可用的人。而研究所的学术活动非常频繁，尤其是每次的摄影、摄像、视频、网页制作很麻烦。登峰当时还在《华商报》做记者，时间上自由度较高，也许是因为情怀吧，每次活动，凡是涉及摄影摄像、新闻稿采写，我一定要拉上登峰。而登峰也很给力，只要召唤，只要需要，就会第一时间赶到，让我很感动。受过《华商报》高强度训练的登峰专业技能精良。记得

2016 年办陈忠实追思会，我和登峰通宵加班，于第二天八点之前将新闻稿送交学校，后被教育厅网站全文转载。还有陕西文学高层论坛的新闻稿，都是我和万登峰字字斟酌、推敲，改定，上交。登峰有媒体工作经验，有新闻敏感，有专业素养，摄影、摄像、采集、制作，样样全能，帮了我很多。印象最深刻的是我承担的省级项目"笔耕组"课题调研，我和万登峰、我的研究所首任助理熊玮一起去西安采访了肖云儒、李星等老先生，收集了大量珍贵音视频，登峰全程参与，并为我整理了所有的照片和视频资料。那些时间，师生一起，很是开心。

登峰家在富平，他出身于一般家庭。从《华商报》辞职以后，登峰在宝鸡盘桓了很多年。登峰是一个很要强的人。骨子里也很闲散。他生活情趣广泛，喜欢读书、朗诵、写作，而且对茶艺颇有研究，好像还考取了中级茶艺师。也许是心疼我的学生吧，每次朋友聚餐，只要场合合适，我总要叫上登峰。毕竟在宝鸡，我曾是他们的大家长；毕竟，我们曾经都是新闻人！登峰有一点儿酒量，每次我一个人的时候，也叫上登峰，我俩一起吃菜、喝酒、聊天。过去读欧老先生的《醉翁亭记》，看到"饮少辄醉"时，还笑欧老矫情，入世以后，才知道，人生尴尬有诗酒，酒不醉人人自醉！很多时候，喝深喝浅见酒都会醉！记得有几次我喝得酩酊大醉，还是登峰他们把我送回去的……后来，在朋友的帮助下，登峰去陕西高速集团宝鸡办事处工作了一段时间，登峰文笔好，各种稿子经常一次就过手，各样宣传器材都能上手，领导让他负责单位党建、宣传，工作干得有声有色。再后来，高速集团完成了宝鸡绕城高速建设历史任务后，人员分流，登峰再一次成为陈仓"漂"族。每回想到这里，我很自责，我们完全可以把学生培养得很优秀，但是在现实和工作面前，再优秀的人也不得不低头！后来，在家人的要求下，登峰恋恋不舍地离开了宝鸡，回到了家乡渭南，在一个市级媒体工作。

作为登峰的老师，我一直关心着登峰的情感生活。我有个感觉，登峰在获得女孩子好感这块，一直有问题！很迟钝！一点儿也不敏感！登峰一直忙忙碌碌，每次我问都是：不急！到时候就有了！没有，说明还不到时候！我很希望能有好女孩能真正理解和接纳我这位优秀的学生，多希望我的优秀弟子能够早日脱单，享受幸福！登峰回渭南后，每次电话里我都要问他，个人问题怎样了？有进展没？有几次我还不顾身份，亲自给我自己感觉他们好像挺合适的女孩子打电话，告诉她们登峰有多么优秀！一些女孩子啊，当听说我是登峰的老师，立马肃然起敬，而且一再给我说会充分考虑，结果没了下文！我深深知晓，在物欲横流、金钱至上的当下，一个小老师的声音是那么可笑和微弱！登峰的情感之路比较坎坷……没有家庭资源，一直在外边打拼，一不小心年龄就大了。《华商报》干得好好的，却发生变故；在事业单位工作吧，暂时又没有行政职级……更何况没有住房，没有豪车，再优秀有什么用呢！登峰素养全面，多才多艺，还懂生活，有追求，有信仰，这样的好男孩真的不多了！真是说来也怪，但凡是我出面协调维护的，大都无疾而终！

年前登峰给我打电话，说找到了心上人。说女孩子很优秀，而且是老师，很聪慧，很能干。我相当开心。登峰终于不用"漂"了！本来还想在登峰婚礼上说几句心里话，只是因为单位临时有事，开了个重要会议，狼狈驱车到达婚礼现场时已经很晚了！但是我终于来了，来到了富平，见到了传说中漂亮、能干的新娘子李贞老师，也见到了那么多或远或近前来送上祝福的亲朋好友！我想，凭着登峰的一身本事，加上同样优秀的新娘子，他们的生活一定会如芝麻开花节节高，他们的事业也会百尺竿头更进一步！我真心希望他们小两口甜蜜、幸福、快乐！相亲相爱，白头偕老！

喜欢弟子登峰！喜欢登峰的重情重义！喜欢登峰每一次电话或见面，不叫师父不说话，永远是一副阳光爽朗潇洒的样子！登峰心胸开阔，任何大事、难事，到了他那里，仅仅一句"不影响"了事，好像一切都不是事了……

登峰，好好干！为了家庭，为了你们的未来，继续努力，加油吧！老师看好你！

祝福杨莞

杨莞结婚了。

我的新闻专业才女学生、朋友杨莞终于要结婚了！

婚期定在 6 月 1 日，普天同庆的日子！

作为曾经的新闻专业负责人——杨莞的老师和文友，我本来是一定要去蹭喜酒的。或者会依照性情，在婚礼上代表来宾说几句话。可惜事务缠身，而且是极为紧要的几件事。推托不掉。只好爽约了！

其实，每一次我的学生结婚，我去参加婚礼的意义在于，我的身后有一个庞大的亲友团——就是我现在供职的文学院，对新郎或者新娘来说，都是一种无声的威慑！对我的学生好一点儿，再好一点儿，不要让他（她）受委屈。如果对他（她）不好，我们"娘家人"一定会兴师问罪的。尽管这种威慑是那么无力，甚至可笑，但是我一直在做。不为别的，只是心疼我的学生，希望我的学生离开学校的庇护，还能感受到母校的情怀和关爱！一朝为师生，终身文理人！文理人就应该互相抱团取暖，更何况是我最器重的学生之一！

杨莞，人如其名，美丽聪明，阳光开朗。莞尔一笑，春暖花开！上学的时候就是大家公认的才女。

还记得她大一交给我的考试作业《奶奶的篮子》，那文笔，那才情，还有那一手漂亮的钢笔字，一下子打动了我。在我的"教唆"下，杨莞深深爱上了写作。各样下水文章都能操作。文章不时见诸校报，才名远播。外面有许多单位找她写东西，她面情软，不会拒绝，而且大多义务劳作。我告诉她：知识就是财富。咱有思想，就是要赚那些剥削我们的、写不了东西的人的钱！按劳取酬，与道德无关！

众所周知，许多让我们写东西的人啊，经常很无耻地说："写这些东西，对你们很简单，眼睛一瞪就写出来了！"

你眼睛多瞪几下，看能不能写出来？写作有那么容易么？像鸡下蛋，要下立马就下啊！这些杨莞都听进去了，记得最多一次她竟然赚了800元，我们也狠"铲"了她一顿饭！记得毕业时，学校团委出了一本小书，书的序言还是杨莞写的。作为写作课程的老师，学校没有邀请我，而是邀请了我的学生写序言，我不仅不嫉妒，还打心眼里的骄傲！我的获得省政府奖的学术专著，学生中恐怕只有杨莞通读了，而且写了篇读后感，发在湖北《文学教育》杂志上。杨莞学习勤奋，在校期间，还获得了教育部语用司汉字规范书写大赛一等奖。前一段时间，教育部专家来校考察国家级语言文字推广基地，以及我校申报国家一流汉语言文学专业时，我一次次翻到她当年的获奖证书电子版，心中很是感慨！

杨莞家在陕北，但她是喜欢宝鸡的。毕业后就在母校旁边的广告公司工作，连续任职两年。记得我的中学母校当时的校庆方案，就是她公司策划的。杨莞当然是执行主笔。那个时候，我们师生经常碰面。刚进公司时候，杨莞先是实习生，后来转正。工资先是1500元，后来变成了1800元。女孩子在宝鸡，一个月不到两千元，怎么能活下去？所以每一次我都问她，工资涨了没？杨莞都笑着回答我："够用。又不买啥！"直到两年后，各种原因，杨莞辞职。好像去南方铁路上某部门做过事，再后来考上了乡镇司法协理吧，再后来进清涧县委宣传部工作，还被单位外派学习。再后来为了编制，杨莞再次背井离乡，考取了铜川电视台的编制，成了有身份的铜川人！

　　记得杨莞上学的时候，应该是不适应学校的饭菜吧，胃不好，经常疼痛，还莫名地发烧，所以请假的时间就相对多了点儿。我是知道的，学生的胃就没有几个好的。等到一结婚成家，自己做饭，营养跟上，什么病都没了。在校的时候，因为喜欢文学，加之脾气相投，同时新闻专业建设，许多工作都需要学生协助，因此杨莞、2008级新闻班长万登峰、2008级新闻班学习委员王丽等，我们经常在一块聚餐。我带过许多学生，不知怎么，对新闻专业有一种很特殊的情感。那个时候，还没有文学与新闻传播学院，只有一个中文系。新闻专业就设在中文系下。记得2007级新闻班一个女生在毕业晚宴上，号啕大哭："老师，我不要中文系新闻班，我们出去找工作，人家都说我们不是新闻专业的，什么时候能变成新闻学院啊？"

　　杨莞毕业后，多次回母校。每次我们师生都痛痛快快地相聚。后来，杨莞离开了，王丽也嫁回安康了。每次吃饭聚餐，就我和万登峰，心里挺落寞的。再后来，在宝鸡盘桓了多年的万登峰，也因为工作回了渭南。印象最深的好像是诗人、作家陈朴结婚吧，杨莞回校贺喜，喜宴之后，万登峰、王银玉、高宗林等，我们新闻专业师生一块聚餐，那个晚上喝了好多酒。我们都希望杨莞能留在宝鸡，甚至我还希望我们新闻专业哪个男孩子能娶了杨莞，别让杨莞到处"漂"了。因为我知道，杨莞骨子里还是喜欢宝鸡这座城市的。为此我真还动员过几个新闻专业男生（当然，是背着杨莞的），很可惜，杨莞太优秀，或者说这些男生都与杨莞无缘。杨莞的确很有才气，是新闻专业少有的才女，可是在这个弱肉强食的社会，老师尚且遭遇各种龃龉和或明或暗的打压，谁又能给我的学生提供足够的人生舞台？杨莞最后还是彻底离开了宝鸡。

虽然离开了宝鸡，我们师生还经常联系。有心的杨莞还经常给我寄来醉枣之类的东西，说能解酒。杨莞是反对我喝酒的。有一次我和万登峰喝酒，喝多了，万登峰给杨莞打电话，杨莞听万登峰说我喝了很多酒，生气了："老师，我都告诉过您，少喝点儿酒，你再喝酒，我就认不得您了。您身体不好，我们还希望您能多罩我们几年呢！"还批评万登峰不照顾我，不劝我少喝酒！

杨莞终于结婚了！作为老师和朋友，心中十分欣慰。我的最优秀的学生终于等到了自己的白马王子，换句话说，终于有人能疼我的学生了。杨莞的生活终于安定了！杨莞对文字敏感，天生有才情，可能在生活其他方面不够擅长，我希望她的新郎能宽容和善待我的学生，生活上多照顾我的学生，首先先养好杨莞的胃！当然，我更希望杨莞，在工作之余，经营好你们的小家，做一个有才情也有生活情趣的人。人生除了写作和工作，真的还有更多有意义的事情等着你们去做！

本来是要来蹭喜酒的。奈何诸事缠身。只能遥遥祝福。祝福一对新人幸福美满，相亲相爱，地久天长！

祝福杨莞新婚快乐，天天像新婚一样快乐！

说好了，喜酒给我留着，以后还是要喝的。其他酒可以尽量戒掉，喜酒是一定要喝的。

衷心祝福我的才女学生杨莞！

第五辑 柔情在上

DI WU JI
QIN QING ZAI SHANG

给父亲刮胡子

每次回老家，我都会习惯性地给老父亲刮刮胡子。不知从什么时候起，父亲的胡子就开始变白，胡楂又硬又粗，布满整个脸颊，且根根遒劲，威武不屈，说句实话，被胡子围困的父亲的样子，简直就像野人一样。

每次给父亲收拾胡子，母亲总在旁边看着、笑着："弄它干啥？长太凶了，过不了几天又长上来了，讨厌很！"然后母亲似乎有点儿艳羡地看向父亲："看，又要你娃给你刮胡子了，美得你！"

说是刮胡子，其实是不准确的。只需要拿一个新的三个刀头的电动剃须刀，慢慢地、一点儿一点儿地旋吞裸露着的白色胡须，沿着硬硬的胡楂小心地旋，直到彻底看不到胡楂，摸起来光滑不扎手为止。父亲年事已高，脸上的皮肤早已松弛，用剃须刀刮胡子，要么刀头认不上，要么认上之后根本刮不动，而且一点儿也不敢使蛮劲。速度稍快一些，就会抽搐，所以只能慢慢地让刀头自己一点点吞移。流程并不复杂，操作特别简单。然而，就是这简单的动作，父母亲却完成不了。我自己固定用五十元左右的剃须刀，给父亲必须用百元左右的、相对比较好的剃须刀，必须有三个刀头。每次我专门买的好用的电动剃须刀，父母不是忘记了充电，扔在了一边；就是刀头里全是胡须，不会清理，直接弃用。所以，每次回家，我很少看到父亲容光焕发的样子，基本都是胡子拉碴、满面沧桑的样子。

父亲教了一辈子小学，是远近闻名的先生，也教出了许多有作为的学生。儿时记忆，父亲很注意自己的形象，经常在镜子前很庄重地刮自己的胡子。印象中父亲用的是老式的，装在一个很小巧的方盒里的剃须刀片。一个小刀片、一块香皂、一块热毛巾，几分钟就能搞定。老式刀片不好把握，所以经常看到父亲脸被刮伤，鲜血长流的样子。再后来有了一次性剃须刀，安全不伤脸，老父亲也很喜欢。过去我经常出差开会，酒店里的一次性剃须刀我从不放过，我自己从来不用一次性剃须刀，带回家去的一次性剃须刀基本都是父亲用了。

从什么时候开始，父亲不收拾自己的胡子了，我竟然一点儿也不知晓。记得有一年开车带父亲、母亲去县城，父亲突然说要理个发，开车兜兜转转走了很远的路，在一个人潮拥挤的街口理发摊前父亲停下了。这个理发摊是流动的，出摊也是不定的。理发员是一位四五十岁的中年女子。每次理发只收五元钱。父亲有点儿炫耀地给我说："现在走遍全县，哪还有五元的理发店？理发、洗脸、刮胡子，一步到位。而且主要面对高龄老人，甚至有时还不收费。"然后父亲又顺带了一句："比石门镇强多了。理个发都要十几元几十元！"我听出来了，节俭了一辈子的老父亲嫌其他地方理发贵！但他们不知道的是，仅开车找这个理发摊，油钱都好几个理发钱了！

父亲就躺在那里，任凭我慢慢地给他刮胡子，神情完全就像孩子一样。偶尔的眼神对视，父亲已没了当年的英武之气，而是满眼的对儿子的信赖。我是一个不称职的儿子。我是一个"跑虫"，落地就能生存，在哪儿都能生存。常年在外奔波，我把自己完全交给了所谓的事业。而父母就像老家的树木和庄稼一样，习惯了老家的水土，老家的生活，好像很难再接受其他地方。我曾一厢情愿地将父母"绑架"到身边一起生活过多年，只是因为生活习惯等各种原因父母还是一次次"逃离"。不得已，我只能在县城附近给父母安置了一个栖身的地方。父母的生活很简单，每天一睁眼能看到熟悉的人，能吃到习惯的食物，足矣！

人过中年才知道，所谓的幸福就是一家团圆，所谓的幸福就是全世界都抛弃你的时候，还有人爱有人疼！最大的幸福应该是随时呼唤父母，随时还能得到回应吧！我，是一个幸福的人！即便此刻像一条狗，"蜷"在父母身边，只给父亲刮刮胡子，陪父母说说话，人生就已经十分美好！

耳背的父亲

好像从上次打电话开始，父亲已经有意地不接我的电话了。

他自己说，听不着了，别浪费电话费了。

不知怎么，电话这头的我一下子泪如雨下。

这是我的父亲吗？这是我英英武武了一辈子的父亲么？！

父亲已经60多岁了，孔子说过"六十而耳顺"，意思是60多岁的人听到别人于己不利的话，用不着怎么想，都能正确对待。可是，我亲亲的老父亲刚60多岁，却已经真正的耳背了。

记得去年父母一块来家的时候，母亲就告诉我，父亲明显反应迟钝了，过一个马路都要等半天，当时听了我的心里酸酸的。父亲一直在我面前炫耀自己5.1的视力，他曾经对我的莫名其妙的近视百思不得其解；和父亲一起上山去打柴，那个一次可以扛四根丈四长大木头的父亲哪儿去了？那个为了整个大家庭二十四口人糊口，扛木头、扒火车、换粮食，以及一晚上走上百里山路下洛南、出潼关的父亲哪儿去了？父亲教了一辈子书，桃李满天下，那个口若悬河、思维敏锐的父亲哪儿去了呀？

岁月不饶人。父亲老了。我亲亲的父亲老了。

教了37年书的父亲虽然临退休前才评定了高级教师职称，可是高血压、脑动脉硬化等病症也毫无例外地找上了他。好像从奶奶开始，我的姑姑、父亲都患有高血压，而且听说高血压还会遗传呢。父亲经常舌头硬、睡觉睡不下。让去全面检查吧，却一拖再拖。

和我在城里住过几年，很惭愧的是，父亲和母亲至今没有逛过宝鸡市。他们说一出门就得花钱，还不如在家看电视。

我的老父亲一辈子"硬脊背"，堂堂正正，一清二白；做人光明磊落，从不阿谀奉承，就是在子女面前，从来不愿意欠任何人的。每次给他们零用钱，无一例外地花在了我的孩子、他们的孙女身上。在帮我带孩子的几年内，不仅没有让我贴补他们一分钱，父亲有限的退休金却被花了个一干二净。每次没有钱了，父亲也从不开口，就带上母亲找个理由回老家了。每次给他们钱，钱都原样不动地被还了回来："给娃买吃的。"这是每次他们说的话。每次父母亲走的时候，我都特别心痛。本来父亲的退休金足够他和母亲日常使用，可是妹妹的孩子多，光景不好，我的孩子又小，所以就不得不经常拖累他们。

我继承了父亲的职业，做了一名教师。

我继承了父亲的性格，一直争强好胜。不管干什么，都靠一口气支撑。

很多时候，我知道父亲对我很失望。因为他的儿子，经常会做出一些让人惊讶的决定。而且想法很多，完全不像他当年那样安于本分。但是我知道，每当我的一个想法变成现实的时候，第一个感到欣慰的总是父亲。

记忆中父亲告诉我的话，都是那么的实用而重要。比如说"屎干了就不臭了"，每次碰到人生最关键的几步的时候，父亲这句貌似很俗的话一下子就让我走出了低谷："不管人生出现多大的错，时间总会风化它，时间长了就忘掉了。"还比如给村人写了一辈子对联的父亲这样说："不要拒绝任何写东西的机会，那是人家看得起咱，只要人家不嫌咱们糟蹋纸就行。"这也许就是我一直坚持写作的理由吧。

上天开眼，让我的父母永享高寿。

父亲，等着孩儿。再过几天，孩儿就回来看望您和母亲了。等你们真的走不动了，抗不过我了，就会跟孩儿在一起生活了。

亲亲的父亲，我勤劳善良的母亲，孩儿已经长大，已经可以让你们放心了。

回来的时候，一定给您老人家带一个助听器。只希望您和母亲晚年快乐。

有妈的日子是好日子

昨晚与文友聚，不小心又多喝了点儿。一回到家，直接就喊："妈，我饿！快给我下碗面！"

明明在外面刚吃过，而且还吃得不少，然而，妈妈做的鸡蛋面糊糊还是那么窝心、香甜。

前几天也是，晚上踉踉跄跄地从外面回来，一进门，爸，妈，有面没？想吃面。妈很快做了一大碗面，才吃了两口，我就脑袋一歪，躺在沙发上睡着了！

第二天一大早醒来，身上盖得暖暖和和。父母坐在我身边，含笑温暖地看着。妈说："昨晚咋摸回家的？喊着要吃面。还没吃就打起了呼噜。声音那么响！我和你爸想把你搬到床上，怎么也搬不动……"

我傻笑着，巨大的幸福感再次袭来。

在我的坚持下，已经高龄的父母终于答应来宝鸡了！我住高高的六楼，没有电梯。每天从一楼爬到六楼，我这样的年轻人尚且发怵，更不用说已经年迈的老父母了。为方便出入，我在老校区一楼又找了一间房子，装备好了又一个临时的家。从重新粉刷到安装窗帘，都是我和小女儿亲自看着弄好的。父母就住在这个新家里。

父母来了，我的好日子也来了。爸妈永远闲不住。不几天，我六楼杂乱的家就被清洁一新。全家的生活都有规律了。以前我每天中午都不回家，在新校区附近随便一吃，现在一下班就开车回新家，随时随地就是热乎乎的饭菜。吃完饭后，跟爸妈随意地说说话，累了就在旁边卧室小憩一下。母亲还是那么能干，父亲也永远慈爱。看得出来，爸妈开始不太习惯。譬如小女儿因中午托管不在家，爸妈特想孙子。好不容易等到女儿放学，爸一把将小女儿搂到怀里："爷想我娃，一天没见了，想得心都疼。回来了好……"到了晚上，全家都到齐了，妈就像变戏法一样，端出排骨，豆芽青菜，炒土豆……然后，一家人聚在一起大快朵颐，其乐融融。饭后，小女儿拿出象棋，再缠住爷爷杀上几盘。然后，在我和她妈妈"回家写作业，考宝鸡中学"的催促声中，小女儿万分不舍地告别了爷爷奶奶……

老校区这个新房子是我租的。我一口气签了五年合同。房东说啦，如果我愿意，十年二十年都行。对于以后我没有想太多，因为我有底气。学校两年前已经通过了要给我所住的那个小区安装电梯的动议（可是执行起来却是那么缓慢），如果电梯安装好了，没有上下楼的烦扰了，全家自然就住在一块儿了！再退一万步说，只要父母同意，我随时随地就可以在宝鸡再买一套房子。而且不像学校的房子连户口都没有，一定是带房产证的。我经常和朋友开玩笑，在学校待了这么些年，我也用自己的十多万血汗钱买了学校的一套房子，可是竟然连房产证都没有，又不能上市交易，就如同给学校交了高额的租金。我们都只是高级租户、城市的过客而已。现在想想，当年选房子没有选一楼真是失策。只是听别人说一楼下水往往处理不好，蚊虫也比较多！再加上流年不利，一直想离开宝鸡，所以连新校区的带电梯的高层住宅也没有选。而且那个时候，父母的身体是那么健壮！现在……只能仓皇珍惜。

人过五十啦，已经越来越懂得生活的深层滋味儿了。对我来说，没有什么比全家团圆更幸福的事。在我的父母心里，恐怕也是这样想的吧！

忽然想起台湾电影《妈妈，再爱我一次》的主题曲："没妈的孩子像根草，有妈的孩子像块宝。"对我来说，有父母在我身边，彼此可以互相依靠，是多么幸福的事啊！

有妈的日子是好日子！希望上天眷顾，让这样的好日子一直持续下去！

叫我“狗儿”的姑姑走了

母亲在电话里说，姑姑不在了。我一下子愣了。眼泪不由自主地流了下来。尽管知道姑姑最近身体不太好，但还是没有心理准备……随即看到了大表哥的QQ空间，表哥很痛悔自己没有照顾好姑姑（其实我知道，表哥已经做得很好。他的孝顺有目共睹，真正是我们弟弟妹妹学习的榜样），我这才知道，我的亲姑姑真的走了！一直疼我爱我的姑姑真的离开了！

父亲弟兄姊妹七人，除了大姑和小姑，都是男孩子。小姑病逝走得早，家里只有姑姑一个女性长辈，一直呵护着全家，呵护着我们。

记忆中父亲、姑姑、姑父、叔父们，家人关系一直特别好。姑姑是家中老大，是爷爷奶奶之后绝对的家族权威。父亲和叔父他们五个，个个英英武武，棱角峥嵘，在姑姑面前却很服膺，一般是不叫姐姐不说话。姑姑远嫁几十里之外，但是经常回娘家。小时候逢年过节，去过了舅舅家，我一定要去姑姑家的。好像打小就跟姑姑亲。

姑姑家也是一大家子人。姑姑有四个女儿，两个男孩。在我的印象中，大表哥一直在外上学、做事，很少回家。每到姑姑家，我就和姑父下象棋，跟小表哥、表姐、表妹们一起玩儿。全家人坐在一个大通铺上，彻夜聊天，很热闹。然后，姑姑和大表姐就给我们做许多好吃的，每次都吃个肚儿圆。姑姑从不叫我的大名，叫我"狗儿"。"狗儿，我娃快来吃饭！""狗儿，我娃有啥事，你就给姑说，姑给我娃做主。""狗儿，听说我娃出息了，以后一定要对你爸妈好。""狗儿，到姑家去，姑给你做好吃的。"满是疼爱，暖融融的。

姑父是个不折不扣的大男子主义，是甩手掌柜，从没做过一顿饭，可是他被姑姑拿捏得死死的。姑姑包揽了家里的所有家务。我觉得姑父很享受。姑父的主要任务就是下象棋、喝茶，然后去村里串门。姑父经常背过人对我说："娃呀，啥是幸福，这就是幸福！"姑姑和姑父一直很恩爱。表哥、表姐、表妹们也很争气，也都成了家立了业。姑姑一直跟着在家的小表哥生活，但却一直待在自己的老院子里。小表哥、表嫂一家搬去了新房。每次去姑姑家，我就待在姑姑的老屋里。老屋有五六间住房，表姐她们没出嫁的时候，就住在老屋里。前几年我回老家的时候，还专门去拜望姑姑、姑父。在姑姑老屋的周边，邻居们的房子大都坍塌了，或者房门紧闭，衰草丛生，可是姑姑和姑父只愿意住在老屋！大表哥拉他们去西安城里居住，没几天就回来了——生活根本不习惯！二表哥也让他们住新房，姑姑、姑父不愿意。老屋屋顶有了裂缝，我一直怀疑老屋是危房，担心一场大雨房子就不见了。实在没办法大表哥就在老家找地方给二老建了新居（我现在也不知道他们住进去了没有）。

姑姑很贤惠，吃苦耐劳，性格温软，从不跟人红脸。和奶奶一样，姑姑顽固地信耶稣，相信来世报之类。这一点受我奶奶真传。记得每一次奶奶做礼拜、祷告的时候，奶奶说一声"感谢主"，我马上跟一句"感谢鬼"，然后奶奶就拿起扫把追着佯装着打我。姑姑、姑父教子有方，大表哥大学毕业后在西安做事，年轻有为，也买了新房；小表哥在家务农，为人本分；我的表姐、表妹们都很漂亮。受姑姑的影响，性格很好的大表姐翠月出嫁早，嫁到不远的村子，也很早肩负起了照顾全家的责任。大表姐跟着大姐夫跑长途班车，每次到县城我们都能不期而遇。看到了大表姐，就好像看到了姑姑。大表姐、表姐夫每次一见到我："峰，赶快走，去吃饭！"我的父母亲在县城住院，我因路远一时回不来，大表姐就用班车拉着全家去探望。很暖心！二表姐风莹人如其名，疯张懒散，疯得很，但是对我很好。我们姐弟俩很聊得来。我的二表姐后来也嫁到了他们家邻近的村子。我喜欢二表姐，但不喜欢她也信耶稣，竟然信得走火入魔了，每天都要出去传经布道，神龙见首不见尾，谁也劝不住，谁说也不听。说实话我有点心疼二姐夫每天的一日三餐！我的大表妹巧梅，人也很漂亮，中学时一度是学霸，考学失利后，去打工，然后嫁人，就嫁到我老家下面十几里的村子。因为住得近，巧梅表妹也经常去看望我父母，代我尽孝心，父母身边就又有了个亲女儿。后来，巧梅表妹去了很远的地方打工，也几乎失去联系了。小表妹小莹，人特别勤快，为了照顾姑姑、姑父，嫁到了邻村，刚好是我一个中学同学家，小日子也过得越来越好。我一直有个怀疑，本来我的脾气很火爆，大大咧咧的，不知什么时候，有时候自己竟然也变得婆婆妈妈，优柔寡断。小时候不仅和姑姑家的表姐、表妹们一块长大，舅（表舅）家、姨家也几乎全是女儿，我的表姐、表妹多了去了，将近二十个，女儿国里长大的我，是不是也顺带多了些"宝玉"气？

仔细想来，我一直在姑姑的手心里长大。如同奶奶一样，姑姑用她温热的臂膀，像老母鸡一样，庇护着我们家每一个人，血浓于水，我算是感受到了。姑姑家住得远，交通不便，可是我的父亲、母亲，我的叔父们，即便是步行、坐摩托、倒公交车，翻山越岭，也要去看望姑姑、姑父。就在姑姑去世的前几天，母亲还和几个叔叔们去看望了。说是姑姑状态还好，让我放心……姑姑家有事，娘家兄弟一呼百应。担心姑姑、姑父孤独，父母亲还隔一段时间，把姑姑、姑父接到一起住一段时间，真是其乐融融。有什么好吃的、好喝的，也要亲自送去或者让人捎去给姑姑。在城里生活时间长了，经常开车、坐车，我是畏惧了那些坑坑洼洼、高低起伏的山路，可我的父母们、叔父们，却乐此不疲，翻山越岭，去看望我的姑姑，风雨无阻，甘之如饴。

姑姑走了，我在遥远的宝鸡，却什么事也不能做，甚至包括回去看姑姑最后一面。当时疫情猖獗，严格管控出入，我还肩负着研究生导师、研究生疫情防控的重任。亲人去世，连回商洛老家基本的吊唁都做不到。作为高校基层干部、共产党员，只能远远地面向着商洛老家的方向，给我亲亲的姑姑磕几个响头：姑姑，孩儿不孝，您老走好！

姑姑，亲爱的姑姑，如有来世，请再叫我一声"狗儿"！

三叔父的根雕

听说我回老家，三叔父一定要来看我。母亲说，三叔父最近身体一直不好，前两天挖树疙瘩竟然直接晕倒在山坡上。三叔父家离我家有数里路程，我怎么敢让他来看我呢！可我知道三叔父的性情，他一旦做了决定，轻易不会更改。所以我只得在村头路口等他。

三叔父骑着摩托来了，还带来了一个东西，我一看，原来是一个树疙瘩，准确地说是根雕。花梨木的，棕红色，整体是一个飞翔的鹰的形状。三叔父的手艺真是巧！这些年诸事不是很顺利的我一下子就喜欢上了它！甚至我都想象到这个鹰雕已经放置在我的小书房，每天看着都会精神倍增！忽然间，我想起了临回家时母亲说的话："你三叔父身体一直不好！病成那样也不休息，前两天还去山上挖树疙瘩呢！"我当时以为三叔父挖树疙瘩是挖烧火的原料——松木疙瘩或者杨树木疙瘩。在我们老家，做饭的燃料很缺。我曾经写过一篇论文，将家乡男女分工嬗变概括为由过去的男耕女织发展到男耕女耘，以至于现在的男樵女厨。也就是说，老家人每天为了烧火的原料而奔忙。许多男人的主要任务就是找柴火，有时候往往出去一整天才能打回一捆干柴。而用柴火做饭特别费时间，所以许多女人都被锅台困住了腿。前些年山上开矿，许多大树都被砍没了，原来郁郁葱葱的树林现在想找一根碗口粗的一丈长的橼都很不容易。尤其是近些年国家一直禁止乱砍滥伐，所以许多人家做饭、烧炕只能挖树疙瘩做柴火。哦，我明白了，三叔父，原来每天上山挖的不是柴火，而是做根雕的疙瘩木料。

我一下子愣在那里！

在我的心目中，我父亲兄弟五个，除了当教师的父亲，弟兄们中只有三叔父一人靠脑袋（智慧）养活自己和全家。早年爷爷奶奶还在，我们一大家子二十二口人在一个锅里搅勺把。因为日子太穷了，所以三叔父不得已做了上边村子的上门女婿。三叔父一直很能干，他开过手扶拖拉机，贩过药材，磨过景观石……印象中，世上几乎没有能难倒三叔父的事。一直笑嘻嘻的。这些年山里生意不好做，外出打工几次无功而返，三叔父明显老了一些。尽管时不时还有很多包工头叫他出去干活，但是身体已经不允许他再折腾了！于是，勤劳贤惠的三婶子就一个人去西安打工，几个孩子也分别在各个地方打拼，只留下三叔父一个人看家。一个本身就性格倔强的、养活全家的人现在只能待在家里，我完全能体会三叔父那种郁闷的心情！于是，闲不住的三叔父就偶尔上山挖挖根雕料，或者在家里磨点儿玉石料，然而更多的时候有人发现三叔父喜欢上了打麻将，而且打得不小。

在童年的记忆中，小时候三叔父一直很疼我。已经入赘别人家的他，只要碰到我，不是往我兜里塞两块钱，就是给我拿一包白糖。那个时候，钱和白糖都很奇缺。每次回到家我说给父母，父母都不断唏嘘。不光是我，三叔父对所有的子侄都很关心。我家小孩每次回老家，零食从来没断过。不是三叔父给买，就是五叔父买。其实吧，在大家心目中，虽然三叔父换了姓，但出门和不出门完全没什么两样。三叔父仍然是我们亲亲的亲叔叔。打虎亲兄弟，上阵父子兵，父亲他们弟兄几个谁家只要有事，一声招呼，几人立马齐刷刷地凑到一块。不管是联合开矿，还是外出打工，从不拆伴。谁家有一口肉，弟兄们每人尝一口。这不，这次临时动议回老家，我给父亲带了一包烟——好朋友给我从美国带回的骆驼牌香烟，我孝敬父亲，父亲高兴地吸了一支后就宝贝似的收起来。我理解地说："行，放下您老以后慢慢品抽！"父亲打断我："不是，给你几个叔留着，每人尝一口。"我当时很尴尬也很感动！

三叔父看我一直不说话，就说："听说城里人都喜欢这些东西，我做得不好看，我娃别嫌弃。"母亲插话了："你三叔父，人家能着哩！磨一块玉石几百块，昨天还卖了几个树疙瘩。给你你就拿上。别让你三叔父伤心。"

我赶忙对三叔父说："不是。这个……我特别喜欢。可是我家里乱，没地方放。等以后我把家里收拾好了，再问您要，这次，我就不带了！"

其实，我真想给三叔父说的是，我是开车回来的，这个根雕车里完全能放下。即便是再多几个也能放下！可是，看看三叔父日渐苍老的容颜，看看这些我没办法帮助他们还一直靠他们照顾的亲人，我怎能开得了这个口！这个根雕，三叔父转个手就可以变成一点儿现钱的，可以买点儿药，也可以贴补一下家里。再说了，我不相信我的三叔父会一直这样颓唐下去，他一定会靠自己的能力重振雄风！他一定能用自己的智慧带领全家走出困境！

其实啊，一定程度上，这个鹰之根雕三叔父比我更需要。

感恩父亲，长大后我就成了您

经常有学生、媒体记者问我，是不是从小就树立了当老师的目标？每每到这个时候，我总是很尴尬。说句实话，直到上大学，甚至毕业，我好像并没有将自己的人生规划真正与教师职业相关联。虽然出身于教师世家，而且一直在父亲的庇护下长大！

我出生在商洛市洛南县一个小山村里。我们洛南县是国家级特困县。我们村交通不便，村民主要靠天吃饭，务农为生，经济情况可想而知。小时候，只记得家门口是山，家后头也是山。山连山，山套山。以至于等我上了高中，我的地理老师经常用来励志的话是："好好学，争取翻过秦岭。"听了老师的话，我们都仿佛觉得，只要考上了学，翻过秦岭，就是世外桃源。一定会有很好的生活等着我们。

我的父亲是一名小学教师。他大半生转战了全乡镇所有小学。父亲从一开始就对我灌输干教育的理念，这，还是长大以后我才真正意识到的。闲余父亲经常给我讲曾祖父的故事。听父亲说，曾祖父是家乡能人。民国时每任县长上任，都要前来拜访曾祖父。我后来查县教育志，曾祖父竟然是我从小上的中心小学的两个办学创始人之一呢！父亲还说我的爷爷是晚清秀才，当过很多年私塾先生。爷爷教书怎么样，我没见过。我只见过他手操一把铁锨，满村追打我的几个叔父，心里庆幸没生在旧社会，幸好没成为爷爷的学生！同时，我也见过村里许多人患了"风事"——皮肤病，都来找爷爷，爷爷取出毛笔，饱蘸浓墨，"左青龙，右白虎"一写，马上治愈见效。童年记忆总是无法抹去。因为父亲毛笔字好，每年过年全村的春联就在我家现场义务书写。每到这个时候，父亲总要教我拟词、裁纸、扶纸，每写好一副后，让我拿到旁边晾干。村民带的纸经常不够，父亲就让母亲找钱，让我去买纸买墨买烟买茶叶。我不乐意了，就说："爸，咱别写了吧？攒点儿钱我交学费！"父亲严肃地对我说："只要大家喜欢，不嫌咱糟蹋纸，就要写！"然后，父亲将话锋直接对向我："你是吃村里百家饭长大的，你将来也得写。将来这活儿都是你的！"父亲不是共产党员，也没说过"用知识回馈人民""为人民服务""走群众路线"之类的话，但他却用实际行动告诉我，树高千丈都有根本。人要懂得感恩，不能忘本，要时刻和乡亲们融为一片。任何时候要保持一颗平常心，别忘了自己来自哪里，去向何方。现在每次回老家，我逢人就递烟，看望村里老人，找找儿时玩伴，乡亲们都说老孙家家教好，最起码没有丢掉做人本色。

现在回想起来，父亲一直在用他自己的方式，潜移默化地劝导我从教。虽然从没对我说过将来一定要从教的话。1983年全家终于搬出了住了很多年的小牛棚黑屋，住进了新房。父亲在门楣上工工整整地写了一副对联：呼童早起勤耕稼，叫子迟眠苦读书。横批：耕读传家。父亲让我每天将这副对联念两遍，就是背过了也要念……我上小学的时候，父亲刚好在我们村小学当教导主任。于是，父亲就利用"特权"，每天晚上回来给我带书。有时候是一沓子小人书，有时候是《说岳全传》《三国演义》《三言二拍》《隋唐演义》《西游记》……害得我上了大学之后，一看到

《杜十娘怒沉百宝箱》《卖油郎独占花魁娘》之类，就似曾相识，提不起再次阅读的劲头！小时候记忆中，经常天还没亮就被父亲从香甜的睡梦中、被窝里揪起来到操场跑操。父亲吹哨子喊口令，全校师生绕操场跑步，脚步铿锵，尘土飞扬，威武极了。我好崇拜父亲。每次跟父亲在一块，别人寒暄时，总会问起我。每当这个时候，我总是挺起胸膛，甚至一度觉得，将来做一名老师，挺好！

从小我就是在父亲的威压下长大的。因为家里农活儿很多很重，母亲要忙地里的事，所以当时才六岁的我，早早就被强行塞到了学校（我们当时没幼儿园，农村孩子满八周岁才能入学）。用父亲的话说："别的同学听课，你听感觉听音。听不懂也得好好坐着，不能乱跑乱动。"学校的课桌很高，板凳也高，小小的我坐在教室最后一排，腿在空中悠来荡去。直到现在还记得一件很丢人的事情。有一天又被抓去上学，没来得及上厕所，当时正在上语文课吧，特别内急，又胆小不敢给老师说，然后就……拉在了裤子里（小时候好像没有穿过裤头，都是一条直筒裤，很多时候，屁股都露在外边），我现在还记得很清楚，那两根硬东西不听话，从裤腿里溜了出来，掉在了凳子下。下课后教室里所有人都看见了。那天我是哭着跑回家的，一路跑，一路哭，我再也不上破学了！所以对老师和学校就有了一种本能的讨厌。同时也不停地问自己："人为什么要上学！如果人不上学多好啊！"尤其是小时候我自己都觉得自己太皮了，经常逃学去游泳、掏鸟、捉鱼，心思根本不在学习上。记得有一次还是被父亲揪着耳朵交给班主任。同时交给班主任的还有两条教鞭，明确告知班主任其中一条是专门给我配备的。小时候不懂，长大后才明白这就是所谓的杀鸡儆猴，大义灭亲，别人嘴里的"棍棒底下出人才"……

当班主任故意当着全班同学面，将教鞭在桌子上甩得啪啪响的时候，我对学校和老师绝望了。

如果说真有当老师的苗头复活的时刻，大约还是在上初一时。当时父亲工作调动到镇上中心小学。我就跟父亲到镇中学读了一年书。镇中学和小学在一块，建在当地最高的塬上。学校教室和老师我完全没印象了。只记得超喜欢两个地方，一个是教室后的溜溜坡，一个是球场（兼操场）。一到课间，我们这些小孩子就抢占了溜溜坡，爬上溜下，不亦乐乎！每天裤子上都是黄土和窟窿眼。除了溜溜坡，我最喜欢的还是打篮球。从小到大，我和篮球结下了不解之缘。我在家乡小学上学时，每天赖在篮球场上，不吃饭，不睡觉，母亲给我起了个外号叫"球皮"。到了镇中学，我把打篮球的爱好和传统发挥到极致。学校修在最高的塬上，打球就有了麻烦。一不小心，篮球就骨碌碌滚到了塬底下，经常被人捡走。在我丢掉了至少三个篮球之后，管体育器材的老师不乐意了："别看你爸是领导（当时我父亲还是小学教导主任），我以后坚决不借给你篮球了！"我打篮球从来不敢让父亲知道，如果父亲知道了，后果不用说。一定又会说我玩物丧志！然任我软磨硬泡，这个管器材的老师就是不借。我很生气，却没有任何办法。我就暗下决心，好好读书，以后也当个体育老师，专门管篮球的体育老师，想打篮球，红的、黄的、花的、大的、小的，随便拿，不用打借条，不用看人脸色！这个念头，到了高中自然不翼而飞了。中考了，差两分，不够重点线，我上的是普通高中，考得上考不上大学还很难说，更别提什么人生志愿了！

正如柳青老所说："人生的道路虽然漫长，但紧要处常常只有几步，特别是当人年轻的时候。"高考考语文时，我竟然在考场睡着了——语文老师想让我放卫星，结果放了个哑炮。当时极为羞腆的我，赌气说不念了。这时候父亲笑眯眯地，提着上山刚砍的两个镢头把来了："我刚说这两个镢头把没人用，你就回来了！它们归你了！然后岭那边你 × 叔有个女儿，人家娃见过你，长得要模样有模样，要身材有身材，心疼很，明儿就去提亲，娶回来，将来给你生一炕的娃。我和你妈也有靠头了。再加上咱家那五亩地、五间房，你比地主还滋润……"听到这里，我立马骑上我的自行车，我要去县中，我要补习，我要上学……

高考失利，到县重点中学补习，在老师的引导下，开始选填志愿。天生有反骨的我总想"革命"，我不相信宿命。我不愿意走曾祖父、爷爷、父亲的老路。我就是不填教育。我那时填的都是什么呀？陕西师范大学新闻专业、西北大学新闻专业……为了凑够志愿，不得已才选填了一个宝鸡文理学院。我就想当一个记者，为民请命，替天行道。对了，我大学毕业，还报考了北京广播学院新闻专业的硕士研究生——可惜没有考上！当时一门心思，就想当一名记者。谁知超过一本线 14 分的我，最后还是被宝鸡文理学院录取，上的还是汉语言文学教育！看样子这一生，恐怕真要被"师范"套牢了！

上大学期间，父亲很少唠叨了。一方面离家太远，他力不从心；另一方面，就连生性迟钝的我也感觉到了他的落伍。在宝鸡，真是举目无亲，赤手空拳打天下。每次取得成绩，电话报喜，父亲总说，别把运气当本事，得像竹子一样虚心；每次惹了祸事，父亲总说，放心，天塌不下来。熬吧，一切都会过去的，屎干了就不臭。一副无可奈何、随波逐流、自生自灭的样子。任何事情，父亲都说："我娃看着办。"时间长了，我再不依靠家里了。有事再不请示请教了！于是，大学期间，我风风火火，大步流星，我行我素，几乎忘记了父亲的存在。

　　时间很快到了大四第一学期，实习开始了。我被分到了斗鸡中学，任高二（1）班语文课老师和班主任。短短四十天时间，却改变了我一生的命运。我全身心扑在了教学上。实习期间丰盈充实自不必说。我喜欢上了教书，我喜欢我的学生们！44个学生每一个人的学习、家庭等情况我悉数掌握。和学生待在一起的那些日子，是我生命中最快乐的时候。到了快离开的那天，也就是学生们即将要分文理科的时候，眼看相亲相爱的班级就要被打乱重组，师生都特别难过……向来大大咧咧、不修边幅的我也一下子懂得了什么叫心碎！全班学生拉住我们乘坐的出租车，哭成一片。车子几次发动又灭火！有好几个学生说："老师，你是我们这辈子见过的最好的老师，我们一定要考上大学，去找你……你一定要在宝鸡文理学院等着我们！"这个班的学生很争气，许多毕业后考上了同济大学、四川大学、复旦大学，还有的进了高校当老师，或者到学术单位担任领导，很多现在还和我保持着联络，逢年过节问候总是如期而至。记忆最深的是，班上有一个女娃娃，毕业后一度患上了抑郁症。不知因为什么原因，不吃不喝，绝食。父母姐姐，任何亲人的话都不听，却给家人提出了一个要求：只要我的实习老师来给我说，一定听话，什么话都听。学生的姐姐刚好是我的大学同学，只不过不是一个系的。当她姐姐来学校找我的时候，我也很疑惑和尴尬。受家人所托，我又去见了我的这位学生，经过几次劝导，学生终于走出了心理阴霾。现在，她也已经大学毕业，工作成家，儿女绕膝了！

　　实习结束分别的时候，我含泪答应了学生，我答应在宝鸡文理学院等着斗鸡中学高二（1）班的同学们。我开始喜欢上了教育，喜欢上了宝鸡，但我怎么能做到呢！我是商洛山出来的，按照统招统分规定，应该回家乡就业。而不甘心的我，在大学期间

175

文章刊登上了陕报的我，被评为省级优秀毕业生的我，却一直在等《陕西日报》的记者招聘信息——我还是丢不下我的记者梦！我还是想拼一把！想在省城从事自己喜欢的事业。

此时，留校信息来了。我在当记者还是教师之间纠结辗转。实在没辙了，打长途电话问父亲。父亲在电话那头笑了："龙生龙，凤生凤。教师的儿子不当老师干啥？继承祖业有啥不好？胡乱折腾啥？"愣了很长时间，我幽幽地说："这下，您老满意了？"父亲还是在电话那头呵呵地笑着……最后我终于还是提交了留校申请……现在，我在母校工作已经超过二十五年了。

至今犹记第一次走上大学讲台的情景。其实按规定，本科毕业的留校生必须经过助教环节的。只是因为全国大学扩招，教师不够用，我们就被赶上了讲台。我第一堂课是上给教育系的，讲评学生习作。因为紧张，我提前到达教室。坐在最后排的座位上。前排坐了两位女生，当她们听我说是中文系的，很惊奇："你们中文系还能串听我们教育系的课？那我们可不可以去听中文系的课？"得到我肯定答复后，两位女孩笑了。当上课铃响起，我走上讲台开始讲课时，那两位女孩子脸红了，不敢抬一下头——就这样，其貌不扬、普通话不标准的我，糊里糊涂开始了我的大学教书岁月。

1998年7月参加工作，因为倾心于教学科研，同时肩负一些教学管理工作，各种原因，错过了许多提升学历的机会。但我依然保持着学生时代的拼劲。就像俗话说的那样："没有伞的孩子，只有拼命奔跑。"我拿起自己的笔，开始在强手如林、人潮汹涌的大学寻找自己。2003年以文科第一名晋升讲师；2006年破格晋升副教授（当年全省中文学科唯一的破格晋升者），2010年破格晋升教授（当年全省中文学科唯一的破格晋升者）。2014年入选陕西省"百青计划";2016 年入选陕西省"百优计划";2018 年入选陕西省"六个一批"人才,我是入选的文艺评论工作者中唯一的本科学历者;2018 年学校选聘横渠学者,我依然是 48 名入选者中唯一的本科学历者。2018 年被学校唯一推荐,作为陕西省最终确定的十名陕西最美教师候选人之一,参与了央视寻找身边最美教师活动……尽管最后落选,我还是感恩学校,感恩陕西。一个无任何背景、无任何资源的农家子弟,一名小小的本科生,在党和组织的关爱下,不仅给了我吃饭和睡觉的地方,还让我有了信仰和追求,成长为一名合格的大学老师,省内外有一定影响的文艺评论工作者,组织上还给我诸多荣誉,除了感恩和玩命工作,我真不知该怎么报答了!

二十多年来,给多少学生上过课,已无法统计了。都说大医精诚,医者父母心。其实,教师比医生不知要艰难多少倍?医生拯救的是肉体,教师面对的是重塑一个民族的信仰和灵魂。我不是教学名师,我知道自己永远也走不到"国家荣誉"领奖台上,但我同样带出了许多有出息的学生,其中不乏特级教师;我不是作家,我教出的学生文章登上了《延河》《当代文坛》《光明日报》;我 45 岁已过,被组织任命为副处,我的学生升任厅级的不少,正副处级更是多如牛毛,他们都已成为单位的骨干和中坚。父亲退休后,经常有学生去家中拜访,甚或在医院,经常有以前教过的学生来看望,放下几百元才走。用父亲学生的话说:"那是我孙老师,教我做人的人啊,一辈子都不敢忘。"我现在还不到五十岁,每年教师节,都不敢在办公室待。送花的、来看望的娃娃也不少。去年教师节那天,有三个女生来我办公室,齐刷刷连鞠三个躬——真是好感动!对一个小老师来说,还有什么能比被学生认可更让人高兴呢!从不会上课,到慢慢掌握教法,再到创新创造性教学，终于我也能站稳大学讲台了！我经常给早年我带过课的学生说，大家回来吧，老师很想给你们重上写作课。当年没给大家把课上好，真的是万分抱歉……我的大学系主任直到退休前，还给我慨叹："书越教越不会教，越教越难教。"我当时还觉得我老师有些矫情。他教了一辈子写作课，都教成了享受国务院政府特殊津贴专家，还这样说。这些年，我也是越来越体会到教书的艰难，尤其是当下新媒介发达，写作教学手段日益走向多元化、智能化，教书面临的挑战越来越大。路遥曾经说过，他每天铺开稿纸，开始写作的时候，就像一头猪即将走向屠宰场。他那是因为敬畏文学，敬畏写作。而我，每次走进教室，也是战战兢兢，如履薄冰。陕西长江学者李浩教授，主动放弃了西北大学副校长职务后，写了一本书，名叫《课比天大》，我现在也是深有体会。在安排日常工作的时候，我也尽力做到，依靠师生，相信师生，许多专业的事情必须交由专业的人去做，才可能不贻误工作，不误人子弟……都说爱生如子，真正要做到并不容易。我先后给好多班级当过班主任。我和学生之间的感情很深厚。尤其是我自己有了孩子之后，每当学生有事给我打电话，我经常会想，如果是我的女儿遇到这个问题，我还能拖拖拉拉不去处理吗？所以，工作起来，就有了效率和动力。还是父亲说得好，别小看端茶倒水，扫地抹桌子，许多小事做着做着就成了事业！可能真是遗传吧，我继承了父亲的认真负责敬业。犹记得 2018 年冬，我带硕士研究生去陕西理工大学开会，路上突然接到本校几个本科生女生的电话，学生说宿舍暖气漏水，后勤工作虽然不是我的工作范畴，但我二话不说，立马打电话给相关老师，要求立即出面处理。还是 2018 年冬，我给我们正在外县实习的专硕研究生打电话询问情况，学生说她们宿舍已经三天没有电了。我问："这么冷，晚上睡觉怎么办？"学生说："不要紧，身体蜷一蜷就天亮了。"学生还说："老师不要着急，学校说再过两天来处理。"放下电话，我立马致电实习学校，请求立即派电工查看。结果两小时后，学生宿舍就供上了电。很多时候，一个老师的举手之劳，甚至一句话，可能会解决了学生很大的难题——这真不是耸人听闻！

刚来宝鸡上大学的时候，有一个公司宣传口号很响亮，我一看就记住了："西亚永远是你的马，需要时打声口哨！"直接肩负宝鸡市唯一的本科大学更名转型重责的我们这一群人，更应该继续迎难而上，凝心聚力，敬业爱岗，真正当好大学的最后的"守关人"。当老师和学生们有所需要的时候，应首先站出来回应。尤其是相对弱势的群体——大学生们，他们更需要关心和帮助！辩证法告诉我们，作用力和反作用力是相互的。帮助他人，一定意义上也是拯救自己！当学生还能想起我们的时候，至少说明我们还有存在的价值和必要；当学生无视和彻底淡忘我们的时候，许多东西，诸如二级学院等机构都形同虚设，距离解散（灭亡）不远了！我经常想，正是这些来自全国各地的娃娃们，用他们的学费养活着我们，我、我们，必须对得起他们的信任！

难忘著名文化学者肖云儒先生来校讲座，报告开始前，听报告的全场师生单独给我的、持续不断的暖心的掌声！

难忘第三方做出的2018届汉语言文学毕业生"大学期间，你认为对你帮助最大的专业老师是谁"的匿名大数据调研，同学们把票投给了我！

现在每次回老家，都很开心。村里人都说："老孙的娃把世事弄大了！"甚至有人当着父亲的面说："听说娃成教授了。你才高级教师，娃都是高级的高级了。真是青出于蓝！"父亲总是含笑不说话。而我，赶快抢过话头："我爸永远是我的人生导师！过去是，现在是，将来依然是。"我现在终于知道了，当年父亲用两个镢头把把我赶进了复读学校，他用的是激将法；20世纪90年代村子里挖黄金潮肆虐，许多人因为黄金暴富，家里缺劳力，我也想辍学回家。而父亲坚决不同意：黄金只能挖一时，不能挖一世。读书才是正事！事实证明了父亲的胸襟和远见。之所以大学不管我，是因为父亲一直认为，"男上十二夺父志"，父母帮不了孩子一辈子，孩子得自己学着长大；印象最深的还有一次，国家给教师子女转商品粮户口，我是长子，按照规定应先转我。而父亲说，我儿子迟早是大学生，是吃皇粮的，这个指标给我女儿吧！父亲就是要断了我的后路，置之死地而后生，逼我一步一步朝前走！还有父亲经常督促我上大学，也是为了让我进入教师的行列，父亲是中师毕业，他知道从事教育是需要资质的，而上大学是唯一的途径……所有这些，都是长大后才慢慢体会出来的。父亲不会唱"长大后我就成了你"，可是我的老父亲，长大后，儿子真的如您所愿，成了又一个你！平凡、善良、敬业而真实的您！

父亲啊，我的老父亲！尽管我不愿意承认您就是我人生的设计师，那种感觉，真有种任凭孙悟空怎么折腾，也逃不出如来佛五指山的沮丧！但这次，我是真的沦陷了。心甘情愿，无怨无悔！

感恩父亲！我一直在跟着您的步履前进。原谅我现在才真正读懂了您！

像父亲一样，做一名普通老师，笔耕舌耘，乐此不疲，今生无悔！

（本文刊发于《宝鸡文理学院报》2020年10月31日）

第六辑 多彩人生

DI LIU JI
DUO CAI REN SHENG

理发的烦恼

身体发肤，受之父母。拥有一头黑发，尤其是年过半百，还可以趾高气扬地去理发，好像一度是令许多男人万分骄傲的事！君不见很多人年纪轻轻头顶就成了"地中海""三撮毛""秃月亮"，或者"爷爷白"！然而，曾几何时，理发竟成为让人万分纠结的事。随便走进一个理发馆，你若问："简单修一下，多少钱？"老板大多会回答："三十元。"你若再追问："还能少不？"老板一定会说："少不了！没看现在啥都涨价。一碗面都十多块了！房租、水电费、人工费，根本包不住！"一下子噎得你无话可说，只能默默地掏钱，然后郁闷地走人！

记得上大学时，学校里有个"夫妻理发馆"，每理一次头发一元到一元五角钱，洗剪吹齐全，还可以根据需要做出各种造型。其良心价位一直维持到大学毕业。有时忘带钱，老板大手一挥："下次给！"完全一副无所谓的样子。后来听说男老板生病了，去世了。女老板又苦苦撑持了一年多，学校唯一的理发馆最后还是慢慢败落了！

在我工作以后不久，学校家属楼里又矗立起了一个"玛丽亚"理发店，是一位物理学教授的爱人开的。据说理发店当时也没办什么正式手续，就在家属楼一楼角落顽强地生存着。记忆中那位教授学问做得好，经常在《大学物理》《物理学通报》等杂志上发表论文。教授很疼惜爱人，每天佝偻着身子，或骑自行车或步行，去学校打开水。若骑自行车，车头上左右各有两个布缝的口袋，热水壶就竖在口袋里，教授一边弓着腰骑着车，每日如此，风雨无阻，很有点儿西部牛仔的况味——许多年了，那幅景象仍在眼前，怎么也忘不掉！客人理发用的水就是教授从学校打来的。教授的爱人很能干，也很健谈。每次理发仅收三到五元钱。再后来，听说他们的孩子在北京工作，全家都到北京了。"玛丽亚"理发馆自然消亡了。

自此以后，我就一直在校门口理发。学校对面是航天单位，奇怪的是学校周边的理发店、打字店、照相馆等铺面几乎全部由航天单位家属承包，鲜少有教职工家属，恐怕是知识分子拉不下脸吧。而且那些年，学校和航天单位联姻的不少，我就是。犹记2000年我结婚当天的"新郎头"，就是在校门口一理发店理的（店名已记不大清了），女店主就是航天单位的家属，长相端庄、漂亮，大方、开朗。迄今还记得结婚当天那次理发，我豪掷了二十元钱，正常理发费七八元吧，女店主很高兴，一连说沾你喜气了，赚你钱了。还殷勤地送我到店门口："小伙子加油！"因为经常去她店里理发，她也知道了我的名字，后来听说还专门给别人介绍"那谁谁，你们学校大名人，经常来我店里理发呢，好多年了"。我竟成了活的理发店招牌，朋友转告我后，我自己也笑弯了腰！再后来这个理发店不知什么原因也关门了。大约是两年前吧，我去小区后边的大超市购物，竟意外地遇见了女店主，只见她摇身一变，成超市售货员。彼此相见都很开心。当我问她为何理发店关门时，她说当时学校周边又开了好几家理发店，生意不好，加上学校房租费上涨，办不下去就停了。"没办法，没固定工作，要活下去，就来超市打工了。"后来，每次我到超市购物，只要她在，她总是第一个热情地迎上前来，帮我找我要买的东西。

后来再理发，我将学校、市场周边的理发店都走了个遍，理发费从八元、十元、十六元、二十一元、二十六元，然后竟然悄咪咪地一下子涨到了现在的三十元，这也太奢侈了！头还是这个头，基本两个多月才理一次了，工序也没怎么增加，却眼见得理发费噌噌噌地如高血压一样疯涨，而且还看不到尽头！

理发费上涨好像是全国性现象，但涨得这么离谱也让人心中硌硬。问了同事，同事也深有同感。为了省几十元理发费，同事还自己买回了剪刀、推子等理发用具，自己给自己打理。甚至还有的同事干脆剃成光头，省得烦恼。但大多数人还是会像我一样，头发长得实在没办法了，走进理发店，颇不情愿地掏钱。说到这里，我倒挺同情女同胞的，一头秀发收拾起来更复杂。我也发现一个现象，女性每次理发，动辄收费一两百元，甚至更多。理发店特别欢迎女性。甚至个别理发店为了招徕女顾客，保证高额收入，各种拒接男顾客……

当然，并非所有的理发店都是高收费。一些地理位置稍为偏僻的理发店，或者一些真正的良心理发店，十五元左右理一次发还是有的，只是数量很少了。更有一些爱心人士，每年学雷锋月或特定一些时间段，义务帮人理发……

有句话"头可断，发型不能乱"！当理发依然作为刚需，当理发费涨得超级离谱，我在想，"自助"会不会成为更多人的首选？或者说，像已经消失的货郎担、席匠、剃头匠一样，一场自下而上的全民性自助理发运动，会不会将一个水深火热的行业，深深埋葬？！

在头上尚存有几棵烦恼苗苗的现在，三十元一次的理发费，你，让我何去何从？

花　事

也不知从什么时候开始，我的研究生娃娃、本科生娃娃们不约而同，就形成了教师节给老师送鲜花的习惯，而且很顽固地级级相传。不管是毕业生，还是在读生，教师节等各种节真正成了娃娃们的"劫"。

毋庸讳言，我，喜欢花，从小骨子里就喜欢花。山里长大的孩子，见惯了各种各样的花花草草。我务农的母亲是种花高手，每年我家的牡丹花、芍药花好像都要比别人家鲜艳。可能是受母亲影响吧，不管是在我的陕西文学研究所，还是现在的临时工作室，我都要自费购买一些鲜花、绿植。许多还是学生娃娃们一起帮我挑选的，主要有墨兰、剑兰、冬青，以及一帆风顺、鸿运当头等，当然还少不了专除甲醛、净化空气、物美价廉的绿萝。所以我的身边总是花团锦簇，绿意盎然。在这种环境下学习、工作，自然神清气爽，效率提高。

我喜欢花，喜欢花的清香，喜欢在绿植中生活。外出吃饭，大凡见到"生态"字样就感到十分亲近；房间里、包间里没有花就不开心。市里有一家××食府，集宝鸡地方小吃、美食为一体，我经常在那里接待来自全国各地的文朋诗友。老板也是花道中人，门口和走廊放置着许多高腰绿植。每次一进包间，见到有花开放，有窗子可向外观景，就很安心。如果包间里没放置绿植，我就自己去走廊甚至去大厅搬。时间长了，服务员也把我认下了。每次主动帮我搬花。甚至有一度，服务员看到我来，就奔走相告：快！快看！搬花的老师又来了！

我一直有个观点：人花同命！花的状态就是人的生命状态。所以，无论工作多忙乱，一进办公室首先要浇花。记得有一年因手术在医院躺了一段时间，回到办公室后，看到所有的花都干了，枯萎了，特别心疼、难过。我经常交代在七楼陕西文学研究所学习、帮我值班的娃娃，一定要守护好所里的花和书。七楼窗户好几年前已打不开了，只能靠敞开前后门通风。如果没有这些鲜花陪伴，看书也提不起精神。我的研究所助理、研究生娃娃们知道我的习惯，每次来所，都要捎一点儿绿植，大多是多肉、仙人掌、文竹之类，换水方便，好养活，尤其重要的，还能消除办公室里一直存在的烟味。

曾经一度，我也因教师节娃娃们送来的花"迷失"了。不管是毕业的，还是在读的学生，每到教师节，娃娃们总要争先恐后地送花。一个年级送一组，或两三个人送一组。我特别了解我的娃娃们。大多是老师，大多刚刚工作，大多工资也不高，大多从有限的生活费里扣钱买花。他们一直牵挂着自己的老师。"别的老师有的，我老师更应该有"——这是当我"批评"他们不该乱花钱送花时他们的回应！不只我现在的学生如此，我以前教过的学生娃娃也是这样。每到教师节，花店老板、快递等要求取花的电话响个不停。教师节也成了教师"劫"！没有办法我只好躲！躲离学校！甚至有些毕业生娃娃见我不接电话，就直接把花放到办公室门外。早上去开门，嚯，又一个花店！

我是很喜欢花，但不能把自己的喜欢建立在别人的痛苦之上。更何况，很多时候，喜欢也可能会变成烦恼。一不小心，新的教师节、中秋节双节又到了。当我再一次嗅到"花"的味道，马上就在群里发布通知：

> 各位同门好！今年双节在即，各位坚决不许送花、送月饼、送礼……无论毕业与否！！！各位才开始工作、生活，或还在求职、求学，有限的钱请用在刀口上，勿乱花自己和家人钱！各位大多也都是老师，只需好好工作，好好学习，好好生活，安顿好自己就是对老师最好的报答！尤其是刚入师门的，安顿好自己就行！老师身心一切尚好，能吃能睡能工作。真正牵念放心里就行！后期等老师真正没力量了，会主动开口请各位帮忙的。此为吩咐，不是提醒！请同门执行！从现在开始、从今年开始！谢谢！另外，祝群里的小老师们节日快乐！中秋快乐！祝不当老师的同门中秋快乐、天天快乐！

通告一发，烦恼立减。但还是百密一疏，管得了我门下的学生，管不了我代过课的所有学生。过节时还是收到了一些电话，一些要来送花的电话，一些让我去校门口取花的电话……不过今年，我坚决拒绝！尤其是一些不说名字不发信息就送来的花，坚决不要！哪怕让花店老板自行处理，也不要！

真正的牵挂放心里吧。让鲜花从今天乃至以后从生活里淡出。让我们彼此都过一个平凡而舒心的教师节、中秋节！

1991 年的冬天

1991 年，我正在读高二。

那个时候，我比较倔强，也不会照顾自己，尤其是衣着比较另类。下身穿什么早已经忘记，上身经常是一件黄军衫，脚下常年突一双布板鞋！记得 1992 年照高中毕业相的时候，我依然是里面穿一个夹克，外面罩着我那黄军衫！

高二的日子很枯燥，刚刚分了文理科，男生女生也很少说话。

……

那年冬天，天气出奇地寒冷。可是喜欢运动的我，经常在操场上打篮球，或者跑步。在师生眼中，我身体素质优良（其实，我在用运动的方式抵抗寒冷）。记得当年的体育老师是女老师，叫朱云英。据说，她当年只看中了两个学生，文科是我，理科是柴战盈。她曾不止一次动员我俩考体育特长生。可我知道，农村娃考体育——没有出路！

农村中学，女生相对比较少。所以，女生很引人注目。记得当时从县城转来一个模样姣好的女生，班上男生关系立马紧张起来。甚至有个男生因为和这个女生稍微走得近了点儿，还被校外人员叫出去狠揍了一顿。

那个年月，男生女生间的关系很微妙。爱，不敢大胆地去爱；喜欢，也只能偷偷地喜欢！

还是那个冬天！冻得瑟瑟发抖的我刚进校门，就被三个女生拦住了。其中就有家在学校旁边镇上的她！

两个女生推着她："说吧！"

她红着脸："××，看你怎么穿的衣服！都不嫌冷！这是我哥的棉衣，给你，别嫌弃！"

我愣住了。过了半晌，我说："不用。谢谢，我不冷！"

她一下子急了，竟然哭了！

眼泪也扑簌簌地流了下来。

从没见过女孩子流泪的我一下子手足无措。她的同伴也埋怨我："怕你冷，给你拿来几天了。就怕你不要。看看，她多伤心！"

衣服我最后还是没要！一个男子汉，活到让人可怜、同情的地步，也未免太惨了。就是冻死，也不能要她的衣服！现在想起来，当时鬼迷心窍——应该是自尊心作祟吧！

……

"衣服不要可以。饿了就到我家吃饭！"这是她最后临走时给我说的话。她知道我经常在班上喊饿，她一定也记下了我半夜翻校门去街上找吃的，却被黑脸教导主任当全校师生面狠狠惩罚的衰样子！

呵，现在想起来，我当时的拒绝多么不近人情呵！一个女孩子，一个善良的女孩子，一个漂亮的女孩子，主动去关心一个男孩子，得冒多大的风险，得鼓起多么大的勇气！而我，就这样无情地将她金子般的心，重重伤害！

又是冬天了！ 1991年冬天的温暖，却永远留存在我生命的记忆里，如影随形，挥之不去……

学车逸事

据驾校教练说，我是他带过的最头疼的学生。

我也觉得好像是。

因为我打破了至少两项纪录。

第一，历史上好像没有哪个大学教师会在"驾驶理论"科目考试翻船，教师理论功底扎实，动手能力不行已经成为驾校共识。而我以89分（90分过关）的成绩打破了这个光荣传统。一大早上三四百人考试，补考的只有四个人，我是四分之一。第二次补考才以92分勉强通过。而和我一块考的老师，人家十多分钟就交卷了，99分；和我一块考试的广告班美女学生，人家一页书也没看，也是99分过关。好歹我也有过多年电动自行车驾龄嘛。哎，真郁闷。

第二，我比较不听话，尤其是不听教练的话，改变了教练心目中他的学员都是好学员的印象。比如，刚开始上车，什么都不懂，教练让我们直接开车走。在高新十二路，临到我开车的时候，教练让打转向灯，我直接就拨了雨刮器，而且还拨了好几次，直到教练的铁砂掌啪地重重地打在了我的手上；行进间让我换挡，我连离合也不踩，直接就扳，教练心疼地说："咋了，你还想破坏挡位？我教了这么多学员，没见过你这样的。"尤其是，当驾校另一辆十轮大卡车没有眼色地欺负我，正好缓缓停在我面前道路中间的时候，尚未学过转向的我向左不得，向右不得，只好保持速度，直接朝上撞。教练一见大着急："你干什么？快踩刹车！"我哪知道刹车在哪儿？一脚踩到了油门上，车轰地朝前撞上去……如若不是教练眼疾脚快，踩下他那边的刹车，我估计我这条小命就玩完了。教练脸都绿了。

我下车的时候，教练没有说请下车。而是直接说了句："滚！"还有一次，车正行进的时候，教练让我给点儿油，我不动。教练说："给点油！"我还是没动。教练很生气："您怎么了？"我委屈地说："哪有油门呀？"教练指指刹车的右边，"那是什么？"我说："那是气门，怎么是油门。您刚才不是说了，咱们这个教练车后边是气罐，装的是气呀，没有装油，哪有油门?!"教练无语了。

在练"侧方停车"的时候，要把车从库里开出去，开出前要从倒车镜往后看，而我直接把头从车窗探出去往后看，结果挨了教练重重的一巴掌……

后来听一块练车的老师说，他们也出过很多笑话。如他们教练教他们，过十字路口时，一律把头左摆一下，右摆一下，然后再开车通过。他们都照做了。结果，在马上要考试的时候，另外一个教练才看出了蹊跷。"你的学员到路口，怎么都把方向盘左咯噔一下，右咯噔一下，然后才通过呢？"教练这才注意到，他是让学员在十字路口"一看二让再通过"，是让他们把自己的头左右看一下，确认安全后再通过，没想到学员却以为是把车头也就是方向盘朝左朝右各打一下。

和我的教练熟悉了以后，发现教练也是一个性情中人。我问他："我是不是你最笨的学生呀？"他说："不是，你们学校还有一些人比你更难教。"我说我怎么什么都不会呢？教练笑了："我有一次坐出租车，也出过笑话。走着走着，我忽然让出租车司机靠边停车，出租车司机一下子蒙了。哎，一直教你们呢，我把出租车司机当成我的学员了。"

　　不过，还没学完车，教练已经给我们约法三章。"别再给我推荐教师、医生或者 60 岁以上的学员了。教师和医生什么都不知道，就是好奇心强，什么都要问为什么？ 60 岁以上的胆子小，特难教。"

　　看来，教练还是不喜欢我。我还得继续努力呢。

不愿意活成很没意思的人

闲聊时，同事忽然问我："你退休了干啥？"

我不假思索地说："写作！写东西啊！把未退休前没有写的，不能写的，全部写出来，也好向人们还原一个真实的地方大学！"

同事笑了："除了写作和教书，你还能弄啥？你还有其他啥爱好？"

想了想，我摇了摇头。真的，这些年除了工作，除了伏案写作，好像没有其他的娱乐项目……哪怕是最基本的健身也没有！

已经多年未参加单位组织的体检了！我不着急，同事着急了："去，检查，有病早看！别最后后悔！"

我，还是摇了摇头。

我从不承认自己是一个很无趣、很没意思的人！就说运动吧，排球、篮球、羽毛球、乒乓球，过去都能对付着玩儿几下子。要不这些年，工作强度这么大，操的心这么多，换一个人，早都趴下了……而我，依然坚挺！哪怕生活再不顺，人生再尴尬，也会选择"悄然崩溃，默默自愈"……每天就像打了鸡血一样，精神抖擞！

真不愿意活成公众人物，不愿意活成透明人，却一不小心被许多人关爱和关注！

已经过了知天命的年岁了！没有伞庇护的人生，一路奔跑，姿势七扭八歪，踉踉跄跄……但终于，还是冲过来了！

感谢我的身体如车一样，人身（车）合一，还能够完全听从我的指挥……可以随时调动，可以迎接一切的人生风雨！

于是，我还是会在心情不愉快的时候，驾车去很远的地方，看蓝天白云，看人间风景……或者买一张机票，去体会贾平凹先生所说"云层之上有阳光"的深意和真意！还是会在上班路上，停住脚步，向一些小花、小树和小草行注目礼，并反思如草木一样的人生！

所有的人事都会湮灭的……看通看透了，便慢慢地开始做人生的减法，首先争取活得长一点儿。不让爱我和我爱的人们痛心和担心！

然后，慢慢地让自己回归简单和纯粹。想方设法让自己重新回归一个还有点儿意思的人！

我们最爱的"疯子老师"

——孙新峰老师印象

李欣

在我，一个中文系学生的眼中，他的一切荣誉和他出的那么多的书似乎不是那么重要，这些只要百度一下我们就都知道了。即使他真的有很多荣誉，但最重要的是他带给我们课堂的热、他做学问的勤、他做人的真，在这不满一年的日子里，时时刻刻带给我们无数的感动。

"疯子老师"研究的方向是贾平凹先生的作品及其批评，他是我们的"疯子老师"，带给我们最具有"学术氛围"的一节节写作课！带领我们这一群不知天高地厚的"中文人"，一次次冲向传说中的"学术界"！带领我们这些仍带着几分稚气的大一新生们向许多已经在陕西文坛有了很大成就的教授老师们"开火"，从他们的小说和评论作品中挑刺，找缺点！"疯子老师"还说他就是我们的"活靶子"，他的作品也不可避免地被我们这一帮皮学生们批判得"一无是处"！他毫不在意，因为他知道，他想要自己的学生成为什么样的学者、什么样的批评家、什么样的人！

一、谁说贾平凹是流氓作家

孙老师之所以走上贾平凹研究这条路，在我们全班同学的"狂轰滥炸"下他给我们说过两次，只是不知道为什么，每次他都说得很开心。那时候他还在读大学，有一次一个外系的同学问他："你知道贾平凹吗？"他说："知道呀！他是我们商洛的，是我们商洛人的骄傲！"外系同学继续说："他是流氓作家！"他说："为什么？"外系同学接着说："贾平凹写的《废都》写得可黄可黄了！"他接着问："你都读过贾平凹的哪些书呀？"外系同学说："就《废都》，只看了我想看的那些。"我们的"疯子老师"可就不明白了，他心目中商州人的骄傲怎么就成了"流氓作家"？那时候，他还没有系统看过贾平凹的作品，他下决心看一看贾平凹到底是一个什么样的作家！他要告诉大家一个真相。从此，我们的"疯子老师"走上了研究贾平凹的这条路，走了很远很远，并且走得很漂亮！不知道当年那个外系的同学还会不会记得，他曾经无心的那句话，他的这一句"流氓作家"却造就了一个富有魅力的青年批评家！后来，"疯子老师"阅读了大量的关于贾平凹先生的文本和批评，他深深地被这样一个在他看来，是用思想和个性来写作的"天才作家"吸引了！他开始研究贾平凹，并且做出了一定成就！这些，我们大家都是有目共睹的。

二、他做了教师

"疯子老师"告诉我们，他小时候喜欢打篮球。尤其是小学四年级时，他曾经转入区小学读过一年书。那些日子对他来说，是天堂。他可以天天去打篮球，而被老师毫不客气地称作"球皮"！可是，学校的地形实在是不好，每次打篮球，篮球都有从塬上滚到沟底下去的危险！去沟底下捡球有时要浪费一晌上课的时间。所以，后来管理体育器材的老师只愿意把篮球借给除了"疯子老师"之外的任何学生。"疯子老师"发誓，他要当一名体育老师，一名专门管体育器材的体育老师！后来在毕业实习的时候，"疯子老师"实习结束即将离开的时候，学生们拉着他的手哭了。"疯子老师"心软了，学生们告诉他："老师，我们特别希望你能当一个好老师！"于是"疯子老师"成了一名教师，放弃了自己梦想的记者职业。于是，一届又一届中文系的学生才有机会遇见他，才被老师的热情与勤奋深深地感染着！"疯子老师"自称"伪文人"。"疯子老师"还告诉我们，其实刚开始的时候他写文章并不是为了什么文学，而是为了名利，特别是为了赚取稿费！他觉得自己长得不够帅！又没法弹琴、唱歌、跳舞，只有写作可以证明自己存在的价值！后来，"疯子老师"觉得：写作是证明自己来过这个世界的最好的方法！他一直坚持自己的"文学工具论"，写作是一个自己得心应手的工具，自己就该好好地拿起手中的工具去好好地耕耘，闯出自己的一片蓝天！他就这样坚持着，于是，一个毫无背景、关系的来自商州的普通年轻人留校了，还娶了漂亮的老婆，买了房，买了车，破格提升成教授……

三、写作是我生命的一部分

"疯子老师"告诉我们：这辈子，嫁给写作他无怨无悔！他过得自由自在，很快乐！写作，是他的职业更是他的爱好！对于他自己，他这样评价：用良心做事，合格但不优秀！写作已经与"疯子老师"融为一体，成为他生命存在的一种方式！即使家人不支持，他仍然要把自己的事业做得很出色！他怎么想，他就怎么写！写作，让他越来越年轻了！他说他要像他的写作老师李思民老师说的那样：靠自己养活自己！靠实力生存！他始终相信，自己写了十九年和那些没写的人还是有区别的！前行的路上，那些与他一起来的人，走着走着写着写着都不见了，但是他还是要坚持走下去、写下去！

四、"疯子老师"和他的家人们

因为之前看过"疯子老师"写的文章，了解到师母大人是一个漂亮的女子！当初有很多人追她，但是师母大人眼光好，偏偏选中了"疯子老师"！这个男人不浪漫，不会牵着她的手去吃小吃，去看电影，去逛商场……也许只有到了"疯子老师"老得写不动的那一天，他们才会有时间出去做这些年轻时没做的事情吧！但是这是一个有责任感的男人，有事业心的男人。这就够了！"疯子老师"的母亲曾经把"疯子老师"多年收藏的爱书一股脑卖给了收破烂的，因为她觉得"疯子老师"之所以身体瘦弱、眼睛近视都是读书惹的祸！"疯子老师"第一篇发表在《陕西日报》上的作品《关中人吃辣子》，被"疯子老师"千山万水带回家里去，"疯子老师"的母亲却五次三番要用那张废旧报纸铰鞋样子！在"疯子老师"父亲的劝说下，那张旧报纸得以存活下来。"疯子老师"的女儿总是会问"疯子老师"："爸爸，你怎么有那么多的作业要做呀？"其实，那是"疯子老师"在批改我们写的作文，如若不然就是他在搞他的文学研究。

五、做人要做孙新峰

"疯子老师"很真很真，他会告诉我们一些课本上没有的知识，他会告诉我们学校有很多优秀的人，比如红柯老师、冷梦老师，比如我们的在《延河》杂志上发表了小说的程丹学姐，比如我们那些写了那么多优秀作品的学长学姐们！他说自己是一个透明人。他会在课堂上被我们这一群意气风发的少年们气得不想说话，会因为某一个同学的某一句无心的话，在他的"陕西文学研究所"里的沙发上躺一个中午不吃饭，他也会和一个个无理取闹的学生们很认真很认真地计较。他会在课堂上指责那些不看与文学有关的书籍的同学们看的书是"垃圾"！他喜欢说"……呀"，他喜欢有感而发地在自己的QQ空间里随时发表各种小东西，还要我们学他。他喜欢写诗，喜欢会写作爱写作的学生。他喜欢那些才气逼人的学生，他会和才子们、才女们握手，甚至拥抱！让我们这些人眼红！

听说，过了今年就没有写作课了，明年，我会不会像那些学姐一样装成小学妹去听"疯子老师"的课呢？

怎么就想哭……我要给自己留下一份念想。

（本文刊发于《青春期健康》2013年9月）

微 愿

贺静娜

我愿做破茧而出的蝶，只为春丝将尽的蚕。

——题记

渐沥的小雨下个不停，我爱极了下雨天，于是这两日心情也不错。老师们已经渐渐开始有意无意地告诉我们考试的重点内容。猛然间才发现，我的大一时光就这样被时间的猛兽吞并，变成了一个叫作过去的东西。从小到大经历的离别不少，所以相信自己可以淡定地对这一切说再见，转身笑着亲切地迎接那些青葱的学弟学妹。

不过，某些东西需要文字来记忆，就像夏天的飞鸟，春天的蝴蝶。他们穷尽一生来了又去，只是想在这些属于自己的季节里留下烙印。人比动物容易，因为有文字这种东西，所以毫不费力，也因此深情许许。

兜兜转转，却不知该如何步入主题。该如何向所有人介绍他呢？不守常规的疯子？喜好探索的伯乐？还是孤独地畅行在文字世界里的苦闷之人？也许都不必吧，于我而言，这些都是他，却都不足以代表他。

我始终记得，第一次听到"孙新峰"这个名字，是在一次优秀学生见面会上，一位学姐兴致盎然地向我们介绍她的"疯子老师"，我一向对这种见面会打不起精神，所以在别人眼里也落得个"烂泥扶不上墙"的样子，可没办法，"烂泥"也抵不住喋喋不休和好奇心，于是就记住了这个名字。隐约听见她说："你们小心，老师会布置不少作业给你们。"然后，我哀嚎一声，趴在了桌子上。

第一次见到这位传说中的写作老师，彼时我已经被前面的几位带课老师搞得神烦不已，老师没错，是我的问题，我生性散漫，却不切实际，总奢望能碰见与自己一拍即合的老师。可这几位好老师，大概都是抱着兢兢业业教书育人宗旨上课的老师。所以在我好几次背不出古文，念不出繁体字，默写不出英语单词的情况下，终于，我被人狠狠地嫌弃了。几乎每节课都在睡觉中度过，我的日子过得寡淡无味。星期四的时候，我见到了这篇文章的主人公——孙新峰。他穿的衣服我至今还记得，其实这并不难，因为他十年如一日的经常穿着那几件衣服。一身西服，松松垮垮地套在身上。一个公文包，鼓鼓囊囊，不知道装了些什么宝贝。刚开口就似储存了好久的激情找到了出口，那语气，真的难忘。上课不必带书，不用学习教科书内容，考试非常好过。这些话从他嘴里说出来的时候，我把头埋在胳膊里，笑了。

了解得多了，也就自然明了他的习惯和喜好。贾平凹是他嘴里长盛不衰的话题，痛斥文学圈假象是他的赤诚之心。他真的太清晰，容易明了，又真的太容易被误会。有时候当一个人孤独地走在前面的时候，后面指点的人是他内心荒凉的开始。也许他太寂寞，所以喋喋不休，也许他老了，所以急需人聊聊，也许他也累了，所以三行打油诗也充斥着年华不复的意味。

并不记得什么时候与他熟稔，是从我的文章被他欣赏之后？

也许，那篇文章极尽嘲讽之能事，我不承想会有老师喜欢它。是慢慢了解到他和我一样脾气直，常常因为一些事把自己气得死去活来的时候？抑或是我看到他逐渐弯曲的脊背和斑白的两鬓，却还是大声嘶吼着让我们坚持写作？这一切都是原因，也都是根本。

他足够坦诚，坦诚到让人担心。我曾经问他，把所有的软肋和缺点都摊开来给自己的学生看，这样好吗？很多时候他愿意与我们聊聊，可我的手心却攥满了汗，我不清楚一个人可以把最隐私的一面摊开给大家看是一种怎样的勇气。可我始终做不到。可他回复我的很简单："生活太累，我不愿意在自己的学生面前伪装。"人和人之间的交往，就像两只狗，当他们愿意露出自己最柔软的肚皮给彼此看的时候，就意味着把自己最软弱的一面展示给了对方。我愿意相信，他是把我们当作了心里的朋友，当作了纯真的孩子。我记得有人问我："你喜欢写作课吗？"不止一次有人这样问我。我回答："喜欢啊。"带着轻松的神情。有人会露出神秘的微笑，说："你喜欢写作课，是因为老师欣赏你的文章吧？"那种带着笃定的表情，曾经一度让我作呕。可我过后就还是会微笑着回答："有什么不对吗？喜欢我文章的人，我没有理由讨厌，更何况，他是个好老师，不是吗？"老师，看吧，真好，因为你，我终于学会了坦诚，活得潇洒。

不知道有没有人和我一样，从很久以前，就开始倒数写作课还有多少。我不会忘记老师说的贾平凹，不会忘记他时常拍打着桌子让我们用笔杆子闯出一片天，更不会忘记每次请嘉宾开讲座时他焦急地搓着手在教室门口等着我们的到来。

我并不是什么煽情的学生，却碰到了这位让人难舍的恩师，所以絮絮叨叨，可依旧难表我意。

　　我唯一能做的，是坚持写作。我想等到有一天我已经可以做到不愁文章没处发表的时候，经常来这个学校转转。约我的老师下馆子撮一顿，我会点二两他喜欢的酒，听他讲他新发现的好作品或者才子才女。或许偶尔我们会骂那些无耻的伪学者，末了哈哈大笑，再各自回到家拿起笔杆，写自己的文章。分别做这世间，独立又平凡的一分子。如此，再好不过。

　　岁月匆匆，愿我的老师孙新峰，能被岁月厚待，愿我们都能享受尘世间一切微小的幸福。

　　　　　　　　（本文刊发于《宝鸡文理学院报》2015 年 11 月 30 日）

孙新峰印象

贺静娜

孙新峰，教授，硕导，陕西省"百名青年文学艺术家"，1994 年考入宝鸡文理学院中文系，大学期间在《中国教育报》《陕西日报》等上发表过大量文章。毕业时以省级优秀毕业生成绩留校，任写作教师。2003 年，孙新峰以全校第一名的成绩破格晋升为讲师，2006 年，破格晋升为副教授，2010 年，破格晋升教授。曾获两次省政府教学成果二等奖，一次省政府科研三等奖，两次获市政府社科一等奖，以及两次获省优秀文艺评论奖等多项省市级文学评论大奖。

一、他不是名师，却教出了许多有出息的学生

2000 年，孙新峰以助教身份，被破格提升为写作教研室负责人之后，其写作教学进入了快车道。凭借对文学的热爱和出众的实力，他一直在试图打破写作课堂的固有模式，积极寻找一种新颖的，能够调动学生的积极性的写作训练方法。他不愿意拾人牙慧，基于平时上课的经验，怀抱着对于优秀写作苗子的殷切期盼，他提出了三个字的写作训练方法，那就是"仿，悟，创"。所谓"仿"即模仿，所谓"悟"就是感悟。

正因如此，孙新峰指导的学生，其写作成绩也引人注目。2014

年 7 月 4 日，他指导的 2011 级学生邓瑞霜的文章《逃》被《光明日报》刊发；他指导的 2011 级学生程丹小说《牡丹枕》被《延河》杂志（原创版）2012 年第 11 期重点推介；他指导的 2012 级学生张敏也多次在《延河》《秦都》《秦岭文学》上发表小说。2015年，张敏的小说《梅》，斩获了宝鸡市第五届"秦岭文学奖"第一名。不仅如此，孙新峰指导的学生程丹的小说《贞节碑》获得了人民文学杂志社等举办的全国大学生优秀小说奖；指导的 2003 级学生席超的学年论文被 CSSCI 核心《当代文坛》2007 年第 1 期刊发；2011 级李婕两次荣获陕西省环保杯征文小说组一等奖……由于各种原因，原写作组教师只剩下孙新峰一人，但他笔耕舌耘，硬是拓展开了一方天空，写作课声名远播。2016 年 12 月，他应邀赴西藏民族大学讲授写作公开示范课，受到该校师生的高度肯定。2015 年 4 月 23 日，《教师报》专版报道了其写作教研业绩。这些还只是孙新峰的学生们成就的一部分。孙新峰自认不算名师，但这些成绩，是对他扎根写作课堂的最好的回报。

二、他不是作家，却成为陕西作家的真正知音

除了宝鸡文理学院中文系写作教师这一角色，孙新峰还扮演着另外一个重要的社会角色，那便是文艺评论家。现在，他是中国文艺评论家协会创始会员、陕西省文艺评论家协会理事。出于对文学尤其是陕西文学的热爱，孙新峰早早就开始了他的文艺评论之路。他曾先后在《兰州大学学报》《文艺理论与批评》等国家核心刊物上发表文章 40 余篇，主持国家级科研项目一项。一开始，孙新峰以自己的商洛老乡——全国著名作家贾平凹作为自己主要的研究对象。十几年的追研，孙新峰已经成为国内贾平凹研究领域的专家。现在，他打开了视野，不再将自己的研究局限于贾平凹的作品，而是面向

全陕西的优秀作家作品，为"文学陕军再出发"殚精竭虑。没有行政命令，他凭借的是自己对文学骨子里的热爱。孙新峰始终认为文艺评论与创作是一母同胞的关系，因此他与省内外许多作家，都保持着良好的关系，一直进行良性的互动。这一方面是因为作家们信赖他敢于说真话，敢于批评的真诚态度，另一方面，则是欣赏他为人良善，坦诚做事的人格魅力。

　　谈到文学批评，不得不提到孙新峰的另外一个重要身份，那便是陕西文学研究所的现任所长。该研究所 2006 年 3 月在中国作家协会副主席贾平凹直接指导下成立，是陕西高校中首家专门研究陕西地域文学的专业性学术机构。陕西文学研究所一直以来被外界形容为"作家知音，批评摇篮"。研究所率先开办"陕西文学大讲坛"活动，常年开设"陕西地域文学""贾平凹研究"选修课。曾先后举办过"贾平凹作品生态学主题研讨会""陈忠实文学意义研讨会""陕西文学高层论坛"等。这些会议，集聚了省内外优秀的作家与评论家。"在陕西远离文化中心的地方，登高一呼，却应者云集，还有谁能有这样的能量和魅力？其中之一就是孙新峰。"一次研讨会上，一位作家曾经动情地说。十年来，陕西文学研究所以其出众的影响力、凝聚力和向心力，已经成为"文学陕军再出发"的重要学术高地。

　　金杯银杯不如口碑。一路走来，凭借着对文学的热爱，凭借着赤子之心，孙新峰在文学这个舞台上挥洒着自己的汗水，打破重重阻碍，打开文学研究和文学创作的大门。他以自己内心的坚守，成为陕西文艺评论群体中的杰出代表，更以滚雷者的姿态，昂首走在文学路上！

（本文刊发于《阳光报》2016 年 12 月 28 日）

赏美文　思华年

——读孙新峰老师学生作文有感

山黛

　　偶见孙新峰老师空间几篇学生作文一气呵成，刻画老师形象淋漓尽致，感喟颇深。字里行间，青春年少的率真之气，涉世未深的纯净之气扑面而来。向阳而生的蓬勃美好让人不得不想向这些可爱的孩子们致敬！向孙老师致敬！向青春致敬！再读孙老师高徒几篇佳作，一时颇受感染，想谈谈自己的感受。思忖再三，若是站在文学的角度，以我的道行，真是班门弄斧，说不出个子丑寅卯来，不过要说感悟，那可真是太多了！

一、琉璃心

　　新峰哥讲课大嗓门，大动作，行动随意，情绪也随意，陕西汉子的粗犷一展无遗。本以为他这样豪放的人记不住下课要作业，可我想错了，他不但要作业，还让学委查作业，查过之后还要第二天补交作业。那是第一次，印象深刻，原来新峰哥并不是粗犷到底的人，从此对于交作业不敢不用点心，虽然后来和他熟了之后大家会经常与他讲价还价。一般想起他的课都是轻松，因为他的课像一节听故事的课，听小说，听他的经历，听他的感慨，怎样都轻松有趣。可一般情况可就……

"来，记个作业……"每当他这样讲时，教室里便一片哀嚎声，"学委，作业收起来没……""上来，读一下你的文章，93 号""刺啦……嘶……"（撕作业中）……压榨，剥削，专制，豪放至凶狠，每一点都令同学们默默捂脸，内心咆哮，这个老师太凶险！但我本人其实还好，写作课写作是应该的，上台读文章是资源共享，至于撕作业嘛！老师你温柔一点儿可好？老师你试试君子动口不动手可好？（赵萍萍《硬汉柔情——致一个外表凶狠，内心温柔的男人》）

多么真实的生命对话，一点儿也不藏虚假！此情此景，如少女天真扑蝶、如童子挑灯应答。生动活泼而意蕴天成。看似随意无邪的小女子顽皮戏言，却表现出师生都有一颗晶莹剔透琉璃心！

孙老师居然还在 QQ 空间公开对孩子们说："把我写好了，再去找其他对象练习，用你的笔为自己杀开一片天地吧。为了提升大家的写作素养，我乐意做大家的靶子！"

近几年，我们的课堂可谓"乱花渐欲迷人眼"——在种植园里，我日复一日躬耕劳作，某时候我听不进专家的高谈阔论，意外的惊喜也不多，跟着既定形式过日子之余，我常常想要坚守一些自我的认知和做法，尽管效果是那么微不足道。透过这些文字分明让我看到了，四季轮回里，未来的征途上，一朵朵蓓蕾次第绽放，生动如许。虽然，我只是个小学老师，可我相信，我们的初衷都是一样的，不管教学形式如何变化，孩子的世界里容不得半点儿虚假，师生之间的真挚纯粹，会让我们的生命享受到局外人永远无法感知的幸福，如沐春雨，如坐春风。尽管渐渐老去，任凭四季轮回。

二、轻喜剧

如此美文？？？从那三个大大的问号中不难看出老孙对这篇小说的原创性持有大大的疑问，以至于他在课堂上放出如此狠话："如果2011级同学真的能写出这等上乘之作，那我就自动辞职，要不就抠下我的眼珠子。"（嘿嘿，老孙这下栽了）然而，就当我们与他同仇敌忾、义愤填膺之际，事实真相却无情地被揭晓：那篇美文的确就是人家同学写的！而且千真万确出自2011级同学之手，小说作者就是和我们处在同一起跑线上的一年级女同学！这下真是大跌眼镜啊，老孙的人都丢到姥姥家去了。于是乎，为了力挽狂澜，扶大厦于将倾，他只好拉下脸屁颠屁颠地和我们的90后"女作家"去和谈。其实，结果不说我们也能猜到，事实也确实如此。他三言两语就把险些颜面尽失的局面扭转，靠的自然是那三寸不烂之舌和平时在我们中间树立起的高大形象。老孙事后告诉我们那位同学对他说的话："我怎么舍得让您辞职呢，我们还等着与您一起在写作的大海扬帆远航，我又怎么舍得抠掉您的眼珠子，它还要欣赏我们的作文呢！"（陈旺玲《老孙老师》）

寥寥数语生动形象地勾勒出一出课堂轻喜剧。一波三折最终让人微笑莞尔。作为老师我也常常和孩子们斗智斗勇，享受和忍受着与学生之间的各种喜乐消磨，但文中场景给我的印象格外深刻！是这小女生率性顽皮的语言感染了我，也是老师的临场救戏，化险为夷，皆大欢喜让人开心，这么暖心的一出喜剧！有悬念，有冲突，有教育智慧，共鸣而默许是一种妙不可言的教育幸福，因质疑而生的信赖则会创造出一种更美好的境界！

三、花惊艳

我不知道孩子们的头衔标签、取得的荣誉。且看这些字句，我知道孙老师的种植园满是惊艳！

油泼辣子彪彪面，关键在于一个"泼"字。不是"滴"，不是"淋"，而是"泼"，像泼水一样泼。这就要求有较多的油。除油之外，还要有辣子和面粉。烹饪也不难：先把面粉做成厚而韧的面片，煮熟，捞在大碗里，然后把一勺烧得"冒烟起火"的菜油——浪漫极了，看起来是一勺飘动的火焰，一勺艳鲜的霞光——滋啦一声泼上去。这就好了。一碗油和辣子撞击出来的香味。一碗丰厚而凌厉的刺激。香得很。

那是盛开的油菜花。那是我们共和国国旗五颗金星才有的颜色。擦着车窗，擦着睫毛，一片一片飞过。你的精神亢奋起来，再也睡不着，一任那浩阔的全黄向你劈头盖脸地喷洒。这时候，你如果吟出一首诗来，那每一行、每一字、每一个标点符号，都应是24K的纯金！

天空射来的太阳光线，在辣子上磨过，都成了红热而扎人的细铁丝。连鸟儿也唱着带刺的歌。（刘成章《关中味》）

这种语言的张力，这种比喻的穿透力，这种大胆凌厉的表达，老辣娴熟，油泼辣子呛，这文字就已经是地道的关中味儿了！铺排自如，挥洒淋漓，恰到正好，绝非一日之功！

　　父亲放下被褥，说："学校的床太硬，再铺床被子吧，暖和！"我沉默地点点头，但我的心比这秋更潮湿了，我忽然想起儿时那张温暖潮湿的硬床。但也只是怀念，我并不怅惘，因为我从未失去过这张爱的温床。我一直睡在母亲的手掌上，虽然那老茧并不柔软，但却总是温热的，被褥上的每一根线都是父亲的皱纹，紧密地镶着浓浓的爱。

　　我想我是幸福的，因为我有一张爱的温床。（张璐《爱的温床》）

床，成长，生活变化，人生蜕变，然而一路走来，心底都有爱的温床。漫不经心的温情，平平淡淡的真挚！

　　药，就像妈妈一样，每次我生病、无助、苦恼的时候，才会想起它的重要性，才会体会它的强大力量。

　　药，就像一条线，连接着我和妈妈，我在这头，妈妈在那头……（赖溽《药》）

语言简洁率直，写母亲为了给女儿吃药和女儿斗智斗勇，舐犊情深。顽皮可爱的女孩，看似简约的语言，满含感动，结尾化用《乡愁》，句短情长，这女孩才情灵动！

打动人心的句段还有很多，读过的篇目都是实实在在的生命体验表达，质感饱满，情意笃挚，纹理清晰，真诚生动，让人感动欢喜！印象中90后的孩子生活优越，多沉湎于各类时尚，这样静心写作的怕是不多，但在孙老师门下竟是高手云集，令人惊喜感叹！

做了母亲，于一个女人而言赢得了自身完整，常常母性情结满溢，我满心欢喜想要把这些真诚的小作者称作可爱的孩子！你们蓬勃灵动，率性无邪！作为一名写作者，我对你们肃然起敬！我要向你们好好学习对母语的运用！情感自然流淌，线条清晰，没有刻意矫饰，又怎会以辞害意！虽然无缘走进大学校门，虽然我们素昧平生，依然可以想象夏天的校园里长发长裙的女孩在林荫道旁读书，湖水般的目光固守本真，静气如兰。篮球场的少年龙腾虎跃，英姿飒爽。写作课堂上，和你们敬爱的写作老师一起指点江山，激扬文字，追寻梦想，种植风景，书生意气，活色生香。或许大家未必要成为作家，但这种写作悟性的砥砺和启发让思维萌动，让智慧发芽！这真挚的情感介入谁说不是我们的人格构建，精神组成？我们的母语表达多么可堪玩味，这真实的书写谁说不是一种文明的涵养呢！

幸福的味道大抵相似，不管大学小学，一路待花开的心境是园丁最大的欣慰！我相信生命的质地在柔软的背后，坚实的后盾或许就是梦的坚守，寻梦途中，我们或许还不能撕下标签，也难免混在路上，难免在季节里错了步，教育，一直都是一个难题！但是我想有爱的教育不会失败，有爱的人生不会孤单。梦的坚守已然阳光明媚！

琉璃心对话，轻喜剧学习。我看见植园里花骨朵儿挤挤挨挨含苞待放，满满都是芳香，已经开始惊艳！我想，孙老师即使弯腰，即使擦汗水也一定内心温暖，也一定笑容明亮！做人不能忘本，饮水应该思源，因为你们懂得感恩，才有这样率真的表达。那些青春年少的时光碎片，那些课堂内外的情谊风景，还有与爱情无关或有关的青春呓语，让我满怀感动，循着你们的笔迹，我仿佛完成了一次大学之旅，而这些，还远远不够。青春总是相似，走过青春，我们都懂得！谢谢可爱的孩子，向你们致敬！更要向辛勤的园丁孙老师致敬！

"中文学生必须热爱母语，会写会用母语，而且必须比其他人做得更加出色——这是中国人的身份决定的，也是中文人的本色。"无意看到孙老师这句话，不由得反思作为小学语文老师的自己，承担着母语启蒙教育的重责，我该给孩子们涂上怎样的心灵底色呢？

溪中一寸两寸三寸之鱼，枯木逢春老藤又发新枝。校园里，只闻鸟欢，不惹尘埃，诗书中，只听花开，释怀忘忧，此可算是世间最淡薄的深情！

听说，大家都在搜绅士孙新峰

苏宋辞

他是课堂上的暴君，自恋痴狂甚至专横却孜孜不倦地培养一批又一批的追梦者。

孙新峰，一个用生命在哺乳的教师。他用严苛的教条证实着书香艺术的永恒魅力。

他与生俱来一种斗士的气质，这种浑厚的激情通常出自某些雄辩家，他用砥砺的骨血印证了人们对当代文学的不断抛弃和驱逐。他呵呵一笑，便是一周两篇的黑色幽默。他的做法糟践了我们对他的新奇和怪诞——又要写？

他把复杂的精义粗俗地吐露，将玄奥的笔法技巧灌注课堂，是他把文学的真正含义彻底地剥光给我们看，虽然明显抽象。

也许孙老师从小就展现出过人的文学素养，以至于他对文学尤为偏执，而经过历届学长学姐的口口相传，他已然成为文传院的一个活招牌。

据说他爱好作文是因为他的作文在小学时获得了全区作文竞赛二等奖，成为全校唯一在区上拿奖的学生。这使他第一次感受到了写作带来的光荣，由此埋下了对文学深深的崇敬和喜爱。这个，好像谁小时候没拿个奖似的？

我认知的新峰，是有些突破天际了一点儿。

但社会和讲台上的新峰，倒是被人小看了。

论才气，国家都承认了我孙教授是人中龙凤，单凭他发的那厚厚一摞子论文都让人眼馋，还有什么西安建筑科技大学等校兼职研究员，"长安讲坛"讲座入库专家，省政府接待系统特邀讲座专家等，保不齐现在又加了些头衔也说不定呢。

论授课，我个人认为，孙老师是彻头彻尾的理想主义者，像凡·高一样，追逐着太阳，他把前半生都交给了书本，一心追求他的文学梦。后半生又把这些知识完完整整地放出来，他用呐喊和号叫代替了温声细语，用勤劳和破锣嗓子带跑了节奏，从走上讲台那一刻，他就不再是那个风风火火的汉子，而是一个神圣的布道者，他把所有的爱恨情仇都放在了课堂上，激情和光彩都绽放在我们心底。他整一堂课，停顿都不带一下，尽情歇斯底里。以至于你下课碰到他的时候，会产生是两个人的错觉。你给他打招呼时，他好像不记得你一样，谦和地招呼着，生硬地寒暄着，可他明明上节课狠狠拍了你的肩膀！"对，看我，别看手机。"

而当你的文章出现在他的视野时，他会不顾场合，兴奋地和你探讨文章结构如何升华，他从不吝于夸赞自己的得意门生，一遍一遍地不厌其烦地诉说，从他笑得合不拢嘴的情况看，他是发自内心地笑。当然我也怀疑过他是不是嘴也太大的缘故。

每次提到他，很多学长学姐都会讲到那段痛苦史——孙新峰是一位严师。硬"逼"同学写作业、交作业，每学期他的作业都比别的老师多好几次，并且每次都会认真看完，打上评语。有时候，看到学生的佳作，他便会激动得仰天长啸，啸没啸我不知道，总之肯定是称赞了！而且赶紧留下记号，为下一次的民智开启大书特书。

孙新峰还要求学生上课带手机，随时上网查课堂需要的信息资料，允许学生在没有文思的时候朝他"开炮"，允许学生在课堂上自由发挥。孙新峰，他是第一个我知道的公开让学生上课拿手机的老师，服，大写的服。

孙老师也不免落入俗套，给我记忆最深的是他讲他一个朋友，没错，至今不过时的"我有一个朋友"系列。他曾说，他那个朋友，真是文学的好料子，随便搞个动作，他都可以捕捉文章素材，就是爬个山，一篇上好的游记分分钟出炉，还妥妥地发表拿到稿费，换他上去，屁都憋不出来一个。又过了几天，他朋友又去爬山，回来又写了一篇游记。两章完全不一样，回答：一次去有一次去的感悟嘛，去不能白去是吧！于是，孙老师半年爬了那座山不下五十趟……有时候我在想，是不是哪种品质就造就了哪种人类呢，水磨的功夫，形成了孙新峰老师独特的个性。他和他的山山水水、万事万物不可分离。

因此，当他在《当代文坛》《宁夏社会科学》《兰州大学学报》《文艺理论与批评》《学术探索》等CSSCI核心期刊获得突破时，也就在情理之中了。

在整个青年生涯，他的创作愈发犀利，如火的热情抵挡不住文学的炙烤，他精益求精的品质开始让他把文学评论的苗头指向大牛和权威。他在陈忠实老先生的作品中，尖锐地指出先生自《白鹿原》神作后再无建树，其高调论争引起轩然大波，其论文被《人大复印报刊资料》转载。

才华毕露的孙新峰铮铮傲骨，其评论风格和功力迅速被人所熟知，其相关评论成功激起了学术界关于陕西本土文学批评的争鸣，引领了其身份归属、批评态度、现状及发展趋势等。延安大学文学研究所所长、国内著名文艺评论家梁向阳先生撰文称其为"陕西文学批评界一匹黑马"。

当他埋头苦干的时候,才发现他已经在这个圈子里有了一席之地。偶然的情况下,孙新峰读到了贾平凹,这种新颖的充满丰富想象的作品,以及塑造风格马上引起了他的兴趣。当他考虑到能不能把贾平凹的文学创作,和其家乡商洛民间文化的关系梳理一下,深入挖掘它们之间的联系时,他立马激动了起来,这足可以当作他的一个研究方向,"这才是老子想要的"。孙老师彻底玩脱了,将手头贾平凹的所有文集通通过了两遍,甚至将所有研究贾平凹的文章也读了一遍,笔记、整理记了一大堆,脑子里翻来覆去都是贾平凹的身影,搞得上课也时不时冒出几句贾语来。听过他课的学生都知道,他上课三句不离贾平凹。苦心人,天不负,他终于在贾平凹研究领域有一定建树,其专著《贾平凹作品商州民间文化透视》获省"首届改革开放三十年优秀文艺评论奖"三等奖;其专著《贾平凹及其文学的文化意义新探》获省教育厅2011年度人文社科优秀成果三等奖。

很多时候,我想起孙新峰的教学方法总是模糊一片,他的风格天马行空,我一直抓不到主线,也经常不得要领,甚至经常把生和死、灵魂和虚无、过去和未来掺和在一起,自己编织些想当然的东西。而自从听到一个叫作西格蒙德·弗洛伊德的人物后,我总算能把这一个帽子扣在他头上。

弗洛伊德说,他认为每个人都有潜意识的内在世界,它存在于我们的感官和性欲之间,只是受于现实压制,无法自然流露。但是积压过多,就可能变为臆想症。所以为了保持心智健康,需要用一个合理的方式将这潜意识的幻想发泄而出。

也许孙老师师承弗洛伊德的学说,所以,他的思想总是耐人寻味。

他对我们的关怀,总是让我们拾起那点儿温情,他曾经义愤填膺地揶揄过某领导，当然，事情仍然是出于本院系学生。有鉴于我院学生性格淳朴，且文学少女极富浪漫主义色彩，个别院系男生优先追求本专业学生，汉语言专业也不乏漂亮妹子，一来二去，自然易发展成情到浓时。据说，据说啊，本专业的学姐与所谓男友便同居了，谁料到在某次突击检查中，抓了个正着，这个所谓男友立马推脱得干干净净，最后以学姐身败名裂，勒令退学结束。由于情况过于复杂，所以不一一展开，这件事情，使孙老师如鲠在喉，他曾多次提点女生自尊自爱，认清人的品性。他还说太乖的孩子，不会有大出息，要敢于犯错误。他不要"乖乖女"，他要的是一群血气方刚、有生命、有动感的"刺头儿"，要敢闹，敢拼，敢作为，在这一点上，孙老师无疑斩获了所有女生的芳心，她们高喊着："孙老师，你真帅！"

桃李不言，下自成蹊。孙新峰已经开始了新的科研工作，尽管他抱怨一直没有时间写书，但他嘴里流淌出去的许多文字，已经足够编成一本新的专著了。

写在最后：讲真，当我初涉评论时，第一个想起的便是在课堂上顶撞过的孙老师……那会儿真是拧巴得很啊。看了网上对他的评价，多是女儿身份，我想，我一个爷们咋就对他没想法呢，呸呸，咋就写不出来了呢？于是就憋出来了……

"孙疯子"

郭米

　　咬着牙，提笔又开始一轮新的煎熬。忘了是第几次重写那恼人的小说，不会，硬逼着写，我们的思想不断地受着摧残，而这就是我们私底下称"孙疯子"的写作老师的功劳。

　　写作老师写作成痴，致使年纪轻轻就呈现出老态。我是不忍心再批评他的穿着，以及他讲话时迸溅的唾沫，因为这两点别人已经说得太多。我对他印象最深的就是他逼着我们写作，那种思想的折磨、心灵的痛苦和压抑，相信大部分被他教过的学生都懂得。他希望学生们一个个有思想，有见地，会写文章，可我们被逼写文章时脑子的混乱，他应该不懂得。毫无疑问，他是擅长写作的。而孙疯子最擅长的就是，当我们犯一个小错误，两三分钟后他就写一个关于我们犯错的感想，抄在破烂的黑板上，一遍又一遍地给我们念，折磨着我们，让我们的脸无处安放。也许，他是想让我们改正错误，但他的做法，足以让我们对他的嫌弃又多了一分。他大大咧咧，甘愿做炮灰，让我们写作无灵感时都向他开炮，挖苦讽刺，随心所欲。这个机会当然很多人都不会放过，于是，一大批打击他的文字不断涌现，什么"老头儿"那样的称谓满天飞。我们看别人打击他的文字，心里自然也多了些快感，有了些安慰。这种打击，我们在被他逼写作时已尝过千万次，而他对这些，却泰然处之，满怀爱意……

他也许真是一个"疯子"，疯到每天晚上两三点还在不停地写；疯到每次上课都让我们拿出手机，进他空间，看他的文字，把他写的东西不断地念；甚至于，疯到上课没拿手机的同学会受到他严厉的批评。这样的老师，古今到底能有几个？他的工作 QQ 经常在线，那些不要命的同学就找他聊天，说得过了些，便会主动请求他："老师，你一定不能把我们聊天的内容在班上公开哦。"他满口答应。而第二天，那些聊天记录就会被他搬到黑板上，他边读边分析，然后又把同学请求他的话说一遍，脸上露出充满歉意而又得意的笑。而那个交代他的同学，此刻就坐在课堂下，不知该哭还是该笑。

以前的我们不懂，为何孙新峰会为写作这么疯狂。而如今，我们都明白了。他也是农村穷苦人家的孩子，上了大学，学了中文，在充满艰辛的路上不断地跌倒、爬起。他深知，只有会写、能写的人才能在中文这个领域里立足，他不希望我们走弯路，不希望以后我们一无是处。所以他才会牺牲自己让我们打击，一遍一遍地读文章，让我们掌握写作的方法，了解写作的真谛。这些，都是在一堂写作课上，他无意间提起的。而后，我们都明白，为何被他教过的学生都会那么怀念他，为何我们也随着他开始可劲地"疯"。

所以，就算现在的我如何压抑，思想如何混乱，我还是要坚持，赶在下一次写作课前把文章交上去，这种感觉真的很悲催。我想，"孙疯子"那么"疯"，那么聪颖，想必他也一定能懂得：无论我们嘴上说如何嫌弃他，我们心里都是爱他的。并且，我们也都会更加努力，陪着他一起"疯"！

峰 哥

王祥

　　"我看见我的学生王祥了。"上台第一句，峰哥便这样说。我坐在西藏民族大学 B201 教室的第四排，心中一阵怦怦。

　　峰哥是应邀来民大讲座的。早上赶去第三教室上课，进楼时瞥见门口的讲座通知，已经迟到的脚步，一下子就停住了。

　　去年七月毕业至今，才一年的时间，重逢却已是两校。而再见峰哥，当然激动，但亲切之余，更多了点恍如隔世的感觉。从中文到哲学再到佛学，这是我自己都不曾料到的轨迹。峰哥还依然在文坛驰骋，在评论界开疆拓土，意气风发，慷慨不减当初。而我，却已背叛了自己的专业，转身投向了另一片更沉寂的水域。

　　峰哥是我大学最喜欢的老师，没有之一，大一带我们写作课。一年时间，虽不一定爱上写作，但一定爱上他。有人称他"疯子"，我们喊他"峰哥"，他带我们时 39 岁，却比我们还孩子气。他可以为学生的佳作而奔走呼号，喜形于色于言行，也可以为坚持的观点而不惜唾沫横飞，和年轻人争得脸红脖子粗。中文老师大多真性情，而诚如赤子者，则唯我峰哥。

没有变，还是老样子。从下午三点到六点，三个小时的动情激越，峰哥还是陶醉不能自己。坐在一群陌生的民大文院师生间，恍惚又有种梦回宝鸡文理学院思贤楼 207 教室的幻觉。

他的逸事太多，写他的文字也很多。他说自己不修边幅形容猥琐，我借来还他也毫不在意。他说什么都可以现代化，唯脑袋不可现代化，当然，他指的是物化。他讲课从不用 PPT，他上课总站在讲台下。

一直很佩服他和他的精神。永远精力充沛，年轻而充满活力。热爱文字，热爱学生。他叫得上来许多人的名字，还记得许多习作。

有时候我会想，峰哥影响我们的，很大程度上可能倒不是所谓的写作课，而是他本人。写作本身是教不了的，他也说过功夫在诗外。但可以传承可以接受的，是观念，是思想。他很早就告诉我们要真实地生活，艺术地写作。于是后来，我们一点点学着在苦涩中咀嚼甘甜，相信文字的力量，相信改变人心和社会的力量。尽管，我们如此卑微。

然而惭愧，虽然，我还是老师的学生。转身之后，提笔越来越少，文字也愈来愈凋零，我知道这是一种危险的信号。温柔的角落日见坚硬，曾经的梦想都化作冰冷。可我亲爱的峰哥依旧，依旧还记得这一个微不足道的学生，在另一片水域另一方土地里，给他希望，给他力量！

硬汉柔情

——致一个外表凶狠，内心温柔的男人

赵萍萍

　　新峰哥不帅，这他也知道，所以他老拿自己的相貌自嘲，哈哈一笑中透出他的满不在乎。要知道，帅这种东西是要时间来鉴定的，同样不帅这种东西也是需要时间去确证的。而时间越久，相处越到最后，我却发现新峰哥……变老了。

　　一学年了，新峰哥的不帅经过时间的确证后，我却已经看顺眼了。四六分的头发，一副全身唯一有点儿身份象征意义的眼镜（虽然新峰哥的举止常常让我忽略了这个家伙），不得不提的是新峰哥的嘴，本来很平常的一张嘴，但一咧开，一口参差不齐的牙便横斜溢出。说话时气流声音各种回旋碰撞侧漏，不知道作为当事人的他作何感想；唾液也是不甘平庸各种横飞四溅，不知道受过此等荼毒的人作何感想。总之，在新峰哥讲课的时候，前两排总是没人坐，恼得新峰哥不得不再三保证克制自己，甚至三令五申最后一排的同学往前排坐。而在只有零星男生不情不愿，拖拖沓沓坐前排去，其他人无动于衷时，新峰哥也无可奈何了。其实新峰哥不知道，这并不是他的错，我们不坐前排很久了，写作课不坐前排只是光明正大的"唾遁"而已。

新峰哥讲课大嗓门，大动作，行动随意，情绪也随意，陕西汉子的粗犷一展无遗。本以为他这样豪放的人记不住下课要作业，可我想错了，他不但要作业，还让学委查作业，查过之后还要第二天补交作业。那是第一次，印象深刻，原来新峰哥并不是粗犷到底的人，从此对于交作业不敢不用点心，虽然后来和他熟了之后大家会经常与他讲价还价。一般想起他的课都是轻松，因为他的课像一节听故事的课，听小说，听他的经历，听他的感慨，怎样都轻松有趣。可二般情况可就……

"来，记个作业……"每当他这样讲时，教室里便一片哀嚎声，"学委，作业收起来没……""上来，读一下你的文章，93号""刺啦……嘶……"（撕作业中）……压榨，剥削，专制，豪放至凶狠，每一点都令同学们默默捂脸，内心咆哮，这个老师太凶险！但我本人其实还好，写作课写作是应该的，上台读文章是资源共享，至于撕作业嘛！老师你温柔一点儿可好？老师你试试君子动口不动手可好？

近来，新峰哥突然沧桑起来，柔软起来了，发QQ说说用的那些孙氏长短句，老是些什么醉酒、惜别、怀旧、叹老的内容，就连上课时的呵呵也仿佛包含了无尽的叹息。大概是毕业季到了的缘故吧！他常说2011级2012级是他的嫡系弟子，亲的要走了，留下我们这些不亲又不用心的庶系弟子，唉！新峰哥的感伤确实是可以理解的，毕竟，我们没有让他骄傲，他也从没有太多时间陪我们成长。

人一感伤好像就容易牵扯出些往事，他跟我们讲自己，逆反派，不按常规出牌，走出了自己的路子，并鼓励我们走自己的路，成为有个性的人。他讲起往事，不无辛酸，他说，当你工作环境中全是你的老师、长辈时，在工作上你没有发言权，就连你的生活……要怎么办？你要突围！不知道他是怎样突围出来的，也不知道他突围出来好不好，记得他讲过，他是一头独狼。他说，他面对某些人时，便浑身长满了刺，但面对学生，他要当一个透明人，不戴面具，不穿盔甲。为此我乘兴写了一句话：他是一个玻璃人，要么透明，全给你看；要么碎给你看。写完后，连自己都乐了，新峰哥哪是随时准备碎的烈士形象啊！他就是一个充满匪气豪气，真真实实的普通人而已。没有崇高的目标，没有圣洁的形象，也没有铜身铁臂，做不到刀枪不入，他也会哭也会笑，会痴狂疯癫也会柔情满腹，这个外表凶狠又内心温柔的男人啊！借用你一句潇洒的口头禅做个结语吧！就这样吧！

（本文刊发于《宝鸡文理学院报》2015 年 9 月 15 日）

第八辑　雪泥鸿爪

DI BA JI
XUE NI HONG ZHAO

平凡而又厚重

——宝鸡文理学院写作学教授孙新峰印象

张敏

　　时代不断进步发展，社会改革、经济改革、教育改革……这些镀金的字眼就像是汹涌而至的车轮，不断碾压出新的轨迹，可是依旧有人坚守做人本色，宠辱不惊，用生命的激情诠释出"人民教师"，这个平凡本真而又厚重的概念来。

　　在陕西省第五届（2013）、第六届（2014）环保创意文学征文大赛省政府颁奖会现场，一名为李婕的女生以《山神》和《龙脉》文章连续两届夺下小说组第一名，引起与会者的瞩目；2014年7月4日，《光明日报》曾刊登邓瑞霜的一篇名为《逃》的长篇散文，这位年仅21岁的大学生得到了许多作家的惊叹；有"小《人民文学》"之称的《延河》杂志原创版，也曾在2012年11月"小说榜"栏目，重点推出90后写作新秀程丹的万字小说——《牡丹枕》；2014年，程丹的小说《贞节碑》，又获得人民文学杂志社等单位举办的"全国大学生小说征文大赛"优秀奖……她们带着90后的积极活跃，给文坛刮来一阵阵清风。众所周知，陕西大学文科教师评职称，南京大学核心期刊（俗称C刊）论文是必备条件，多少老师为在C刊上发文章而一筹莫展。岂料席超在上大学期间，就在《当代文坛》C 刊杂志发表了论文；近年来，席超的论文接连在《唐都学刊》《延河》等杂志精彩亮相，俨然已经成为陕西 80 后青年实力评论家之一……这些冒出的星星点点的文学微光，仿佛带着燎原之势，这随处可见的光芒却始终从一个地方投来——宝鸡文理学院，光亮的背后都站着一位共同的导师，宝鸡文理学院文学与新闻传播学院的写作教师——孙新峰。

孙新峰，男，陕西商洛人，1972 年生，1998 年，他从宝鸡文理学院中文系毕业之后，以陕西省优秀毕业生的身份，留校工作并走上写作、教学两不误的讲台。2006 年破格晋升副教授，2010 年破格晋升教授。现为学校陕西文学研究所所长，文学与新闻传播学院写作学教授，硕导。陕西省"百名青年文学艺术家"入选人。在这个曾经先后涌现出享受国务院政府特殊津贴专家、写作教育家李思民教授，二级教授、著名文学评论家、省级教学名师赵德利，全国著名一级作家红柯，著名文学评论家马平川等人才济济的写作教研室里，他感受着浓厚学术气息的熏陶，不断汲取生长。

"写作课难教！"这是同孙新峰一样的写作老师发自肺腑的感叹。写作课老师一直处于"既劳累又受气的小媳妇"地位，甚至被人讥讽为替中学老师"擦屁股的课"。所以宝鸡文理学院写作教研室的人员更是丝毫不敢懈怠。现在说到学校的写作教研组，整个学校的老师都不得不竖起大拇指。但回忆起整个教研组的初创时期，如今的老成员们都心有余悸，那是一段苍凉而又悲壮的战争。有个老师上写作课，直接被大学生轰下了讲台；有个刚分配来的女老师，一听到被分配到写作组，马上号啕大哭："我又不是教不了书，为什么要去那儿？""写作算什么学问？不就是教学生写文章嘛！"为了重塑写作教师形象，争取写作学科应有的地位，孙新峰独挑大梁，抱着不抛弃不放弃的精神，在最艰苦的阶段坚守了下来，并取得了令人瞩目的教研成果。2003年、2007年，在孙新峰的组织下，写作教师负责的两项教学改革成果获得陕西省政府优秀教学成果二等奖，高层次科研成果如雨后春笋般迭出，这以后许多人挤破头都想进写作教研室，却因为教研能力不足望而却步。在他夸父逐日般的学术钻研精神的引领下，写作教研组的队伍不断壮大，在陕西乃至全国都声名鹊起。

大学教育必须体现个性，和而不同，孙新峰的教学手段就显示出了属于他本人的一套"孙子兵法"。不得不承认，大学的写作教学是一件难事，不仅难倒了学生，更是难倒了教写作的老师。中国的应试教育下，学生的学习体制仿佛都养成了老师、学生墨守成规的性格，初中开始的作文课就已经将学生的思维变成定式，经过了长达六年的定式练习，学生的思维个性发散性都被磨灭得差不多了，而大学的写作老师，就是要将板结的思维翻新，将即将熄灭的创造性激活，使之变成熊熊大火，这似乎是一件较为绝望的事业。"能考上大学的学生都是好学生。"这是孙新峰经常挂在嘴边的一句话。因此，他迎难而上的写作"急诊手术"开始了，并且一发不可收。

西装革履的孙新峰总是按时站在讲台上，这是一名教师对三尺讲台以及学生的尊重。然而，课堂上的"指点江山、激扬文字"，才是他对教师这个职业的钟爱；"不见其人、便闻其声"，这是他的同事和学生们对孙新峰上课情形的评价；他上课确实是一种声嘶力竭的呐喊，用生命呐喊；一到情绪激动处，唾沫四溅，手舞足蹈，拍案而起也是必不可少。"虽然这个学校名字无法为你增色，但希望你能用你的名字为她添光""枪杆子里面出政权，笔杆子里面有明天""我不知道你们写下去会怎么样，但我知道，你们如果不写一定不会怎么样"……这些话成为他的口头禅，经常回响在课堂的每一个角落，他用自己独特的方式激励他的每一位学生。

由于过于执着地投入写作事业，学生亲切地称他为"疯子老师"。"疯子老师"在教学上有一套自己独特的宝典，说是宝典，其实不过是他在教学研究中总结出的一套教学体系而已。"逼"，这是他自己对自己教学方法最精简的概括。为了让每一位同学都能参与到自己的写作教学中来，并且有所获得，孙新峰没少下功夫。学校规定学生一学期的作业老师要至少看一遍，但是，他却在一学期惊人地全收全改，看过至少四次学生的作业。试想一下，每次近两百份作业放在你面前，都是密密麻麻的文字，一般人看着都头疼。可是，他却一字一句看得津津有味。他总是很细心地看着自己学生的作品，遇见好的文章，他会笑着一读再读，看见有问题的地方，他会用笔细心勾画，并且耐下性子写批语。如此的工作，孙新峰每学期都要做，不厌其烦，苦中作乐。别人见了学生作业就躲，而他却总是追着要学生的作业。他这样竭尽全力地"逼"，这是"孙子兵法"第一招——学生们的写作热情被"逼"出来了，创造性被"逼"出来了，层出不穷的好作品也让他应接不暇，所以，他总是很欣慰。

"孙子兵法"第二招是"悟"，孙新峰经常说，"我相信我的学生都不笨"，并呼吁，"把写作课堂还给学生"。工作至今，他已经在《中国教育报》《文艺报》《陕西日报》《延河》等杂志发表了数十万字的文学作品。长于写作的他精选了大量的经典文章——适合学生年龄、心理特点的优秀范文，供学生借鉴模仿。比如小说文体写作，结合地方高校应用型教学转型需要，以红柯、莫言等现代主义风格文章为范本，重点抓"象征法"训练，让学生学会讲有意味的故事；散文写作，以乡土题材作家贾平凹、刘成章等的文例为主，重点抓"借托式"美文创作；文学评论以洪治纲等获鲁迅文学评论奖文例引导，鼓励反思、深思。学生们还没学到创作诗歌，他只在课堂上说了三句话："先抓现象，再将现象酝酿成形象，然后培育心象。"就让练写自由新诗；或者是用诗歌的方式写对诗歌的认识。清晰独特的教学思路，使得学生的小说、散文、诗歌、文学评论甚至调查报告写作全面丰收。

孙新峰的严格是学生公认的。学生长长的一首诗，往往被他删改成了一两句，但就是这仅剩的一两句，韵味无穷，学生心悦诚服；许多学生看到文章上的"重写"两个字立马眼晕，一边嘟囔一边还得更用心地去写，否则"孙疯子"又不知会出什么损招折磨人！他还负责学校连续八届"金笔杯"校园征文竞赛工作。孙新峰的写作课程、写作思想已经影响到了更多学生——近年陕西出现了一个80后女诗人郝娟子（笔名娟子），她就是该校2010届中文毕业生，诗风清丽、婉约，其诗作被《诗刊》《星星诗刊》《诗潮》等刊发；2014年中文系学生刘瑞蓉的小说《珠花》被"全球起点中文网"刊发后，又被团中央《青年文摘》官网转载，另有许多学生被红袖添香等知名文学网站签约——她们的脱颖而出离不开写作教师的督促激励！孙新峰上课很少点名，只用眼神一扫，就知道谁来谁没来。有的学生偶尔翘课，被他抓住，"没说的，写5篇原创美文"。他知道，越是就业严峻，越要强化专业素质。社会不会同情自己的学生，只有平时要求严格，在就业市场上才可能分得一杯羹。

孙新峰的文学研究在陕西颇具影响。至今已经发表了12篇C

刊核心文章。其关于"贾平凹研究"的专著，曾获陕西省政府哲学社会科学三等奖。"诗歌陕军"进京亮相，他是特邀评论家之一；中国文艺评论家协会成立，他是陕西省选派的四名全国代表之一；必将载入陕西文学新史册的盛誉——2014 年《延河》杂志"陕西中青年作家作品专号"上，他是唯一特邀进行全面评点推介的批评家。他的论文多次被全国、全省优秀文艺评论文选等选辑；他是学校遴选的高层次创新型优秀拔尖人才；2014 年，他又被陕西省委宣传部列入陕西省"百名青年文学艺术家"。孙新峰还经常代表学校、代表宝鸡、代表陕西去参加各种大小的文艺活动，这是人们给他的肯定。在教学上，教学研究上，他始终保持一个学者的精神，刻苦、谦虚、好学，当教研成果取得一些成就时、当评论家的光环熠熠生辉时，他依旧选择站在讲台上，将大部分热情奉献给教书育人。他说："我是一个老师，我的科研应该服务于教学。我的科研必须走出书斋，走向广场，走向公益。"将自己的研究心血成果毫无保留地教给自己的学生，这是一名教师的责任，更是孙老师给自己的使命。

当年实力超群的写作组老师走的走，老的老，退的退，只剩下孙新峰一个光杆司令了！他依然坚持站在写作讲台上。"我的学生很可爱，他们需要我！"42 岁的他至今仍是一个平凡的写作老师，躬耕在自己喜欢的写作教学田地里，笑看桃李满园开放，细酌人生百味溢香。

（本文刊发于《教师报》2015 年 4 月 22 日）

一泓清泉出商山

——孙新峰教授的传奇人生

谢莎莎

　　他是一位地地道道山村田野中农民的儿子，有着大山的宽厚，农民的朴实，黄土的厚重。他是一位勤劳的教书匠，从走上讲台那一刻，所有的学生都是他的孩子，爱恨笑泪都在手中的教科书、课堂的 45 分钟内尽情演绎。他是一个执着的文字工作者，凭着对文学的酷爱，凭着手中的笔，书写人生的满腔热血。他是贾平凹研究（贾研）的狂热者，刨根掘底，死抓不放，为构建"贾学"鼓与呼。他是一个作客他乡的游子，从走出大山那一刻，发誓要征服外面的世界，而今真的回不来了，却心系故土的一草一木。他似一泓清泉，用笔书写自己的诗性人生。

　　他就是学生口中的"平凹迷"，同事口中的"一支笔"，乡民口中的"老顽童"，同僚口中的"大专家"、教授——孙新峰。

一、一位农民的儿子

　　没有华丽的背景，没有富豪的出身。1972 年 2 月，一个普通且又平凡的日子，在陕西洛南县巡检区（现石坡镇）窄口河乡一个小村庄里，一位平凡朴实的农户家，他出生了。并没有小说中描述的惊雷闪电或大雨滂沱，也无祥云惊现或红霞满天，一切都毫无征兆。父亲是一名乡村民办教师（后转正被评为高级教师），母亲是一位普通的农妇，小学二年级文化，在那时候的农村妇女中已算少有的"知识分子"了。这样算来，他不只是一位地道的农家子弟，又跟书香门第扯上了关系。

童年的他着实和其他孩子不太一样。小时候，他特别调皮，几近顽劣。经常做一些出格的事，胆子也特别大，真有初生牛犊不怕虎的精神呢。他是村里的"孩子王"，领着一群孩子上树掏鸟，下河捉鱼，打架闹事，常常是状况不断，不是他挂彩，就是别人带伤。由此家便经常门庭若市——告状之人络绎不绝。他种种顽劣的结果就是提早被家人结束了幼年生活——被送入学校，进入学生时代。

上小学后，孙新峰在学校更是以调皮捣蛋闻名遐迩，为此，教室准备了两条教鞭，一条针对全班同学，另一条就是针对他。不说别的，单就为他特设的专人教鞭就知道他该是多么让老师头疼的孩子呀。童年时代，他并未显露出学习上的锋芒。相反，由于早早入学，在学习上，他比同龄孩子显得笨拙许多，常常是班级里所谓"一帮一"活动的"扶贫"对象，被人握着手教写作业。但万幸的是，父亲是语文教师，担任小学校长并掌管图书大权，他从小耳濡目染，深受熏陶。虽显得笨拙，却并不影响他对文学的启蒙认识，并有近水楼台先得书的先机。在小学三年级时，《隋唐演义》《说岳全传》等著名古典小说便熟读于心。从那时起，他的作文经常被当成范文在全班阅读，并获得当时全区（巡检区）作文竞赛二等奖，也是多年来全校唯一一位区级获奖者——这使他第一次感受到了写作带来的无上光荣，并由此埋下了对文学深深的崇敬、神秘、喜爱之根。

　　小学升初中，孙新峰又成了村里的传奇——语文92分，全区第二名，而数学14分，勉强升入初中。这时候他的文学天赋已经初显锋芒，在黑山中学（当时的村级初中）上初二期间被评为商洛地区三好学生。或许真的是从小就感性思维有余，而理性思维不足，还是因为数学拖后腿，中考以两分之差与洛南县中学失之交臂，进入石坡中学。可以说，他真正的学生时代是从高中开始的。

　　"恰同学少年"的激情，意气风发的轻狂，少不更事的胆大妄为，再加上文理分科后，甩掉理科的包袱，他如释重负，在文科的学海中振翅高飞——成绩遥遥领先。有时上天真的会开一些大玩笑，一直被寄予厚望，被语文老师器重为高考要拿语文满分的他，却在考场上鬼使神差地睡着了，一觉醒来，已经是交卷时间了，结果语文考了50多分。因无颜面对恩师，他连高中毕业证都没敢去领（至今还是"无证"人士）。

　　对于一个学习上的佼佼者来说，高考的失利，无疑是致命的打击。本打算扛起锄头，老老实实去修理地球，但老父亲一番激励的话语，着实彻底触动了他的心灵。至今他还清晰地记得当年老父亲戏谑的口吻："如不念书，咱家这两把镢头、三间瓦房、五亩耕地都是你的了，再给你娶房媳妇，生一炕的娃，你比地主还滋润。"听到这话，他马上跳起来，他不想就这样被别人安排自己的人生，就心一横，走进了洛南县中学复读。毋庸置疑，是金子，哪里都埋藏不住它的光芒。据他讲，在洛南中学最值得珍惜和回忆的是洛南县中学70年校庆时，他被光荣遴选为全校上千名学生中唯一的主旗手；在校庆典礼上，光荣而庄严地升起了鲜艳的五星红旗。1994年，以超过一本线14分的成绩被宝鸡文理学院录取。这一张录取通知书，铺开了他的教师生涯之路。

二、一位普通的教书匠

说起教师这个职业的选择，这中间还有一个小小的插曲。可能大家意想不到，他最初的教书梦想是从打球开始的。小学四年级时，因父亲工作调动，在巡检小学上过一年，酷爱篮球的他，因为羡慕体育老师可以随意打球，所以从那时起，他立志要当一位能够掌管体育器材的老师。人们小时候的立志，一般会随着年龄和见识的增长不断发生变化，但没想到在他身上，这个小小的誓言竟变成了真实，不同的只是没有掌管体育器材而已。

1994年离开家乡，去宝鸡求学，未曾想到，这一去就是十八年，乃至以后的大半个人生。大学这个崭新的舞台、宽阔的领域、开放的思想更为他营造了自由呼吸的平台。大学期间，他凭着一股子热血和冲劲儿，先后担任班长，系团总支副书记等学生干部，一气呵成囊括了大学所有的一等奖学金、三好学生、优秀记者以及各类征文的一等奖。在学生时期，习作一举拿下《陕西日报》和《中国教育报》，在其上发表文章，当时在学校已是小有名气的才子。1998年，因为在校期间表现突出，被评为陕西省优秀毕业生，并留校工作。担任系党总支秘书、团总支书记期间为学校撰写了大量的材料，被誉为中文系"一支笔"。这期间一直从事学校行政工作，直到2001年担任专职写作学教师，至此成为一名真正的教书匠。用他自己的话说，"现在才改邪归正，正了教师身了"。

他是一位严师。"逼"同学写作业，交作业，通常一学期他的作业次数不知不觉比别的老师多几次，并且每次他都会认真看完，打上评语。有时候看到学生的佳作，他激动得不顾时间和场合，甚至半夜打电话让学委帮他记住这些学生的名字，他要课堂点评。也会有看到学生半天憋不出一篇文章时，他气得脸涨红，吓得学生们给他留言说："冒着脑细胞死好几百万的危险也一定会把作文交上来的。"他上课激情四射，唾液横飞，他也全然不顾，他只想把自己所知道的东西尽可能多地传授给他的学生们。他要求学生上课带手机，随时上网查他课堂需要的信息资料，允许学生在没有文思的时候朝他开炮，允许学生在课堂上任思想自由发挥。他的写作教学，经历了"花花絮絮型→移花接木型→心智启迪型"的转变，从浅层次的模仿教学已经进入到更高层次的创意写作教学。在教学上，他是一个永远不知满足的人，2003年、2007年两次获得省政府集体教学成果二等奖，参编的写作学教材获得省优秀教材二等奖。俗话说，强将手下无弱兵。他学生的文章发表在《当代文坛》《延河》等刊物，三名学生论文获得省大学生"挑战杯"三等奖，多名学生被中央民族大学等名校录取为硕士研究生。

学生们背地里偷偷给他起绰号——"老头儿""孙疯子""老男孩"，而他并不生气，反而乐在其中。其实，那些起绰号的学生骨子里也非常敬爱他，更有甚者，当面就喊他"新峰哥"了，他也乐得接受，只是强调不要在课堂上乱喊就行。三四十岁的人了，永远年轻得像个孩子，和那些十八九岁的孩子称兄道弟。这绝不是夸张，他的学生毕业多年后，或许会忘了许多同学和曾经教过他们的老师，但却一定记得那个整天不修边幅、啰里啰唆的"孙疯子"。记得一次偶然间碰到他毕业了五年的学生，学生非要拉着请他喝酒，酒到微醺，学生搂着他的肩膀喊一声"孙哥"，立马又笑笑说"孙老师"，他笑着说酒桌无大小，这会儿坐在这里的只有兄弟。每到毕业季节，他必定会大醉几场，用他的话说："看到我的'闺女'们'出阁'，我喝死也心甘。"

他常说的一句话："太乖的孩子，不会有大出息，要敢于犯错误。"他不要"乖乖女"，他要的是一群血气方刚，有拼劲，有动感的"刺头儿"。因为他本身也是一路走来从不按照常规出牌的人。就是这样一位普通的教书先生，用他的善良、真诚和热忱去拥抱每一个跳动的青春，为每一个奔涌的波涛注入激情的血液，让每一个青春的脉搏跳动得更猛烈一些。

三、一位执着的"贾研"狂热者

先解释一下，"贾研"是指贾平凹文学研究。说他是贾研狂热者，一点儿也不过分，这最初是从他的学生口中流传出来的。上过他课的学生都知道，他上课三句不离贾平凹，用他学生的话就是："说话时嘴里从来不离唾沫星子和贾平凹。"以至于学生们背后叫他"史上最强平凹迷"，手机里存他的名字为"平凹铁杆粉丝"（手机通信簿里最多能存六个字）。

关于文学研究和创作，在别人眼中孙先生是贾平凹作品及其本人的研究专家，在陕西省内名列前茅，甚至在国内也处于领先地位，而孙先生自己却称他仅仅是一个文学的爱好者，一个简单而又执着的文字工作者而已。正如路遥所说："作家生命的意义在于艺术创造。"孙先生也把文学创作当成生命来热爱和敬仰。据他自己说，回顾所谓的成功之路，似乎有太多的无心插柳——偶然因素。当然，也得益于他的勤学善思，敢于冒险，别出心裁。比如他开始做贾平凹作品的研究，完全得益于一个偶然的机会。在一次民间文学课上，给学生讲到作家作品和民间文学之间的联系时，他灵光一闪——能不能把贾平凹文学和其家乡商洛民间文化的关系梳理一下，深入挖掘它们之间的联系呢。只是一时闪出的念头而已，他开始尝试着探索成文，却让他从此深深迷上了贾平凹的文学，一发而不可收。陕西著名评论家李星称，孙先生崭新独特的研究方法是"挖到了一座富矿"，价值不菲且源远流长。从单篇的文章到成套的专著，贾平凹文学研究与商洛民间民俗文化的探索产出不断。

2003 年，孙先生第一篇真正意义上的贾研论文《"狼"意象的商州民间文化底蕴》被刊发在《商洛师专学报》；2004 年底《"洋芋糊汤疙瘩火"的商州民间文化阐释》被核心期刊《唐都学刊》发表；2005 年《论〈怀念狼〉对商州民间传说的采借和创化》被核心期刊《西南民族大学学报》发表。接踵而来一发不可收，他接连在《当代文坛》《宁夏社会科学》《兰州大学学报》《文艺理论与批评》《学术探索》等 CSSCI 核心期刊获得突破。2005 年、2009 年分获宝鸡市政府优秀社科成果一等奖（两年一评，均匿名评审），并于 2005 年申请到了自己主持的第一个省政府项目。2006 年结集出版了《贾平凹作品商州民间文化透视》首部专著。该专著主要运用了民俗学、阐释学等现代批评方法，创造性地对贾平凹作品中散在的有意味的商州民间文化做了论析。这种以土生土长的商州人视角剖析贾平凹作品来透视商州民间文化，不仅在陕西，即使在国内也尚属首次。专家鉴定为"填补了贾平凹文学研究领域一个空白，对追寻和研究中国作家的文化之根有示范意义"。2008 年该书获首届"陕西省改革开放三十年优秀文艺评论"三等奖。

天道酬勤，有耕耘就会有收获。在调研贾平凹资料的过程中，他经历的艰辛和险阻可想而知，但值得欣慰的是，他的努力终于得到了文学界同人的认可。他先后被陕西省作家协会、中国民俗学会和中国俗文学学会吸收为会员，并于 2005 年、2006 年先后被商洛学院、西安建筑科技大学聘为兼职研究员。此后捷报不断。随着各种奖励铺天盖地而来，他的学术研究也进入空前的多产、优质阶段。不仅在写作学领域独当一面，在传播学、民间文化等方面也是兼容并包。继 2005 年发表在《当代文坛》杂志上《伤狼·独马·困鹿——陕西文坛三作家像》一文，引起学界注意后，2009 年又在《社会科学家》上发表文学批评《文学批评三足鼎立局面观察》（刊《社会科学家》2009 年第 11 期），对陕西当下文学批评的现状，进行了极富于学理深度和学术高度的检阅，引起学界争鸣。同年，他主持完成的陕西省文化和旅游厅重点科研项目成果——《贾平凹及其文学的文化意义新探》（第二部"贾研"专著）出版。该书于 2011 年喜获陕西省第二届文艺评论奖三等奖和陕西省高校人文社科三等奖。2011 年，他一鼓作气，攻下了传播学权威期刊《当代传播》杂志，他的《文化品牌传播探析——以"贾体字"为例》文章被该刊发表。未刊发前该文就曾在全省学术会议上交流讨论，被专家认为有传播学科研启蒙意义。2010 年《陕西社科界》杂志（第 2 期）"陕西学人"以及 2011 年《宝鸡文理学院学报》"文理学人"栏目，分别对其成就进行了专版介绍。《华商报》《文化艺术报》等也进行过专题评介。2011 年被贾平凹文化艺术研究院（西安）聘为研究员，担任《贾平凹研究》杂志编委。同年被陕西省社科联遴选为"长安讲坛"讲座入库专家。随后，他被聘请为陕西省政府接待系统特邀讲座专家，为全省接待干部培训。2012 年入选学校高层次优秀拔尖人才。

他原本只是从对贾学研究的一点大胆设想切入，但是凭借敏感的思维触角他惊讶地发现，这个研究方向是一个异彩纷呈，绚丽多姿的金矿，越往深挖，越有取之不尽的宝贝。仿佛饥渴的婴儿找到乳汁般兴奋，他一头扎进去，贪婪地吮吸其精华。从 2005 年至今，他先后申请到了五个相关省厅级课题，以第二申请人承担一项国家项目。他的"贾研"进程经历了贾平凹文学与商州民间文学对读、贾平凹文学与商州民间文化对读及贾平凹文学与西部（中国）文化对读三个阶段。十余年来他凭借独到的视角和悟性，产出了丰硕的研究果实，从而站到了国内"贾学"研究的前沿，拥有了一定的话语权。发表的 60 余篇论文中，5 篇论文在国际、全国会议上交流，CSSCI 核心 20 余篇，30 余篇被《人大复印报刊资料》转载、索引，1 篇论文被省政府"长安学"权威丛书宗教卷收录。2011 年底，他的专著《贾平凹及其文学的文化意义新探》，获得陕西省政府第十次哲学社会科学成果三等奖，从而奠定了他在贾平凹研究领域的学术地位。他的研究先后得到了茅盾文学奖评委李星、国内"贾研第一人"——费秉勋、韩鲁华、孙见喜等贾研大家的认可。学界对他的称赞也纷至沓来，陕西文学院院长常智奇将他归入商洛籍作家群中的优秀评论家之一；延安大学、全国路遥研究专家梁向阳称其为陕西批评界一匹黑马。因为丰硕的贾研成就，他于 2006 年破格晋升副教授、2010 年破格晋升教授，成为省内最年轻的 70 后文科教授之一。

面对这一切的成果，旁人投去的是羡慕，是敬佩，是赞叹的目光。回望这一路走来的艰辛，在荣耀的光环下，他也同时失去了许多。当别人吃喝玩乐时，他在苦心钻研；当别人游山玩水时，他在遍地寻访资料。但他从未有过抱怨和后悔。他性格倔强，特立独行，不喜欢随波逐流。敢选择就没打算在撞到南墙之前回头，甚至看见南墙都想试一试能否推倒。他很欣赏流星，认为人生短短几十年，就要为自己任性几回，为自己的心精彩几回。但他更像一颗恒星，用自己的平凡为宇宙带来无尽的光亮。

正是凭着对贾平凹作品的钟情、痴迷和癫狂，凭着一股宁折不弯的韧劲儿和坚持个性、和而不同的品性，通过十多年的研究，在贾学领域走出了属于自己的文学风景。

四、一份简单的诗意人生

无论是辉煌的成就，还是诸多的光环，剥下层层光鲜外表，他依然是个朴实、平凡的人。毋庸置疑，他和众多文人一样，鼻梁上架着一副酒瓶底厚的"眼睛"。初见者往往以为他是老气横秋，其实，他是一个别样的性情中人，并不像人们想象中的文人那样小家子气。作为老师，他爱生如子；作为朋友，他抵命相交；作为亲人，他相依相持。

不得不承认，他是倔强的。小时候，因羡慕体育老师可以随意打篮球而立志要当老师；后来，因为高考失利，村里人用讽刺的口吻喊他"大学生"，他立志飞出大山；工作后，朋友戏称他"大教授"（那时还是助教），他立誓当一回教授。为着这些所谓的志向，他努力地读书，拼命地写作，运用自己独特的思维和敏感的触角，感受着人间真味。现在，他真的当老师了，不仅是大学生，而且教大学生，更是一位名副其实的教授了。从人们口中出现的，认为他不可能做到的事情，他一件一件做到了，而且还在不断努力着。

不得不承认，他是勤奋的。1994年离开家乡求学，一床薄被伴随四年。从一开始，他的努力和勤奋就超于常人。谁能想到，在宿舍没有暖气的冬天，他只盖一层薄被的原因仅仅是因为，它可以充当闹钟。因为冷，就睡得晚，而且很早就会被冻醒，这样他就会有比别人更多的时间读书，写东西。他相信勤能补拙（他总认为自己是比较笨的），别人在宿舍聊天、打牌，他丝毫不受影响，潜心阅读写作，就因憋着一股劲儿，他不甘受城市人对农村人的冷漠眼神，似乎想向谁证明着什么。

不得不承认，他是有天赋的。对于写作，他从不用刻意去编排什么，一切顺理成章地就下笔如有神了。众所周知他以文学研究和批评出名，殊不知，对于小说、诗歌、散文、杂文、新闻、传记等，各种文体无所不通，堪称写作界的行家里手。写作于他，更是一种兴趣和享受，大学四年，他自动把所有课程变成了写作课。用写作来洞察人情，体味人生，享受文字中的乐趣，更是用写作来表达自己的个性。在写作中他一直突出自己的个性，坚持自己的思想，不人云亦云，敢于挑战权威，思维敏锐，并不断创新，在各种学科交错中开拓掘进。

当然，他自己也坦然承认虽然在文学领域研究上成绩显著，但在生活中他的确是傻乎乎的教授。遇事大而化之，甚至丢三落四，常常像小孩一样需要别人的照顾。上课时，匆忙中一只脚穿黑鞋，一只脚穿棕色鞋；记不清单双周，经常跑到学校有课了就上，没课就只能白跑一趟了；记不住教室，上了半学期课了，还总拉着学生就问这节课是不是在某某教室。他大学的班主任戏称他为"三不教授"——早上不吃早点，中午不回家，晚上不睡觉。他是个率性、随和的人，保持着商洛人的本色。从不端架子，能屈能伸，能高能低。几百上千元的星级酒店可住，几元钱的小旅馆也照样安身，调研最艰辛时，公园的凉椅上亦能栖息，第二天照样倍儿精神。因为他的不修边幅，不在形象上下功夫，被人开玩笑称"倒教授的势"，而他则一脸无辜地说，他真不知道，教授该是怎么样的"势"。

"商山里成长，洛水中遨游，他乡景美，乡情悠悠……人生辉煌，桑梓多秀。商州有我的情思和骨头……荆棘中打拼，废墟里成熟。人在路途，心系商州。"（摘自孙先生打油诗《商州，我的商州》）这首诗是他在回老家度假期间闲暇之余信口而出的，朴实的话语中，字字句句流露的是思乡归乡之情。他是有着诗一般浪漫感情的人。生活可以很平淡，但情谊却绝不会清浅。自从1994 年离开家乡去求学，未曾想到这一去竟是彻别家乡，将自己"卖"给了宝鸡。每当翻看到商洛文化界名流资料时，他会感慨"我都是所谓的宝鸡或关中学者了"，缱绻乡情溢于言表。工作之余，他还兼任宝鸡市中国现代文学学会常务副会长、秘书长、宝鸡市文艺评论家协会副秘书长、宝鸡市民间文艺家协会副秘书长等社会职务，被评为宝鸡市学会工作先进个人。尽管如此，仍割断不了他和家乡的血肉联系。他一直为自己是商洛人而自豪。他似一泓清泉，流自商山，用自己的奋斗和努力将人生点缀得更宽更亮。这些年来，他在文化界不断打拼，但他的研究方向始终是陕西文学，而重点是贾平凹文学研究，再发展到将贾平凹文学研究与商洛民间民俗文化联系起来，成就自己的同时，也为推介家乡商洛文化做出了自己力所能及的贡献。

（本文刊发于《商洛日报》（周末版）2013 年 3 月 23 日）

从"小老师"走向"大老师"

——记宝鸡文理学院教授孙新峰

王波

一、从宝鸡文理学院出发，一路艰辛，一路辉煌

自 1998 年 7 月，孙新峰以省级优秀毕业生身份留校，先后担任原中文系党总支秘书、团总支书记、学生专干、写作教研室主任、新闻教研室主任、实践教学指导中心主任、文艺学教研室主任等职务。工作岗位不断变化，但献身教育的情怀却一以贯之。

一路走来，一路艰辛，一路辉煌。大学期间，因为工作突出，孙新峰担任班长的中文系 1994 级本科班，被授予陕西省红旗团支部，积累了较为丰富的管理经验。担任中文系学生专干期间，中文系团总支连年被评为学校优秀团总支，1999 年中文系学生管理工作被评为学校第一名。同年度，孙新峰被授予陕西省"科技文化卫生三下乡"先进个人称号。

担任新闻专业负责人，2009 年新闻专业被省上考评为 A 级新办专业。

2000 年孙新峰以讲师身份，被破格提升为写作教研室负责人。该教研室凝聚了包括国务院政府特殊津贴专家李思民教授，鲁迅文

学奖获得者、二级教授、全国著名作家红柯，著名文艺评论家、省级教学名师、二级教授赵德利，著名青年文艺评论家马平川等一批知名学者、文化名人。他们笔耕不辍，优质成果迭出。一定意义上，写作学教学、科研支撑起了中文系的半壁江山。在这些名家的影响、激励下，孙新峰不断成长。1999年，还是助教的孙新峰，一方面承担繁重的学生管理任务，一方面作为写作课教师，坚持教学改革、科研，当年获得学校集体教学成果三等奖。2003年获得陕西省人民政府集体教学成果二等奖（共3人，排名第三）。2004年，孙新峰在学报核心《唐都学刊》发表了论文，是青年教师中第一人。2005年在CSSCI核心《当代文坛》发表《伤狼·独马·困鹿——陕西文坛三作家像》，影响较大。也是该系第一个在C刊发文的青年教师。2005年获批省政府科研项目，这是中文系青年教师第一个省级项目。2005年，作为当时申报省级名牌专业的4名成员之一，勤勉工作，2005年6月汉语言文学专业被授予省政府名牌专业的学院，宝鸡文理学院成为继陕西师范大学、西北大学之后的第三个拥有省级名牌专业的学校，中文系发展、建设进入了新的阶段。2006年孙新峰破格晋升副教授；2007年，再次荣获省政府集体教学成果二等奖（共5人，排名第五）。2010年再次破格晋升教授。成为宝鸡文理学院真真正正的传奇人物。

2011年，获得省政府社科研究三等奖。截至2011年，孙新峰已经在CSSCI核心发表了论文12篇，其他核心30余篇。2014年，因为文艺评论成就，孙新峰和全省82人一起，入选陕西省"百名青年文学艺术家"。2014年，孙新峰应陕西作家协会之邀，在旨在延续20世纪80年代文学陕军辉煌的、历史开创意义的《延河》杂志"青年文学陕军"专辑发表《在迷惘和焦灼中突围——陕西当代中青年作家印象》，全面梳理了陕西文学创作现状、问题，产生了深远的学术影响。同年，作为中国文艺评论家协会创始会员，应邀赴京参加了中国文艺评论家协会成立大会。2014年诗歌陕军进京宣介活动，孙新峰是特邀评论家，会议发言被《文艺报》全文刊发。2016年5月，孙新峰获得陕西省作家协会、《延河》编辑部最受读者欢迎文学奖；同年6月，入选陕西省"百名青年文学艺术家"。同年，申请到"陕西笔耕文学研究小组本土批评经验研究"国家社科基金一般课题。2018年，以文艺评论成就，入选陕西省第九批"六个一批"人才。2019年，入选学校首批横渠学者，该次入选的48人中，他是唯一的本科生。2019年7月，在第二届亚洲书店论坛上，孙新峰作为特邀的唯一的评论家代表，在大会会场专题宣讲了《陕西地域文学研究展望》，扩大了学校影响。

二、扎根课堂，全身心教书育人，培养出了一大批优秀作家、评论家、优秀教师

工作22年以来，孙新峰坚守本科生写作课堂、研究生中国当代重要作家研究课堂，实施特色教学，成绩斐然。

在指导本科生方面成绩优异。指导2011级学生邓瑞霜在《光明日报》（2014年7月5日）发表散文《逃》；指导2003级汉语言文学本科班学生席超在《当代文坛》CSSCI核心期刊发表论文《论苏童短篇小说创作新变》（2007年1月），席超已经成长为省内知名的青年评论家；指导2011级李婕在2013、2014年就读期间两次斩获陕西省大学生环保征文小说组一等奖；指导2012级学生张敏写作小说《梅》，获宝鸡市第五届"秦岭文学"奖小说组最高奖；指导张敏撰写《三角池大学堂》，该书已由陕西师范大学出版社公开出版（2017年12月）；指导2011级学生程丹

的万字小说《牡丹枕》被有"小《人民文学》"称谓的《延河》原创版 2012 年第 11 期重磅推出；指导的本科生李又凤、赵星、赵铭怵等分别获得省大学生挑战杯二、三等奖。2019 年，作为领队，他和其他几名师生组成团队，顽强拼搏，最后宝鸡文理学院代表队荣获第四届规范汉字书写大赛（大学组）冠军。

2017 年，经过学校公开竞聘，孙新峰被任命为文传院副院长，主管科研和研究生工作。三年多来，文传院教师先后突破省政府科研二等奖，国家社科基金重点项目、国家重大项目子课题等学术瓶颈，文传院教师发表高层次 CSSCI 核心期刊论文进入常态化。

孙新峰接手研究生教育时，研究生的问题意识、导师的敬业意识堪忧，在院长兰拉成的支持下，孙新峰大刀阔斧，进行了一系列改革。尤其是坚决落实导师组集体培养办学理念，克服版面费发表论文弊端，实行研究生科研代表作制度。目前，文传院硕士研究生已经突破了北大核心、考博瓶颈，高层次学术论文不断出现。在此基础上，主办西部高校中文学科研究生论坛，陕西师范大学、西北大学、西华师范大学等国内 11 个招研高校参加，反响较大。作为导师和省内外知名的贾平凹研究专家，孙新峰在指导学生方面不遗余力。指导的 2014 级硕士研究生赵青，系文传院第一个荣获国家奖学金的学生。指导的研究生共获得省厅科研创新成果二等奖一项，三等奖四项。其中，马宏艳和雷妮妮两次荣获省厅奖。一名研究生毕业进入宝鸡文理学院工作，一名进入央企人力资源部门工作，多名学生考取教师编制。

此外，在培养青年教师方面，也取得了突出成就。2015 年至 2017 年，作为现当代文学学科带头人，担任青年教师程小强博士的指导教师。程小强老师于 2017 年通过副教授评审，先后获批国家社科基金、教育部人文社科基金项目，发表核心C刊近10篇。程小强老师已经成为文传院最富有学术活力和创造力的青年教师。作为中国现当代文学学科曾经的带头人和主管领导，孙新峰团结凝聚了一批学科骨干和陕西文学特色研究工作者，使得中国现当代文学学科成为学校招研最火爆的专业之一。吸引了大批校内外优质生源报考。近年，国家连续抽检了中国现当代文学两名硕士研究生毕业论文，都顺利通过。

三、关心爱护学生，师生广泛认可

宝鸡文理学院汉语言文学专业是陕西省名牌专业，在由第三方评估的宝鸡文理学院本科教学质量分析报告中，孙新峰被汉语言文学专业学生评为大学时期对自己最有影响的专业课教师。孙新峰印象最深刻的是，2015年著名学者肖云儒先生应邀来校讲座，讲座开始之前，整个会场所有参会老师，包括中文系学生在内的听讲座的学生，专门送给自己的热烈的经久不息的掌声。

孙新峰说，他当时流泪了。没有想到自己微不足道的分内工作，却得到了师生的认同。因为各种原因，2014—2016年，孙新峰主要给其他专业上课。作为学校特色研究机构陕西文学研究所所长，他集中精力致力于陕西文学研究所的建设与发展，始终牢记中文人的家国情怀，立足科研机构，以科研反哺教育，先后举办了全校陕西文学研究征文活动、陈忠实文学意义研讨活动、杰出校友红柯追思会、陕西文学高层论坛等高层次、高规格会议，砥砺全校学生的文学和人文情怀。面向全国，遴选了一批重点研究作家、兼职研究员，努力将研究所打造成"作家知音，评论家摇篮"。当下，该研究所已经成为文学陕军再出发的重要学术窗口和学校对外宣介的学术名片。2016年，素有"小《人民文学》"

称谓的、陕西最好的老牌文学期刊《延河》杂志，用 12 个版面推介了陕西文学研究所的一次文学活动，研究生、本科生同时登台亮相，引发全省文坛关注。因有人格魅力和亲和力，被历届学生亲切地称为"新峰哥"；因为全身心献身写作教育，又被学生誉为可爱的"疯子老师""神仙老师"。作为文传院副院长，因为勤政负责，被学生誉为文传院的"一盏长明灯"。帮扶的 2014 级本科生刘明倩以第一名的成绩被湖北大学录取为硕士研究生。陕西省教育厅机关报《教师报》2015 年 4 月 22 日以《平凡而又厚重——宝鸡文理学院写作学教授孙新峰印象》，《阳光报》2019 年 7 月 23 日以《学坛、评坛、教坛三栖新星——记陕西省六个一批人才孙新峰教授》，《西北信息报》2019 年 1 月 11 日以《文学陕军的守望者——访陕西文学研究所所长孙新峰》等为题，对其教研业绩作了详细报道。

其实，不只在校内，孙新峰还获得了校外许多学生的喜欢和敬重。许多考研学生明确表白，自己就是奔着孙老师才报考的宝鸡文理学院。甚至有些两年、三年落榜的学生，也仍然将自己的考研目标学校锁定为宝鸡文理学院。孙新峰说他也不知道为什么，只是在预调剂的时候，帮助学生出主意、进行专业指导，第一时间回复学生问题。许多外校考研学生最终选择其他学校，上岸后，第一个知道好消息的人却是孙老师。一来二去，孙新峰结交了许多品学兼优的外校大学生。逢年过节，他们都送来问候。就是在读研的学校碰到宝鸡文理学院毕业的学生，这些外校学生也感到万分亲切，请他们代为向孙老师致敬，祝福宝鸡文理学院越办越好。孙新峰有一句口头禅："不管在哪读研，都是国家栋梁，都是复兴母语的希望。"因为胸怀开阔，专业阳光，孙新峰感染了一批又一批大学生。

四、凝聚校友力量，共创宝大新辉煌

集教师、学者、作家、文艺评论家为一身的孙新峰教授，是当年的留校生，也是目前文学与新闻传播学院党政班子成员中较为资深的"文理人"之一。根据分工，主要负责校友工作。孙新峰不负众望，和历届毕业生校友关系融洽，为复兴文传院做好了奠基工作。

参加工作伊始，因为工作需要，孙新峰曾经担任过中文系1995级本科毕业班班主任一段时间。现在该班的谷鹏飞，已经成为国内著名学者，2018年被评为教育部青年长江学者，现任西北大学文学院院长、教授、博导。他业务工作非常繁忙，但是只要母校需要，他第一时间回应，不仅担任文艺学答辩委员会主席，还经常指导母校学科建设工作。

校友冷梦，鲁迅文学奖获得者。在省上开会，见到孙新峰，就给各位领导介绍："这是我的母校小学弟，请大家多多支持。也多支持我母校的文学研究事业。"冷梦学姐还一再强调，她就是宝鸡文理学院毕业的。

校友曹公奇教授，是全国语文教学名师，陕西师范大学学科语文导师。应邀担任了学科教学（语文）研究生专业导师，为培养母校研究生付出了巨大辛劳。

孙新峰当年给1996级本科班担任班主任，现在该班的司惠霞，也已经成长为省特级教师、省级教学名师。响应班主任孙老师呼唤，欣然担任校外研究生导师。

著名青年作家、陕西电视台评论部副主任、高级记者马召平，也是孙新峰的同学、好友，为母校广播电视学硕士点建设出谋划策……

一名刚毕业的校友这样说：一定意义上，孙新峰老师就是他们的主心骨。孙老师很暖心。只要是学生的事情，就算再小，孙老师都会过问，无论小到暖气供应，还是大到就业，都会竭尽全力。甚至许多学生结婚，也一定要请孙老师作为娘家人证婚：有了孙老师支持，就感觉有底气了。敢于担当，善于担当，坚定文学信仰，为师生服务，已经成为孙新峰骨子里的自觉意识，天然的反应。

孙新峰教授已经 48 岁了，可是他的心态依然很年轻。一面立足本校，教书育人，一面瞭望四周，拓展办学视野。曾受省委宣传部指派，先后奔赴佛坪沙窝子村、延川县、志丹县等进行文化扶贫、文学创作经验宣讲等活动，效果良好。正如他即将由团结出版社出版的诗集《爱着》，他热爱教育，热爱宝鸡文理学院，他将自己半生的思想、情怀都奉献给了母校的发展和建设事业。他曾经婉拒了几个大学加盟的邀请，一直怀着感恩的心，在母校的一亩三分地里耕耘。任何情况下，他都始终牢记，自己是一名普普通通的老师。他始终忘不掉大学恩师李思民的话："书越教越难教，但是最起码不能误人子弟。"他始终牢记大学恩师王磊先生的话："尽管这个学校的名字不能为你增色，但希望未来，你能用你的名字为她增加声望。"他深深知道，要从一名小老师成长为一名大老师，自己还有许多路要走。必须见贤思齐，戒骄戒躁。20 多年来，孙新峰一直坚持在教学一线，他始终和师生站在一起。他还撰写并自费制作了《宝大文传院之歌》，全院学生学唱。用他的话说：要不忘初心，要想办法让学生记得母校的样子。

（本文刊发于《人民日报》新媒体平台"人民号"2020 年 8 月 12 日）

在文艺评论和写作的交叉地带耕耘

——专访宝鸡市文艺评论家协会主席孙新峰教授

李珊珊

　　李珊珊：孙老师好！首先恭贺您新当选为宝鸡市文艺评论家协会主席。能谈谈您当选的感想吗？

　　孙新峰：宝鸡市文艺评论家协会是宝鸡市文联直属的十大官方协会之一，也是全国成立最早的地市评协。我能当选很荣幸。省评协主席李震教授出席，省作协主席、著名作家贾平凹也不吝笔墨，发来情真意挚的长篇贺信！很受鼓舞！首先感谢市委宣传部、市文联党组等的信任。教学之余，我一直自觉从事文艺评论工作，是中国文艺评论家协会 187 个全国创始会员之一，也是陕西省文艺评论家协会唯一在宝鸡的评协理事。至今难忘 2014 年 5 月，我应邀赴京参加中国文艺评论家协会成立大会的神圣时刻。其次，对我来说，既是压力又是动力。评协成立以来，总共换过三位主席，首任主席是著名文艺评论家、原《延河》杂志执行主编、陕西文学院院长常智奇研究员；第二任即上一任主席为二级教授、著名文艺评论家赵德利先生。多年来，在常智奇先生、赵德利教授的带领下，评协成员扎根宝鸡，关注和研究文艺现实问题、现象，取得了丰硕成就，缔造了一支陕西文学研究西路评论新军，产生了广泛而深远的学术影响，继往开来，任务艰巨。第三，这应该也是对我们学校陕西文学研究所团队成员多年以来工作的认可。我们学校这一批年轻的 70 后、80 后文学、艺术学教授、博士，已经成为全省文艺评论的主力军、生力军。是大家共同的努力将我推到了这个位置，也凸显了学校作为宝鸡文学研究旗帜、陕西文学评论不容忽视的学术高地之一的事实。

李珊珊：我也知道，我们学校有一所省内外闻名的学术机构——陕西文学研究所，它和宝鸡市评协有什么关系？

孙新峰：陕西文学研究所属于校级科研机构，同时，也是陕西省高校中首家专门研究陕西文学的专业性学术组织，是学校优先发展支持建设的重点特色研究所之一，也是宝鸡市评协依托的主要学术平台。宝鸡文艺——或者说西府地区文艺是陕西文艺乃至中国当代文艺重要组成部分，甚至是较有活力和发展潜力的部分。新中国文艺是从陕西地区——延安时期出发的，在宝鸡，也可纵览全国文艺走势。作为省属高校，我们一直自觉关注陕西文艺，自觉投身陕西文艺研究。我们学校应该是全省最早叫响，并开展陕西地域文学研究并取得了重要研究进展的学校。尤其是2006 年 3 月，我校陕西文学研究所在原中国作家协会副主席、陕西省作家协会主席、著名作家贾平凹的直接指导下成立，是全国首家陕西地域性文学研究所。这个研究所不在西安，就设在我们宝鸡，自创办至今已走过十五个年头。一直以来，该所不仅致力于关注、推介陕西本土老牌明星作家，同时又全力挖掘、呵护、推介青年新星作家。坚持现实主义文学批评路线，坚持建设性批评立场，深度介入"文学陕军再出发"。自 2006 年建所以来，除20 名校内骨干成员，研究所还面向全国先后特聘了 10 余名研究员，并确定了三批重点研究作家。近年来，陕西文学研究所不断刷新纪录，屡创佳绩。确定的重点研究作家中，先后入选陕西省首批"百青"计划，陕西省首批、第二批"百优"计划26人。研究所成员先后获批国家科研项目10余项。目前，活跃在陕西文坛一线的评论家大都是本所研究员。研究所资深顾问、二级教授赵德利2018年获得陕西省人民政府优秀哲学社会科学成果二等奖；前任所长冯肖华教授研究柳青的专著，获得2018年省政府社科成果三等奖；我自己也入选陕西省首批"百青"计划（全省82人），2018年，入选陕西省第九批"六个一批"人才；曾获第四届冰心散文理论奖的研究所专职研究员马平川，在《光明日报》《人民日报》等发表论文10余篇，他2004年提出的"陕西出现四十岁以下青年作家断代"的论点至今余波未平；研究员程华获得陕西省第五届青年文学评论奖；研究员程小强博士、李雅妮博士等近年在《文艺理论与批评》《当代作家评论》《中国现代文学研究丛刊》《小说评论》等CSSCI核心期刊发表论文20余篇；研究员王刚的路遥研究论文、研究员刘峰的柳青研究论文，分别被《光明日报》专版刊发；研究员阿探，笔耕不辍，不仅追踪陕西作家，而且在对全国一线作家的研究方面成绩卓著，在《大家》《长篇小说选刊》《延河》等发表评论100余篇，成为《作品》杂志特邀金奖评刊员；研究员柏相既能写诗，又能评诗，成为"双料"作家；研究员赵玲萍的评论文章连续在《陕西日报》《西安晚报》上呈现；研究员李莹当选为陕西省青年文艺评论家协会主席……2015年，肖云儒为宝鸡文理学院陕西文学研究所题字"作家知音，评论摇篮"。事实证明，陕西文学研究所没有辜负肖云儒、贾平凹等的信任，没有辜负陕西这块文学热土。他们以自己的努力告诉人们，陕西地域文学批评大有可为。

作为所长，我多年来，在《文艺理论与批评》《当代传播》

《当代文坛》《兰州大学学报》等 CSSCI 核心发表论文 20 余篇。2012 年，我的学术专著获得陕西省人民政府社科成果三等奖。2014 年，因为文艺评论成就，入选陕西省"百名青年文学艺术家"。2014 年，应陕西作协之邀，在旨在延续 20 世纪 80 年代文学陕军辉煌的、历史开创意义的《延河》杂志"青年文学陕军"专辑发表《在迷惘和焦灼中突围——陕西当代中青年作家印象》，全面梳理了陕西文学创作现状、问题，产生了一定的学术反响。同年，作为中国文艺评论家协会创始会员，应邀赴京参加了中国文艺评论家协会成立大会。2014 年，"诗歌陕军进京宣介"活动，会议发言被《文艺报》全文刊发；2016 年 5 月，获得陕西省作协、《延河》编辑部最受读者欢迎文学奖；2016 年 6 月，入选陕西省"百名青年文学艺术家"；同年，申请到"陕西笔耕文学研究小组本土批评经验研究"国家社科基金一般课题；2018 年，以文艺评论成就，入选陕西省第九批"六个一批"人才；2019 年 7 月，在第二届亚洲书店论坛上，作为特邀的唯一的评论家代表，在大会会场专题宣讲了《陕西地域文学研究展望》，扩大了学校影响；2020 年，作为全省遴选的 6 名评论家之一，参加了中国作协举办的新农村题材创作线上会议；2022 年在西北大学举办的"贾平凹与中国当代文学研讨会"上，再次提出了构建"中国贾学"的学术观点，被《陕西日报》援用。

李珊珊：我知道您经常强调，文艺评论、文学研究的未来在青年。新一届宝鸡市文艺评论家协会会员中，我看到有许多研究生新面孔加入。作为主管研究生工作的学院领导，我知道您一直注意提高文学研究生的研究质量、水平。那么，您是怎么抓文科研究生的学术、科研工作的？

孙新峰：研究是研究生的天然使命。研究生也是中国文艺评论领域的主要依靠力量。所以，带好研究生至关重要。近些年，由于一批老教师退休、青年教师调动，我校文学研究力量有所削弱。所以必须立足校内挖潜，重新寻找培养，研究生就是新的学术力量。由于各种原因，2017 年以前，我校文科硕士研究生科研层次、水平普遍不高。许多学生根本没有问题意识，对学术也没有敬畏感。甚或许多硕士研究生即将毕业，发表的科研成果连知网、维普网等也查不到信息。写出的硕士毕业论文初稿水平与本科生相当，不具备毕业资格，更谈不上科研创新。

学校即将更名，即将建成高水平大学，必须想方设法提升研究生的科研层次、水平和质量，众所周知，目前科研环境很不理想，文科研究生在高层次期刊发表论文相当艰难，对地方院校研究生来说更是雪上加霜。为此，我以项目申报、论文撰写、高层次科研奖项为抓手，向全体研究生提出"以稿费发表论文为荣，以版面费发表论文为耻"的呼吁，狠抓论文撰写，重塑学术尊严。此举初显成效。学硕研究生在《文艺评论》《四川戏剧》《蒲松龄研究》《杜甫研究学刊》《五台山研究》《殷都学刊》《阴山学刊》《西安建筑科技大学学报》《西安工业大学学报》《河南理工大学学报》《河南科技大学学报》《内蒙古财经大学学报》《沈阳农业大学学报》《齐齐哈尔大学学报》等 CSSCI 核心、北大核心、社科院核心期刊、大学学报以独立或第一作者发表文章 100 余篇；在《文艺报》、《中国青年报》、《延河》杂志（原创版）等发表报刊论文多篇；专硕研究生在《教育探索》、《教学与管理》、《语文教学与研究》（原创版）、《中学语文教学参考》、《语文学刊》、《教育学刊》等高层次刊物发表论文数 50 余篇。现在，本校研究生已经形成了共识，发了低层次期刊文章不仅不算科研成果，还会追究导师的学术责任，会直接影响毕业。越是就业艰难越要加强专业教育。经过五年多严管狠抓，学生已经由原来一开始的抵制，到现在的全面认同，积极主动地配合学院研究生教育与管理工作。

高质量的培养促成了高质量的就业。2018 年以来，先后有11 名硕士研究生分别考取中国社会科学院大学、暨南大学、四川大学、陕西师范大学、西北大学等校博士，5 名硕士研究生考取国家公务员，40 余名硕士研究生分别考取陕西省委统战部等公务员，30 余名硕士研究生在空军军医大学等高校编制就业。学院研究生教育不仅跟上了名校、强校，而且一定意义上，研究生培养质量走在了许多高校的前面，令人欣慰。这么些年培养研究生的心得，被《陕西学位与研究生教育》杂志 2022 年第 12 期刊发，感兴趣的可以去看看。

李珊珊：我知道您现在身兼多职，打通了教学、科研、管理，那么院长、所长、主席、教授、评论家，这么多身份，您最喜欢的是哪一个？

孙新峰：那些都是蜗角虚名，我最喜欢的还是"老师"。每当学生打来电话，一声孙老师就心花怒放。特别喜欢站在讲台上和学生分享思想和情感的过程。

作为写作课教师，我被学校授予 2018—2021 年度师德标兵。先后两次获得陕西省人民政府集体教学成果二等奖，两次分别获得陕西省优秀教材集体一、二等奖。2006 年破格晋升副教授；2010 年破格晋升教授。作为学院第一个连续两度破格晋升职称的青年教师，一度被人言说。

工作二十五年以来，我坚守本科生写作课堂、研究生中国当代重要作家研究课堂，实施特色教学，取得了一些成绩。指导2011 级学生邓瑞霜在《光明日报》（2014 年 7 月 5 日）发表散文

《逃》；指导 2003 级汉语言文学本科班学生席超在《当代文坛》CSSCI 核心期刊发表论文《论苏童短篇小说创作新变》（2007 年 1 月）；指导 2011 级李婕在 2013、2014 年就读期间两次斩获陕西省大学生环保征文小说组一等奖；指导 2012 级学生张敏写作小说《梅》，获宝鸡市第五届"秦岭文学"奖小说组最高奖；指导张敏撰写《三角池大学堂》，该书已由陕西师范大学出版社公开出版（2017 年 12 月）；指导 2011 级学生程丹的万字小说《牡丹枕》被有"小《人民文学》"称谓的《延河》原创版 2012 年第 11 期重磅推出；指导的本科生李又凤、赵星、赵铭怵等分别获得省大学生挑战杯二、三等奖。2019 年，作为领队，和王应龙老师，以及其他 5 名本科生组成团队，顽强拼搏，最后宝鸡文理学院代表队荣获第四届规范汉字书写大赛（大学组）冠军。

作为研究生导师和贾平凹研究专家，在指导学生方面不遗余力。指导的 2014 级硕士研究生赵青，系文传院第一个荣获国家奖学金学生。指导的硕士研究生共获得省教育厅科研创新成果二等奖 1 项，三等奖 4 项。其中，马宏艳和雷妮妮两次荣获省教育厅奖。研究生论文独立发表在《西安建筑科技大学学报》《河南理工大学学报》等杂志，3 名研究生毕业进入空军军医大学、宝鸡文理学院、宝鸡职业技术学院、陕西机电学院等高校，1 名进入央企人力资源部门工作，1 名考取省级公务员，多名学生考取南京市、兰州市等省会城市教师编制等。

2018 年，在由第三方评估的宝鸡文理学院本科教学质量分析报告中，我被省级名牌专业汉语言文学专业学生评为大学时期对自己最有影响的专业课教师。同年，作为陕西省教育厅面向全省遴选推荐的 10 名最美教师之一，我参加了中央电视台、教育部组织的寻找身边最美教师活动。我印象最深刻的是，2015 年著名学者肖云儒先生应邀来校讲座，讲座开始之前，整个会场所有参会老师，包括中文系学生在内的听讲座学生，专门送给我的热烈的经久不息的掌声。我当时流泪了。没有想到我微不足道的分内工作，却得到了师生的认同。

采访札记：因有人格魅力和亲和力，被历届学生亲切地称为"新峰哥"；因为全身心献身写作教育，又被学生誉为可爱的"疯子老师""神仙老师"；作为文传院副院长，因为勤政负责，被学生誉为文传院的"长明灯"。孙先生帮扶的 2014 级本科生刘明倩，以第一名成绩被湖北大学录取为硕士研究生。2015 年 4 月 22 日陕西省教育厅机关报《教师报》以《平凡而又厚重——宝鸡文理学院写作学教授孙新峰印象》，2019 年 7 月 23 日，《阳光报》以《学坛、评坛、教坛三栖新星——记陕西省六个一批人才孙新峰教授》，2019 年 1 月 11 日，《西北信息报》以《文学陕军的守望者——访陕西文学研究所所长孙新峰》等为题，都对其教研业绩作了详细报道。

（本文刊发于《宝鸡文理学院报》2023 年 9 月 15 日）

（代后记）

真：散文创作之根本

——吕向阳、扶小风、胡宝林等乡土散文写作的启示和反思

一、读乡土散文的三点感受

第一，在乡土写作方面，我们陕西可谓"江山代有才人出"。"陕西三大作家"——路遥、陈忠实、贾平凹并没有竭泽而渔，他们也只是揭开了文学热土陕西的冰山一角。吕向阳、扶小风、胡宝林这三位陕西作家也不遑多让，他们的创新创作精神让人钦佩。我们脚下的土地，你从任意一个角度切入，都会有所发现和收获，令人惊喜并充满新期待。

第二，乡土散文写作呈现多维、立体状的全面突破。吕向阳的乡土创作是全方位、多角度的，直接切入地下，寻找民族的根、陕西的根，大气从容霸气。他的散文是关中人情、人性、生活的清明上河图，全景再现了关中乃至陕西的文化、社会风貌，集历史人文于一体。扶小风、胡宝林之乡土写作总体上属于紧贴地面的写作，很接地气。扶小风偏重历史文化，胡宝林重个性情感。目力所及，宝鸡很多散文写作者，如李喜林、赵玲萍、张静、季纯、李娟莉、王英辉等后起之秀，也是如此。其中，李喜

林的《乡村的诗意和浪漫》在注重写真性前提下融进诗性，写得比较飘逸，其散文是素朴和感伤的诗歌。吕向阳、扶小风、胡宝林、李喜林等将乡情放置在地下、地面和空中，使其立体呈现。

第三，作家寻找"文学地理"的重要性。从生活到艺术是一个铁律，没有生活就没有艺术；没有生活的生命体验，也就不会有真正的文学，更别说乡土散文了。作家必须拥有自己的文学地理，先经营好"根据地"，才能用游击战、运动战扩大战果。不能打一枪换一个地方，应该集中精神，像陈忠实先生一样，"寻找属于自己的句子"。

二、最大启发是散文必须写"真"

正是因为"真"，我们这三位作家才得以脱颖而出。他们的创作再一次告诉我们，只有写真人真事、真情实感，才能写出真正的散文。

具体来看，吕向阳的散文是一种纯粹的西府文化（另一种乡村文化）之全方位、立体式之裸裎。他的写作是建立在乡村文化伦理中心地带的写作，是一种建立在乡村野史、野趣、民间传说基础上的写作。西府传说、歌谣，在当时是民间性的东西，而民间东西经过上千年岁月的积淀，把原始的东西保留下来了。这些原始的东西正好是乡土中国最有生命力、最应该发掘和展现的东西，与复兴民族传统时代要求自然接轨。

在我看来，吕向阳之散文创作本身是真正进入散文核心层面的写作，主要反映西府人的情感生态。他把过去上千年颇具意味的东西与现代链接，集中体现了作家难能可贵的民间精神。众所周知，乡村文化主要依靠民间传承，唯其真，方具有强大的生命力。民间这些东西远比教科书里的死知识生动鲜活，其透过时间、空间很优雅地走到了现在。作家作品中为什么有那么多引人入胜、脍炙人口的民俗风景、本土情味，散文为什么能直击人的灵魂，是因为这些历经千年流传至今的东西，不仅体现民间性，还包含着乡村文化的伦理精神，以及天地间的道义与良知。读这样的散文，会不自觉地进入对时下人内心的纠偏和灵魂的拷问，从这个意义上说，吕向阳的散文由于高洁性而具备了某种现代性和神性。

吕向阳的散文是纯粹的散文。为什么能打动我们？作家介入生活很深，力道很足，真切、真诚、真率、真挚、真味。感觉作家在用十八般兵器，把陕西文化中最有代表性的部分，整个挖掘开来。我们知道，西府民俗那些民间的东西，之所以穿越千年时空传承了下来，是因为其本身具有丰富性、趣味性，加上作家自己的眼界、胸襟、气度，二者一结合，其结果可想而知。依我的感觉，作家把人活明白了，把生活彻底悟透了，写作已经达到了一种高度。

与吕向阳雄浑、大气之写作相对而言，扶小风的《漳川笔记》也很真。写文化中的村庄、历史中的故乡，虽然扶小风是据事实录、据史实录，但其作品到处是思想火花和真知灼见。都说散文是老年人的艺术，诗歌是青年人的艺术，扶小风那么年轻，散文却写得那么深刻、个性。一般说，搞文学的都缺乏史识，扶小风用写作进行了反驳，然与吕向阳相比，还属于文化小散文，其格局、气度、真切度还有所欠缺。扶小风之散文是乡情散文和文化散文的结合，准确地说是随笔，最主要的特征是带着浓厚的议论文色彩。我们说，散文特质是抒情，而抒情首先必须建立在自我生活的体验和阅历上。可能是因为阅历、体验不够，扶小风的散文写作主要从已有的文化生态出发，议论太多，存在思想大于情感的弊端。当然,我的观点可能较为偏颇,毕竟柳青文学奖和冰心散文奖已经肯定了扶小风的创作。我想说的,可能是当下整个陕西文坛散文写作问题。

胡宝林的散文写得真实、深刻、通透。他也执着于"寻根",因为是记者出身,所以就比别人多了敏感和思考,写乡村记忆,写疼痛之中、疼痛之上的疼痛。我喜欢他的《老去的山路》《无处寻找的祖先》等,特别是"一个人可以改变自己,但不能背叛自己;一个人可以批判故乡,但不能背叛故乡;一个人可以批评亲人,但不能背叛亲人。就像,一棵树,不能背叛自己的根"(《疼痛之痛》),感思家乡、眷念家乡、热爱家乡之情淋漓纸上。用个形象的比喻,如果说吕向阳散文是关中文化热土挖掘机,扶小风散文就是铲草机,而胡宝林散文明显是探测仪,蜻蜓点水的同时,许多文章让人感到生命的艰辛、艰难和疼痛。

三、对当下散文写作的反思

读了上述这三位作家的散文,也引起了我对散文写作的三点思考:

第一,散文究竟靠什么来打动我们?

靠情感,真实的情感。散文最重要的是传达情感,这种情感建立在作家的生命体验上,能够生发出民族情感,个性能写出共性。

贾平凹早期的散文创作,真挚、清亮、诗意浓郁,被人赞赏;三四十岁,以《禅思美文》等空灵之思想、成熟之文风横扫文坛;五十岁以后,以《五十大话》等为标志,睿智、深刻,继续独步文坛。

刘成章的陕北系列,讴歌家乡,讴歌陕北原生态的新生活,以鲜明的陕北特色，朴直、率真，走进了更多人的内心，走向了全国文坛。

李汉荣的乡土散文也写得很精致、纯粹，善于从小处着眼，把生命的悲悯、细微的小生命写得很真切、通透。

因《打碗碗花》等蜚声文坛的陕西散文作家李天芳，其散文写作真挚、深刻、忧郁，其中的生命意识和跨越时空的时代感伤让人无法忘怀。

陈若星的散文获得冰心散文奖，她多年抱病，又要照料老人，拿真实的生命体验在写，所以打动了更多读者。为什么陈彦的《陈忠实的最后三天》能被那么多人转发，第一手资料，加上作家本人与忠实先生同呼吸共命运，文字的穿透力、感染力可以想见。再比如传记，刘可风的《柳青传》，就比其他版本更让人感动，因为她真实、真切、真诚！

当然，在陕西，邢小利等人的学者散文，作家方英文等人的市井性灵散文，也写得字字珠玉，风生水起。

我举这些例子是想说，我们陕西有很好的散文写作传统。正是这些作家，以"真"为写作原点，为当代陕西散文写作确立了标杆，奠定了基本的品质、品相。我们这三位作家因为写"真"，所以感人。

第二，文化随笔与文化散文是不同的。

这些年，为了拓展生路，防止散文过于文艺化、圈子化，我们倡导"大散文写作"，发明并接受了"文化散文"。毋庸讳言，"文化散文"旗手余秋雨、贾平凹等人的努力，开拓了陕西乃至中国散文写作的新领域、新境地。

其中，我们陕西以贾平凹、肖云儒、穆涛、朱鸿、王蓬、徐伊丽等作家为代表。

我有个感觉,这些年"文化散文"概念的出现,把散文写作弄偏了。文化散文实际篡改戕害了散文,一定意义上消解了散文的纯正品质。

我们说,散文不能是《西游记》中黄眉怪手中的口袋,什么都能装,它也有品质,有底线。现在的散文写作完全成了大生产、流水线,弄得不伦不类。看看一些笔会,涌现出来的都是粉饰之作,看不到真实的生命和生活。

文化散文写作也不是文化碎片,许多人掉进余秋雨的《文化苦旅》等窠臼里出不来,人家余秋雨都走活了,你看《借我一生》写得多好;你看写过《商州三录》和《秦腔》散文的贾平凹《五十大话》写得多好啊!可我们还在邯郸学步。

我们提倡淡化文体界限、自由书写没有错,但也不能乱来。不客气地说,现在许多文化散文包括一些获奖散文,明显是说明文。

至于议论文更是与真正的散文有所区别。

散文是双弦并奏的艺术。如果一篇文章里故事、对话、场景过多,外在情节线压倒了内在情思线,就变成了小说。胡宝林《把自己活成一个名人》里的"疙瘩"形象,就给我这个感觉。

我曾经和湖北籍陕西作家徐伊丽有过交流,她的"大秦直道"系列写得特别好,但只能算是文化随笔。我发表在《延河》杂志上的一些评论就是真正的随笔。不同的是,徐伊丽根据过去的历史记载重新阐发,是行走的写作,亲身体验式的写作。"大秦直道"本身有遗存。写真基础上的写意,那就有了独特的价值。

这两年,真正的"文化大散文"还是不多,真正称得上好散文的东西太少,像刘成章的《关中味》、贾平凹的《秦腔》、方英文的《紫阳腰》那样的佳作还是不多。扶小风的老师应该就是贾平凹、余秋雨，甚或肖云儒。胡宝林应该向陈忠实先生，甚至吕向阳先生等学习，学习文胆，开拓境界。

第三，真正的散文应该对过去的生活进行真诚的反思，进行评判，这样良知、本质的东西都出来了。

现在许多散文作家丧失了真诚，比如写亲情，把自己的父亲写得和马克思一样伟大、崇高，写自己的生活，用别人的卑劣衬托自己的崇高。更有甚者，借散文标榜自己，失去了对散文这个文体的敬畏。

其中，陕西作家李喜林的散文写作是一个反拨。在《乡村的诗意和浪漫》中，李喜林写娘，开言就是：娘曾经是被人贩子贩过来的，坦诚率真；写父亲对童年的"我"的顽劣大升级，惩罚也水涨船高，由扇耳光发展到用绳子吊起来抽打，看似非正常的残暴，却写出了父亲恨铁不成钢的爱。这就是生活真实，完全是另类的东西。

我们现在很多乡土作家，对过往岁月苦难性呈现不够，传统"孝义观念"和"月是故乡明"让他们无法放开去写。李喜林其实是撕开了写（吕向阳也是），强调一种个性。他笔下的"父亲"形象具有唯一性，而恰恰这种以"真"为维度的唯一性就是能引起人共鸣的东西。李喜林的乡土散文之所以能够不断突破，接连获奖，也主要由于其坚持贯彻写作"三打开理念"：打开身体、打开内心、打开灵魂。还有散文要实现另一个"三通"：通灵通神通己。心态决定状态，认识决定水平，如此而已。

此外，陕西近年涌现出了乡土散文青年女作家赵玲萍，她常年写鳞游，曾被《陕西日报》等推介，获得陕西省重要征文奖。但由于年龄、阅历等方面的局限，写作停留在一定层次上，没有完全打开自己,尚未进入一种更高更深刻的生命写作。

我们呼唤真正的纯正的有质地的散文。摸索了这么长时间,陕西的散文应该返璞归真了。

最后,我建议各位作家像吕向阳一样去写散文,讲格局、讲气度,大文化、大手笔、大气象,陕西散文一定会有很大改观;像扶小风一样去思考,古今结合,紧贴生活去写随笔,才能用自己的个性文字,回哺脚下这方热土;像胡宝林一样努力去写乡情,你的散文也能写出自我的味道。

（本文系作者在首届"六年西凤·丝绸之路杯"青年散文大赛学术论坛上的发言,刊发于《宝鸡日报》2016年8月19日第11版）